楽園の犬

岩井圭也

角川春樹事務所

楽園の犬

写真　iStock
地図　中村文（tt-office）
ブックデザイン　鈴木成一デザイン室

目次

主な登場人物

麻田健吾　南洋庁サイパン支庁庶務係書記。
堂本頼三　サイパン島在勤武官補。海軍少佐。

麻田ミヤ　健吾の妻。
麻田良一　健吾の息子。

ローザ・セイルズ　ガラパン公学校教員補。
フィリップ・セイルズ　元南洋庁嘱託職員。ローザの養父。
武藤新之助　南洋庁サイパン支庁警務係警部補。
シズオ・トーレス　南洋庁サイパン支庁警務係巡警。
宇城兼久　サイパン島在勤武官。海軍中佐。

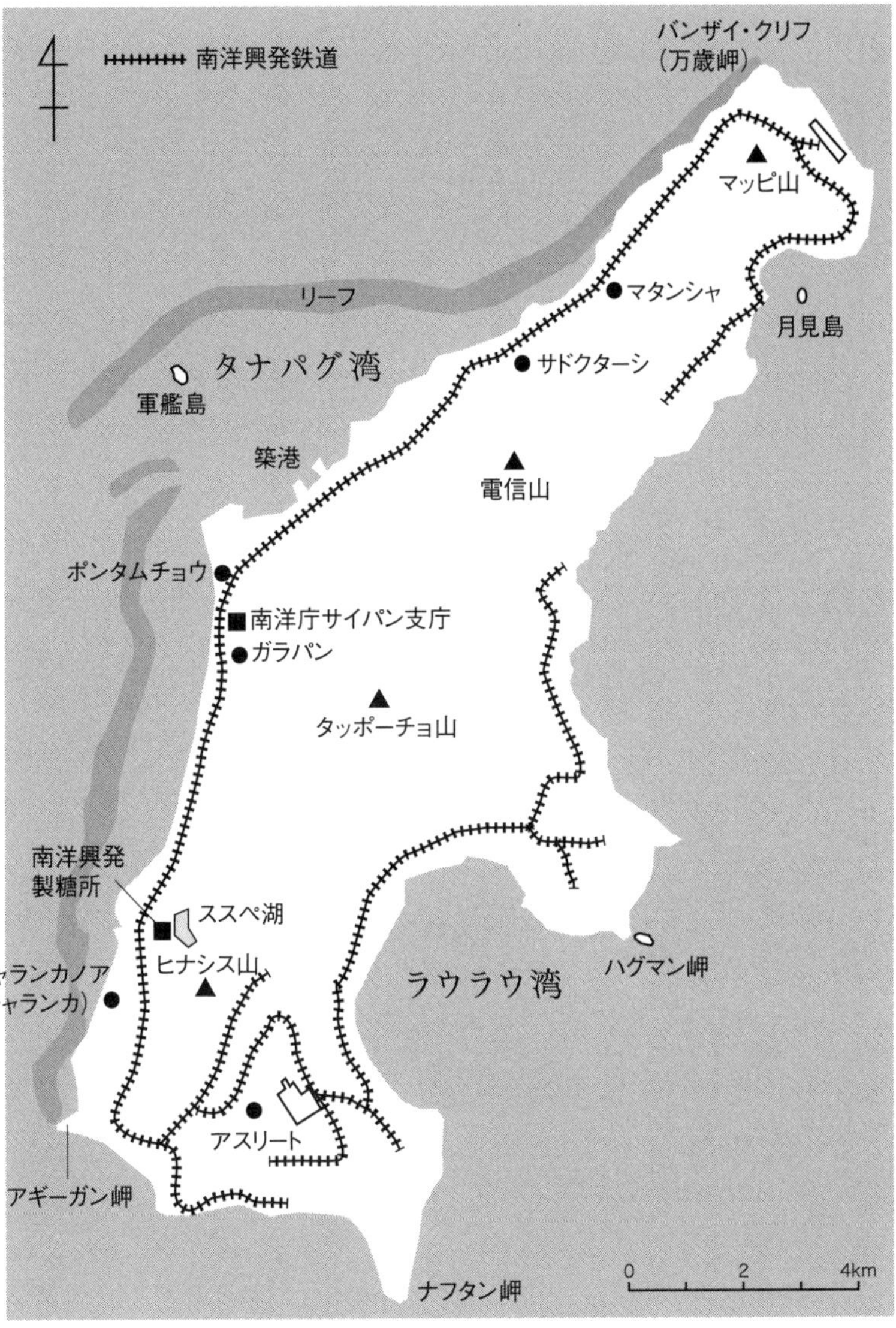

南洋興発鉄道
バンザイ・クリフ
（万歳岬）
マッピ山
マタンシャ
月見島
リーフ
タナパグ湾
サドクターシ
軍艦島
築港
電信山
ポンタムチョウ
南洋庁サイパン支庁
ガラパン
タッポーチョ山
南洋興発
製糖所
ススペ湖
ハグマン岬
ヒナシス山
チャランカノア
（チャランカ）
ラウラウ湾
アスリート
アギーガン岬
ナフタン岬
0
2
4km

親《おや》子《こ》月《づき》軍衣《ぐんい》まとひし楽園の犬の骸《むくろ》に桜降り敷く

序

顎《あご》から滴り落ちた汗が、黒革の短靴に落ちる。

軍衣軍袴《ぐんこ》に身を包み、短剣を帯びた男が一人未開の森を歩いていた。暑さに耐えかね、軍帽は脱いでいる。白い革手袋も外していた。

異郷の森には、初めて目にする植物が生い茂っている。青々とした葉を茂らせるカマチリの木。薄緑色をした楕円形《だえんけい》の実をつけるパンの木。内地ではもちろん、一時赴任していた米国でも見かけたことがない。思いのほか、椰子《やし》の木は見かけなかった。椰子はコロール島やヤップ島のほうが多いと聞いていたが、事実らしい。

昭和十五（一九四〇）年六月、サイパン島。

ここが、男の新たな在勤地であった。

海軍少佐であり駐在武官補たる彼が、未開の森に足を踏み入れるのには訳がある。この周辺には、先住民族であるチャモロ族の集落があるはずだった。その大酋《だいしゅう》長《ちょう》に赴任の挨拶《あいさつ》をするため、ここまで足を運んでいる。

支庁の職員には、チャモロの青年を案内役につけると言われたが断った。これは、少しでも己を尊大に見せないための工夫である。御付《おつ》きの人間を同行させていれば、どうしても支配者、為政者の影がちらつく。在勤武官が一人で、しかも自ら足を運んで集落に赴けば、今までの武官とは違うという印象を植え付けられる。それが彼の考えた懐柔策であった。

他の小集落はともかく、大酋長となればその存在は無視できない。先住民族はガラパン、チャランカノアといった都市部にも多く住んでおり、ボーイや女給として働いている。一方、彼ら彼女らの多くは今でも旧来の集落に住み、独自の文化を営んでいる。

先住民族の人々を教化し、大日本帝国臣民としての自覚を持たせる。それも彼の重要な任務の一つであった。

南洋群島には、コロール島の宇城《うしろ》中佐を筆頭に数名の在勤武官がいる。夏島《なつしま》には主だった海軍拠点があり、サイパン島にも多くの軍関係者が出入りする。ただし、この島に駐在するのは彼一人であった。彼はこの島、ひいては南洋群島の命運に責を負う存在である。少なくともそう自負している。名目上、南洋群島は南洋庁の管轄ではあるが、彼らは軍の走狗《そうく》に過ぎないと男は考えていた。

雲一つない、見事な晴天であった。

刀の切っ先のごとく鋭い日差しが、頭上から彼を突き刺している。露出した顔や手の甲は痛みを感じていた。内心でうんざりする。この分だと、じきに軽い火傷《やけど》のようになるだろう。彼は日焼けしにくい性質《たち》で、日光にあたっても肌があまり黒くならず、代わりに赤く腫《は》れるのが常だった。

集落は一向に見当たらない。男は雑草の茂みに唾《つば》を吐いた。

——どこにある。

迷ったのかもしれない。そもそも支庁で渡された地図は精度が低く、当てにならない。数年前に作られた地図など信用できたものではなかった。しかし不測の事態には慣れている。男はこの程度で心を乱すほど無能でも、初心《うぶ》でもなかった。むしろこれまでの仕事は、予測の範囲を超える出来事の連続だった。

青臭い匂《にお》いを嗅《か》ぎ、全身に熱線を浴びながら、大股《おおまた》で前進を続ける。やがてカマチリ林を抜けた先に、唐突に開けた場所が出現した。下草が踏みしだかれており、明らかに人が立ち入った痕《こん》跡《せき》が残されている。

そこには一本の鳳凰木《ほうおうぼく》があった。

「ほう」

彼の口から思わず声が漏れた。

男の身丈の三倍はある巨樹に、真紅の花が咲いていた。その様は真実、赤い炎に包まれているようであった。風に揺れる花々が、枝という枝に消えない火を灯《とも》している。触れれば焼かれそうであった。

この木が南洋桜《なんようざくら》と呼ばれていることは知っていた。南洋群島では、薄桃色の桜の花を見ることはできない。代わりに日本人が愛《め》でているのが鳳凰木である。その鮮やかな紅色は、内地の桜とは似ても似つかない。

だが確かに、男の胸の内にはある種の郷愁が湧《わ》き上がっていた。なぜだか、毒々しさすら覚える鮮やかな赤色が、切なさを伴って染みわたる。男はしばし棒立ちになり、見惚《みと》れていた。

とめどなく汗が滴り落ちる。汗は肉体から染み出した、命のかけらであった。人は命を放出し、また命を取り込むことで生きている。いつか彼の肉体もその均衡を失い、朽ち果てる時が来る。

――南洋で死ぬのであれば、この燃えるような木の下で死にたい。

素直にそう思った。

故国に帰れぬまま死を迎えるようなことがあるとすれば、願わくば、鳳凰木の花の下で絶命したい。それならば、己の魂も多少は慰められるであろうと思われた。

米英との対立はとうに表面化している。いつ何時、戦端が開かれてもおかしくはなかった。海の生命線の異名を持つ南洋群島に赴任する意味を、男は誰《だれ》よりも深く理解しているつもりだった。やるべきことは一つ。

目の前の鳳凰木は微風を浴び、ほのかに花を揺らしている。

男は手に持っていた軍帽をうちわ代わりに、首筋を扇《あお》いだ。わずかに涼しい風が入ってくる。このような使い方をしている姿を他人に見られれば、とんだ恥である。だが男にとっては、自分と一本の鳳凰木以外、まったく意識の外であった。他の何者も断ち切れない緊密な糸が、そこに張られていた。

――もし失敗すれば……。

軍帽に縫い付けられた記名布には、達筆な字で〈堂本頼三《どうもとらいぞう》〉と記されていた。

第一章　犬

　穏やかな波音の合間に、海鳥の声が響いている。来る日も来る日も耳にしているためいい加減飽きたはずだが、間もなく船旅が終わると思うと妙に新鮮に聞こえる。

　麻田《あさだ》健吾《けんご》は「パラオ丸《まる》」の甲板に立ち、夕刻の海を見ていた。気のせいか、南へ進むにつれて日差しが強くなっている。この数日で、血にも似た海の香りにもずいぶん慣れた。開襟シャツから覗《のぞ》く胸元がべたつくのは汗と潮風のせいだ。

　パラオ丸は、昭和九年に竣工《しゅんこう》した日本郵船の貨客船である。総トン数四四九五トン。旅客定員二九五名。その二年後に竣工したサイパン丸に総トン数では引けを取るものの、南洋群島への航路を担う代表的な船である。

　この船は明日、サイパン島に到着する予定だった。今日で横浜を発《た》ってから八日目。退屈な旅もようやく終わりを告げる。

　麻田はぬるい風を浴びながら、自然と歌を口ずさんでいた。

　　赤い夕陽《ゆうひ》が　波間に沈む

涯《はて》は何処《いずこ》か　水平線よ
今日も遥々《はるばる》　南洋航路
男船乗り　鷗鳥《かもめどり》

今年発売された、新田《にった》八郎《はちろう》の「南洋航路」である。パラオ丸に乗ってからというもの、何度歌ったか知れない。「南洋航路」が流行した影響か、最近は「南洋」と付く歌がにわかに増えた気がする。

それは、麻田がこれから赴任する南洋庁の施策とも無関係ではない。

日本によるミクロネシアの島々——いわゆる南洋群島の支配は、大正三（一九一四）年、海軍による無血占領に端を発する。大正八年に委任統治領となり、その三年後、南洋群島を統轄する組織として南洋庁が設置された。コロール島に本庁を据え、サイパン島、ヤップ島、ポナペ島などの主だった島々に支庁が置かれている。それまで施政を担っていた海軍防備隊は解散したが、海軍自体は夏島を中心に拠点を維持しており、現在も南洋群島に強い影響を及ぼしている。

海軍軍令部の唱える南進論が「国策の基準」として日本の外交方針となったのは、四年前であった。資源の乏しい日本では南方に眠る資源、とりわけ石油は魅力的だった。陸軍参謀本部を中心としたソ連打倒による北進論も有力だったが、独ソ不可侵条約が締結されたことで劣勢となった。軍部は今年九月に北部仏印へ武力進駐、東南アジアの占領を本格化した。

同時に、一般国民たちの間でも南進論が浸透しはじめた。

それまでも少なからず、内地から南洋群島への移民募集は行われていた。とりわけ、サイパン島を本拠とする南洋興発《なんようこうはつ》株式会社では多くの移民が働いている。特に多いのは沖縄《おきなわ》だが、山形、福島の出身者も一定数いた。サイパン島やテニアン島には南洋興発の製糖所があり、年間七万トン以上の砂糖を生産している。

現在、南洋群島で暮らす日本人は八万人以上。そして今、さらに多くの国民たちが南を目指している。このパラオ丸に乗っているのも、大半は出稼ぎ移民と思《おぼ》しき人々であった。彼らは甘蔗《サトウキビ》栽培や鰹漁《かつおりょう》で財をなすことを夢見て、南方の楽園を目指している。

一方、麻田のような官吏も少数ながら乗船していた。

「夕涼みですか」

物思いにふける麻田は、背後から唐突に声をかけられた。振り返れば、三十代なかばと見える男が立っていた。細い縁の眼鏡をかけ、理知的な雰囲気を帯びている。南洋庁本庁内務部地方課に勤める吉川《よしかわ》という男で、パラオ丸に乗船してから知り合った。吉川は出張で内地へ行った帰りだという。

麻田の赴任先は南洋庁サイパン支庁庶務係であった。向こうはコロール島勤務だが、一応は同僚ということになる。

「日に一度は甲板に出るようにしています」

「それはよろしい。しかし飽きませんか」

「いえ、面白いものです。海とはあまり縁がなかったせいかもしれません」

「ご出身は？」

「甲府《こうふ》です」

当たり障りのない会話をしながら、相手の横顔を観察する。潮風に前髪をなびかせながら、吉川はつまらなそうな顔で海を見ていた。本当に飽きているようだった。

「よろしければ、近いうちに酒席を設けましょう。サイパンにはガラパンという繁華街がありましてね。そこなら料亭には困らない。よか楼《ろう》、という店がいいですよ」

「痛み入ります」

吉川は麻田と同じく、一高から東京帝大へ進んだ口であった。麻田の二年先輩にあたるらしいが、面識はなかった。

「これまで内地では何を？」

「横浜で英語の教師を」

「ああ、そうだった。失礼」

苦笑する吉川の表情に、ほのかな侮蔑《ぶべつ》が浮かんだのを麻田は見逃さなかった。最高峰の学歴を誇りながら、一教師に甘んじていた己を見下している。以前に答えた質問を繰り返したのも、忘れていたのではなくわざとだろう。嫌味な男だ。

「しかし、どうして英語の先生が南洋庁に？」

「色々ありまして」

麻田は、返答に拒絶の色を混ぜた。吉川は官僚らしくそれを鋭敏に感じ取ったのか、質問を重ねることはなかった。仮に問われたとしても返答は同じだが。

「少々酔ったみたいだ。部屋で休みます」

麻田は踵《きびす》を返し、甲板から去ろうとした。実際は酔ってなどいなかったが、吉川の戯言《ざれごと》に付き合う責はない。

「気をつけてください」

吉川の声に振り向く。逆光のせいで表情はよく見えない。

「南洋では、どこに犬がいるかわからない。島に降りる瞬間から、言動にはよくよく注意することです」

麻田は表情を固くした。

「……ご忠告ありがとうございます」

歩き出した麻田の背筋を、冷や汗が伝う。吉川は何か知っているのか。いや、あり得ない。事実を知っているのは己を含めて、ごくわずかな人間だけだ……。

麻田は吉川の発言を反芻《はんすう》した。犬というのは、飼い主の意向に沿って忠実に任務をこなす存在。要はスパイを意味する。さまざまな思惑が交錯する南洋群島では、多くの忠犬が走り回っている。

まさか、自分がその「犬」であると言えるはずもなかった。


麻田が初めて喘息《ぜんそく》と診断されたのは、二十歳《はたち》の頃《ころ》であった。熱や鼻水はなく、咳《せき》だけがやたらと出る。肺がひっくり返りそうなほど激しく咳《せ》き込むため、学友たちには通院を勧められたが、性質《たち》の悪い感冒か何かだろうと放《ほう》っておいた。甲府にいた時分は風邪《かぜ》すらまともに罹《かか》ったことがないこともあり、己の健康を過信していた。

ようやく病院にかかったのは咳が出はじめてから半年ほど経《た》った頃であった。夜明け、起き抜けに胸に激痛が走り、歩くことすらままならなくなった。血の混じった痰《たん》を吐きながら、これはさすがにまずい、と本郷《ほんごう》の個人医院に足を運んだ。

「ひどい喘息ですなあ」

老年の医師はぼんやりとした口調で言った。

「よくここまで我慢できましたな」

「そんなに悪いですか」

「ええ、ええ。これでは寝るのも難儀でしょう」

医師に言われた通り、その日を境に就寝中であっても咳が出るようになった。正確には胸の痛みで覚醒《かくせい》し、その後、咳が止まらなくなる。一時間おきに目が覚め、まともに眠ることすらできなくなった。結核と言われなかったのは不幸中の幸いだった。

以来、麻田は喘息とともに人生を歩んできた。いったん発作がはじまれば他のことは一切手につかず、鎮咳薬《ちんがいやく》のエフェドリンが手放せなくなった。

麻田が東大文学部を卒業した昭和五年前後は、恐慌による就職難の時代だった。麻田は出版社や新聞社の採用試験を受けたが、ことごとく落ちた。筆記で落とされればまだ諦《あきら》めがつくが、身体検査で落とされると辛《つら》かった。持病の喘息が原因であることは明らかだ。健康体ならば合格していたかもしれない、と考えるとやるせなかった。

卒業後も就職先が決まらなかった麻田は、結局、親類の伝手《つて》を頼って横浜の高等女学校に英語教師の職を得た。そのうち国語も担当するようになり、どうにか生活を安定させることができた。

二年後には甲府の商家の娘であるミヤとの縁談がまとまり、妻帯した。ミヤは麻田が喘息のせいで仕事を休みがちであることに不平や不安を一切口にせず、励まし続けてくれた。結婚の翌年には長男の良一《りょういち》が生まれ、横浜市内の借家に一家で住むようになった。良一が生まれたことで仕事への意欲は増した。

家族のために働くこと。それが、麻田の心の芯《しん》となった。

長男である麻田は、両親からいずれは故郷に戻るよう言われていたが、弟が家業を継いでからは催促されることもなくなった。麻田は女学校の教師として、平凡だが充足した日々を送っていた。

その生活を根底から覆したのは、やはり喘息であった。

今年二月、ひどい発作に襲われて生死の境をさまよった。冬は毎年必ず病状が悪化するが、例年の比ではなかった。

意識がある間は四六時中、息苦しい。咳をしている間はまだましで、それすらできなくなると意識が朦朧《もうろう》としてくる。横になって、ひゅうひゅう、と細い呼吸を繰り返すしかない。病室のベッドに横になっている間、見舞いに来た不安げなミヤや良一に声をかけることすらできなかった。

――このまま死ぬのだろうか。

本気でそう思った。

今この瞬間に息絶えたとしても、己の人生に悔いはない。ただ、ミヤから夫を、良一から父を奪ってしまうのが耐え難く辛かった。

幸い、病状は快方に向かった。一週間ほど入院し、ようやくまともに呼吸ができるようになった。これからは今まで以上に家族のために生きようと誓ったが、医師の判断は非情であった。

「残念ですが、まともに仕事ができる状態ではない。療養に専念されたほうがいい」

麻田は目の前が暗くなった。ようやく手に入れた職を失う。それは、妻子を養う手立てを失うことと同義であった。自尊心は微塵《みじん》に打ち砕かれた。

幼いころから勉強は得意であった。故郷では神童と呼ばれ、両親は苦労して一高へ行かせてくれた。自分も期待に応《こた》えて勉学に励み、東大へ進んだ。能力は人より劣っていない自信がある。東大にも己より凡庸と思える男はごまんといた。それなのに、喘息という宿痾《しゅくあ》に自分の人生は足を引っ張られている。

医師の話をミヤに告げると、彼女はどんぐり眼《まなこ》を細めた。

「ちっと休んでも大丈夫。心配しんでいいさよお」

妻の口にする甲州弁は、すり減った心を癒《いや》してくれた。その後勤務先とも相談して、教師の仕事はしばらく休職することとなった。

一方で、麻田としてはいつまでも横になっているわけにはいかなかった。ミヤは常に体調を気遣ってくれたが、身内からは同情と呵責《かしやく》の入り混じった視線を浴びていた。どこか、怠け者だと責められているような気がした。何より、ミヤや良一の荷物となっていることが耐えられなかった。

麻田は恥を捨て、一高、東大時代の友人たちに就職の当てがないか相談した。しかし友人たちの多くも就職難を経験しており、他人の就職斡旋《あっせん》まで手が回る者はそう見当たらない。加えて、喘息の持病持ちという条件は重い足枷《あしかせ》になった。そもそもが、喘息が原因で休職しているのだから無理もない。

そんななか、たった一人、麻田に就職先を持ち掛けてきた友人がいた。

「君、南洋に行けるかい？」

九月。待ち合わせ場所のカフェーでそう言ったのは、一高からの友人である野村《のむら》という男だった。野村は在学中からその優秀さが知られており、高等文官試験に優秀な成績で合格したという噂《うわさ》だった。卒業後は新設されたばかりの拓務省に入り、現在は拓務局に属しているという。

率直に言えば、南洋群島への赴任など考えたことすらなかった。正直にそう答えると、野村は四角い顔に微笑を浮かべた。

「そうかもしれない。しかし時代は南進だぜ。これから日本人がどんどん増える。コロールもサイパンもますます栄える。それに温暖な南洋なら、君の喘息も少しはよくなるかもしれない。一種の転地療養だな」

野村の言には一理あった。確かに、温暖な気候のほうが喘息症状は緩和すると言われていた。この苦しみが和らぐなら、熱帯に足を運ぶ価値はあるかもしれない。麻田はそう思いはじめていた。

「近く、南洋庁サイパン支庁の庶務係に欠員が出そうなんだ。よければ、君を推薦してもいいと思っているが、どうだろう？」

南洋庁は拓務省の監督下にある。そのため、拓務省の野村が南洋庁の人事に口添えできるというのは自然な話ではあった。麻田にとっては願ってもない提案である。

「ぼくは学生時代から、麻田健吾という男を見込んでいたよ」

「……光栄だな」

「本心だ。君は頭の回転が速いだけじゃない。問題を解決するため、自律的に行動することができる。事務が得意な連中はごまんといるが、責任感を持って事に当たることができる人材は稀《まれ》だ。それに義理堅い。本来なら、冷や飯を食わされるような人間ではないと思っている」

「持ち上げすぎだ」

野村の人物評に世辞が含まれることくらい、麻田も理解している。ただ、まったくの無能であれば野村も口利きなどしないだろう。

「家族も帯同していいか」

「無理ではないが、避けたほうが無難だろうな。単身で行くほうがいい」

野村はその理由を語らなかったが、良い予感はしなかった。口ぶりからは不穏なものを感じる。にわかに表情を曇らせた麻田に、野村は畳みかける。

「赴任にあたっては一つ、頼まれてほしいことがある」

来た、と直感した。

話が順調に過ぎると思ったのだ。しかしここまで聞いた以上、最後まで聞き届ける義務があるように思えた。麻田は身を強張《こわば》らせた。野村が声を潜める。

「サイパンに、海軍少佐の堂本頼三という人がいる」

野村の話では、南洋群島では至る所に海軍関係者がいるという。最大の拠点はトラック諸島の夏島で、飛行場が整備され、基地拡張のために多数の囚人が動員されているらしい。南洋庁の本庁があるコロール島には宇城兼久《かねひさ》中佐という在勤武官がおり、その他の主な島にも武官補が常駐している。

「今年からサイパンに駐在している武官補が堂本少佐だ。サイパン支庁への赴任にあたっては、この堂本少佐の手足となって情報収集に励んでほしい」

周辺の客には聞こえない程度の声で、野村が言った。麻田には、その発言の意味が飲み込めなかった。

「待ってくれ。なぜ南洋庁の職員が海軍の手足になるんだ。別組織だろう」

「表向きはな」

小声で問いかけた麻田に、野村はささやくように答えた。

「確かに、文官が運営する南洋庁と、軍人が属する海軍は別組織だ。だがな、元来南洋群島は海軍の施政下にあった。そして昨今、ミクロネシアの軍事的価値はますます高まっている。南進の主導権を握っているのは海軍だ」

麻田は口をつぐんだ。それ以上は言われずともわかる。要は、南洋群島の命運を握っているのは海軍本部なのだ。南洋庁の仕事はあくまで民政の範疇《はんちゅう》に過ぎず、戦略に口出しすることはできない。海軍に命じられれば、従う以外に道はないのである。

「ただし、堂本少佐とつながっていることは余人には明かさないこと。建前は守られてこそ建前なのだからな。万が一、市民に知られれば面倒なことになる」

「つまり……海軍のスパイとして市民を欺《あざむ》け、ということか」

麻田の直言に、野村は首を横に振った。

「語弊がある。敵は市民ではない」

「どういう意味だ」

「我々の敵は米英だ。南洋群島が重要な戦略拠点であることくらい、やつらも理解している。おそらく、島内には米英の息のかかった工作員が相当数潜んでいる。そういう連中からの防諜《ぼうちょう》のため、あらゆる情報を収集分析し、場合によっては情勢を操作して、怪しい者を排除する。それが君の役目だ」

——やはりスパイではないか。

野村も詭弁《きべん》だと理解しているのだろう、どこか気まずそうに目を伏せていた。単身で行くほうがいい、と言ったのも秘密裏の活動を伴うせいだろう。家族と一緒であれば漏洩《ろうえい》する可能性が高くなる。

「野村。買いかぶるな。俺《おれ》は諜報員にふさわしい器じゃない」

「そうかな。先刻語った君への評価に偽りはないが」

「第一、どうして野村が頼むんだ。海軍の人間が依頼するのが筋じゃないのか」

「堂本少佐には世話になっている」

野村は沈黙した。

拓務省は植民地管理を職務とする。当然ながら、陸海軍との折衝があらゆる局面で生じるはずだ。海軍少佐への借りが一つや二つあったとておかしくない。野村の眉間《みけん》に刻まれた皺《しわ》から、入省以来の苦労が垣間見《かいまみ》えた。

「恩人に報いたい気持ちはわかる。だが……」

「勘違いしないでほしいが、仕事の斡旋を望んだのは君のほうだぜ」

顔を上げた野村が、正面から麻田を見据えた。今度はこちらが目を伏せる番だった。

「わかっている」

「南洋という喘息療養に適した土地で、その知性を活《い》かした業務に従事する。これほど君にうってつけの仕事はないと思うがね。それとも、この話を蹴《け》って就職活動を続けるか？　細君が喜ぶ顔を見たくないのか」

麻田は瞑目《めいもく》した。

もしかすると、南洋なら病状も回復するかもしれない。それに南洋庁への就職が決まったと伝えれば、ミヤはさぞかし喜ぶだろう。単身赴任であることには一抹の不安を覚えるかもしれない。だが、始終泣き言を口にする病弱な夫より、不在でも潑溂《はつらつ》と仕事をする夫のほうがはるかにましだろう。

良一の顔も浮かぶ。この先ずっと、病に苦しむ様を息子に晒《さら》すのは忍びなかった。それならいっそ環境を変え、たくましい父親に生まれ変わった姿を見せてやりたい。何も、未来永劫《えいごう》会えないわけではないのだ。

肚《はら》を決めた麻田は、静かに瞼《まぶた》を開いた。

「……落ち着いたら、家族を呼ばせてほしい」

「ぼくが決めることではない」

すべては堂本少佐なる人物に任せるということか。ならば、この場で仔細《しさい》を議論しても意味がない。どうせ具体的な任務は現地で言い渡されるのだろう。麻田は身を乗り出し、正面に座る同窓生の目を見据えた。

「ぜひお願いしたい」

その一言に野村は力強く頷《うなず》いた。心なしか、安堵《あんど》の色が滲《にじ》んでいた。

「承った。十中八九は上手《うま》くいくだろう。追って連絡する」

後日書簡を通じて、拓務省へいくつかの書類を提出するよう求められた。その数日後には、南洋庁から正式採用が通知された。十一月からサイパン支庁へ赴任せよ、という内容である。麻田は面接試験くらいあるだろうと思っていたが、あまりにあっけなく事が進むので拍子抜けした。

自宅で採用の旨を伝えると、ミヤはことのほか喜んだ。

「やっぱり健吾さんくらい優秀な人なら、周りも放っておかねえじゃん」

ミヤは一高、東大という経歴から、麻田を甲府一の秀才だと信じていた。他の者であれば裏がないか勘繰るところだが、ミヤから褒められると素直に嬉《うれ》しかった。

七歳になったばかりの良一も、無邪気に祝福してくれた。

「お父さん、南の島に行くの？　どれくらい遠い？」

「船で十日ほどかかる」

「なんていう島？」

「サイパン。南洋群島で一番賑《にぎ》やかな島だ」

「へえ。ぼくも行ける？」

「そのうち呼ぶよ」

「いつ行ける？」

良一の質問攻めに、麻田は苦笑してミヤに視線を送った。

「お父さん、困ってるじゃないの。利口にしていれば行けますよ」

ミヤは息子との会話では、横浜の主婦らしい言葉遣いになる。甲州弁が出るのは麻田をはじめとした甲府の人と話す時だけだった。たしなめられた良一だが、一向にめげる素振りを見せない。

「ぼくね、ダン吉《きち》読ませてもらったんだ。ユキオのお兄ちゃんが持っているの。だから南の島がどんな風か知ってるよ」

良一が言っているのは絵物語「冒険ダン吉」のことであった。麻田は実物を読んだことはないが、南洋が舞台のようだ、という話は聞いたことがある。子どもの間では「のらくろ」と同じくらい人気があるらしい。

「たくさん手紙を書くよ。だから良一も、返事を書いてくれ」

「わかった！」

息子はひときわ大きな声で答えた。

サイパン赴任に伴い、女学校は辞職した。教職員たちは別れを惜しみつつも、新たな任地に旅立つ麻田を祝福してくれた。挨拶《あいさつ》回りに訪れた甲府でも、両親や親類から数々の激励を受けた。

一方で、祝福を受けるたびに、麻田の心にさす影は色濃くなっていった。南洋庁サイパン支庁庶務係で勤務することは決して嘘《うそ》ではない。それなのに、周囲を欺いているような気がしてならなかった。

すべてはスパイという特殊な使命のせいだった。堂本少佐とはどのような人物なのか。自分は南洋で、何を命じられるのか。考えるほど気分が塞《ふさ》いだ。

――国のためだ。

迷いが生じるたび、麻田はそう己に言い聞かせた。

十一月初旬、「パラオ丸」はサイパン島に入港した。麻田は出稼ぎの労働者や、南洋興発の関係者と一緒に下船した。

本庁があるコロール島はさらに先であるため、吉川は船に残った。最後の日もたまたま顔を合わせ、「酒席を設ける」と言っていたが、麻田は口先だけの男とみている。折を見て、野村に庁内での評判を聞いてみるつもりだった。

島はとにかく暑い。内地では冬の気配が漂っているというのに、このサイパンで吹いている風は温かい。湿度もある。少し歩くだけで額に汗が噴き出す。

港まで迎えに来た若い嘱託職員が、乗り合いバスで官舎まで案内してくれた。タナパグ湾の築港は島の西側にあり、海沿いに三キロメートルほど南下すれば中心部ガラパンに到着する。庁舎、社屋、商店、神社、病院、学校と、あらゆる主要な施設が集中しており、麻田の官舎もそこにあるらしい。

「あれがタッポーチョ山」

混み合うバスの車中で、職員が左側の窓の外を指さした。濃緑色のなだらかな山がそびえている。彼の解説によれば、それが島の最高峰であるタッポーチョという山らしい。麻田の目には平凡な山としか映らないが、この島に住む者にとっては重要な象徴のようだった。

案内された官舎は支庁舎の裏手にあった。与えられた部屋は二間続きで、単身者には十分すぎるほどの広さだった。職員はガラパン一帯の地図を手渡してくれた。当面、この地図を頼ることになりそうだ。

「庶務係長から伝言があります」

荷物を下ろした麻田に、職員が言った。

「先に海軍クラブへ行ってほしいとのことです」

「この後、支庁舎へ伺おうと思っていたんだが」

「こちらに来るのは明日でもいい、と」

職員は生真面目《きまじめ》な顔つきで直立している。庶務係長は別として、彼にはそれ以上の情報は与えられていないのだろう。「承知した」と応じると、役目を終えた男は去って行った。

地図を確認すると、海軍クラブは海沿いにあった。誰が待っているかは明らかだ。幸い喘息発作の気配はない。麻田は頭髪と衣類を整え、官舎を出発した。

――いよいよか。

相手は海軍士官、それも在勤武官補という要職に就いている。機嫌を損ねれば、今後の仕事がやりにくくなるだけではない。悪ければ、馘首《かくしゅ》。そうなれば職を失うだけでなく、野村の面子《メンツ》も潰《つぶ》すことになる。もっと悪ければ、その場で軍刀を抜かれる恐れだってなくはない。海軍練兵場での訓練は、死人が出るほど過酷だと噂に聞いたことがある。

街は浴衣《ゆかた》や銘仙《めいせん》を着た日本人で溢《あふ》れていた。バスの車中から見た時も感じたことだが、前評判通り、ガラパンは内地の地方都市と遜色《そんしょく》がないほど栄えている。甲府の中心地と同じくらい、いや、賑わいでは上回っているかもしれない。南洋の小東京と呼ぶ者がいるのも納得できる。

麻田は神社の前を通り過ぎ、公会堂と郵便局の間を抜け、桟橋で右に折れた。左手に海を見ながら海岸通りを進む。民家の表札には、玉城《たまき》、金城《きんじょう》、上原《うえはら》といった名字が並んでいた。生垣にはハイビスカスの赤い花が咲き、軒先を賑わせている。

通りの先に、象牙《ぞうげ》色をした四角い建築物が現れた。これが軍人たちの社交場、海軍クラブのようだ。門の前には軍衣に身を包んだ若い男が立っていた。守衛らしい。麻田は何気ない足取りで接近し、一礼した。

「南洋庁の麻田と言います。堂本少佐にお取次ぎ願えますか」

守衛は麻田を一瞥《いちべつ》すると、踵を返し、無言で建物のほうへ歩き出した。ついてこい、と背中が語っている。麻田は素直に従った。門の内側には白い砂利が敷き詰められているのかと思いきや、よく見れば珊瑚《さんご》の破片であった。歩くたびに靴の下でじゃりじゃりと音がした。

観音開《かんのんびら》きの扉を抜けると、洋風の意匠が施された玄関広間が現れた。黒褐色の木材でできた床はよく磨かれ、緊張した麻田の顔をおぼろげに映している。

守衛はさらに奥へと進む。正面に延びる廊下の左側には、いくつかの部屋が並んでいる。開け放たれた扉の一つを覗き込むと、そこは遊戯室らしく、中央にビリヤード台が据えられていた。人の気配が感じられない。

閉ざされた扉の前で守衛が立ち止まった。

「こちらです」

それだけ言い残すと、余分なことは一切口にせず、持ち場へと引き返していった。質問をする暇もない。

麻田は軽く呼吸を整え、下腹に力を込めた。

「南洋庁の麻田です。堂本少佐はいらっしゃいますか」

「……入ってくれ」

室内から低い声で返答があった。ノブに手をかけ、「失礼します」と言いつつゆっくりと押し開ける。

そこはソファやテーブルが設《しつら》えられた、談話室だった。広さは十畳ほどか。大きな窓があり、強い光が室内に降り注いでいる。その窓を背に紺の背広を着た男が立っていた。

年齢は四十歳前後。痩《や》せ型で、身長は麻田より頭一つ高い。前髪を後ろに撫《な》でつけており、秀でた額が露《あら》わになっている。狐《きつね》のような細い目に、尖《とが》った鼻。鼻の下に髭《ひげ》を生やしている。

目が合うと、男の薄紫色の唇が動いた。

「麻田健吾。南洋庁サイパン支庁庶務係書記。相違ないな」

軍人らしからぬ、威圧感のない穏やかな口調だった。名乗ろうとしたことをすべて言われた麻田は、「はい」と応じるしかなかった。

「堂本頼三だ」

「よろしくお願いいたします」

麻田は深々と腰を折る。事実上、己は堂本に雇われた身だと理解していた。

――俺は、この人の犬になる。

堂本は階級も所属も名乗らなかったが、それを問うのはお門違いだと察した。

「サイパンにはいつ到着した？」

「一時間半前に」

「うん。具体的に回答するのは良いことだ」

堂本は頷き、手近な一人掛けのソファに腰を下ろした。

「君も掛けなさい。遠慮はいらない」

麻田は一礼し、対面のソファに座った。堂本はしばらく黙って麻田の顔を見ていたが、やがてけだるそうに口を開いた。

「甲府市中台町二丁目八番」

それは麻田の生家の番地であった。

「父は恒造《こうぞう》、母はツル。弟が二人、妹が一人。麻田家は旧甲府藩の士族で、生家は表具店を営んでいる。小学校の頃から成績は優等、県立甲府中学校から無試験で第一高等学校文科に推薦合格。東京帝大文学部英文学科在学中には短歌に熱中。新聞の懸賞に当選し、作品が掲載されたこともある」

堂本の口から、麻田の経歴がすらすらと語られた。それが大した情報ではないと、頭ではわかっている。拓務省へ提出した資料に毛が生えた程度で、少し調べればわかることだ。だが初対面の相手、しかも海軍士官に自分の出自を語られるのは、隠し事を暴かれるようでどうにも気味が悪かった。

堂本の顔の半分は、影に覆われていた。日中にもかかわらずこの部屋だけは薄暗く感じられる。ひとしきり麻田の身上を語った堂本は、綺麗《きれい》に剃《そ》られた顎を撫でた。

「喘息発作の持病があるそうだな」

「十年以上の付き合いになります」

「身体《からだ》には気を遣え。薬が足りなければ手配する」

おや、と麻田は思う。

堂本は、事前に想像していた軍人の雰囲気とはずいぶん違っていた。物腰が柔らかく、手下であるはずの麻田を気遣う素振りすら見せる。怜悧《れいり》な雰囲気も相まって、軍人より学者のほうが似合いのように思えた。

第一、背広を着ていることに違和感がある。この熱帯で背広を着込むのはいかにも暑苦しい。平服でいいなら、浴衣に下駄のほうがよほど快適だ。

「背広は米国にいた頃の習いだ」

麻田が考えていることを読んだかのように、堂本が言った。こちらから質問をしてもよいものか。わずかに逡巡《しゅんじゅん》した末、麻田は口を開いた。

「米国にはいつ頃?」

「五年前まで。カリフォルニアにいた」

「留学ですか」

「ああ。そういえば、君はトマス・グレイの詩篇《しへん》が好きらしいな。あれは英国らしい諧謔味《かいぎゃくみ》があって、悪くない」

愛好する詩人の名が出たことで、麻田は思わず口元をほころばせた。だがその一瞬後で、顔を強張らせる。

――油断するな。

気を許しかけた己を叱咤《しった》した。どんなに紳士然としていても、相手は海軍少佐だ。おそらくは、胸襟を開いたふりをして懐柔するのが堂本のやり方なのだろう。向こうは海軍将校であり、こちらはその走狗《そうく》である。断じて、友人同士などではない。従順ではあっても、感情移入してはならない。

堂本は頬杖《ほおづえ》をつき、左半身を預けた。

「麻田君。私は今年の六月からサイパンに赴任したが、この四か月ほどでわかったことがある」

「聞かせてください」

「この島はスパイだらけだ」

唐突に核心へと切り込んできた。動悸《どうき》が高鳴る。

「スパイの活動には二種類ある。敵国に潜んで機密情報を取得する、いわゆる『諜報』。もう一つは、そうした諜者から機密を守る『防諜』だ。わかるね？」

「はい」

麻田が担当するのは、主に後者ということになる。

「サイパンにはあらゆる種類のスパイが跋扈《ばっこ》している。米国、英国の諜報員は言うに及ばず。オランダ辺りも人をやっているだろう。内地の機関から派遣された連中も少なくない。陸軍、内務省……当然、海軍も民間の協力者を多数保有している。せいぜい十万人ほどの南洋群島に、なぜ、これだけスパイが溢れているかわかるか？」

堂本は顔色一つ変えずに尋ねた。麻田は数秒のうちに必死で頭を回転させる。

「米英と開戦すれば、海軍の前線基地になるため……でしょうか」

南洋群島は米国本土と、準州であるハワイ諸島や植民地フィリピン、軍事拠点グアムを分断できる位置にある。蘭印《らんいん》（オランダ領東インド）とも近い。仮想敵国が諜報員を送り込むのも頷ける話であった。

「その通りだ」

堂本が頷いた。どうやら不正解ではなかったらしい。

「しかし一点訂正しよう。今、米英と開戦すれば、と言ったな」

再び緊張が走る。堂本は尖った顎を指先でなぞった。

「開戦は仮定の話ではない。時間の問題だ」

「……はい」

「いずれ必ず来たる開戦の瞬間に備えて、誰もが情報収集をしているのだ。開戦した時点で、大勢は決している。戦争はすでに始まっている。わかるか」

間髪を容《い》れず「はい」と応じた。それ以外、取るべき反応はなかった。堂本は細い目をさらに細める。

「君は米英と開戦すべきだと思うか？」

麻田は硬直した。つい今しがた堂本は、開戦は時間の問題だ、と告げたばかりだった。それにもかかわらず開戦の是非を問われている。意図が把握できない。

「私は……」

「率直な意見を聞かせてくれ」

神経が張りつめる。重要な質問だということだけはわかった。

開戦すべきか、否か。

麻田は必死に、その顔色から正答を探し出そうとした。堂本の表情は、まったくの無であった。肯定も否定もしない。喜びも怒りもない。ただ、ガラス玉のように虚《うつ》ろな眼球が麻田を見ていた。

どれだけ考えても答えは一つだった。相手は海軍少佐であり、海軍が南進——要するに領土拡大を志向しているのは明らかである。米英蘭との開戦を望まないはずがない。南へ進めば、米領フィリピンや英領マレーに接近する。

質問の意図としては、開戦を支持しているとしか考えられない。

「日本海軍の艦隊、航空戦備をもってすれば、米英の軍事力は恐れるに足らないものと。精神の面でも……」

「君の率直な意見が聞きたい」

すぐに遮られる。内心を見破られた。

その堂本の一言で、何かが吹っ切れた。緊張の峠《とうげ》を越えた麻田は、額の汗を拭《ぬぐ》い、一息に言い放った。

「私は開戦の是非を判断できる材料を持っていません。軍内部の事情を知らなければ、国際政治にも明るくありません。これから南洋群島で、判断に必要な情報を収集したく存じます」

「保留、ということか」

「はい」

「……いずれ答えを聞かせてほしい」

今度こそ、安堵の吐息が漏れた。

——切り抜けた。

先刻口にしたことは、麻田の本音だった。日本は開戦すべきか否か。そんなことを真剣に考えたのは初めてだった。真正面から是非を問われれば、判断材料に欠けるとしか言いようがない。

ただぼんやりと、いずれ米英との戦争がはじまるかもしれないとは思っていた。南洋や中国大陸に支配の手を伸ばし、多数の大型戦艦を有し、これまでの大戦でも優れた戦果を収めてきた日本なら、開戦すればきっと更なる領土拡大が見込めるだろう。ましてや、惨敗することはあり得ない。

それが現時点での、麻田の観測だった。

堂本は音もなく立ち上がり、窓へと近づいた。麻田も慌てて直立する。

「今日はもういい。また、人をやる。まずは島の生活に慣れてくれ」

「以後、よろしくお願いいたします」

麻田は深く低頭し、百八十度方向転換した。

談話室を出る間際、閉まりかけた扉の隙間《すきま》からのぞいた堂本の横顔は、将来を憂えているようにも、暗い企《たくら》みを描いているようにも見えた。

海軍クラブを後にした麻田は、背中にぐっしょりと汗をかいているのに気付いた。滞在時間はものの三十分だったが、一時間にも二時間にも感じられた。幸い馘首は言い渡されず、軍刀を抜かれることもなかった。

支庁舎への道をゆっくりと歩きながら、堂本の風貌《ふうぼう》を思い返す。鉄拳《てっけん》制裁どころか、まったく軍人らしからぬ出《い》で立《た》ちだった。米国留学の経験があるところから、海軍内ではエリートだと見ていい。もしかすると海軍大学校のような、上級将校の養成機関の出身者かもしれない。

麻田はガラパンの街並みを見物がてら、郵便局に寄った。到着を知らせる電報をミヤに宛《あ》てて打ち、ついでに良一へ送る絵葉書を購入した。サイパン市庁舎の写真が印刷されたものを選んだ。

その後、麻田は庶務係職員としてサイパン支庁への初登庁を果たした。

堂本少佐から再度呼び出しを受けたのは、サイパン島の到着日から数えて六日目のことであった。

夕刻、支庁舎から退勤した麻田を、軍衣を着た若い男が待ち構えていた。よく見れば海軍クラブの門前に立っていた守衛である。己に用があるのだろう、とすぐに察しがついた。傍らに立つと、男は早口で「ご案内します」と言った。

麻田は男の顔をまじまじと見た。太い眉《まゆ》に毛穴の開いた団子鼻、黒く焼けた肌と、いかにも垢《あか》抜《ぬ》けない。この青年も、堂本の犬という意味では己と同じ立場なのだろう。官舎に立ち寄る暇も与えられず、麻田はそのまま繁華街の方角へ連れ出された。青年の斜め後ろをついていく。

夕刻のガラパン三丁目には、真昼のように強い日差しが降り注いでいた。目の前を豆腐屋の大八車を引いた島民が走り過ぎていく。路上に落ちた黒い影が遠ざかる。道の両側には民家の他、牛乳屋、下駄屋、旅籠《はたご》などが並んでいる。脇道《わきみち》には食堂もあった。

通りを行き交うのは、見たところ日本人と現地の島民が半々といったところであった。南洋群島には主にカロリニアン、チャモロといった島民がおり、ガラパンでは商店や役所のボーイとして働く者が多くいた。

昭和十五年時点で、南洋群島に住む日本人は八万人から九万人程度であるのに対して、島民はおよそ五万人であった。

「お名前は?」

仏頂面で先を歩く青年海兵に、麻田は声をかけてみる。

「一等水兵、田口茂《たぐちしげる》であります」

田口は立ち止まらずに名乗った。

「田口一等水兵ですか。私は麻田健吾といいます」

「………」

「連絡なら電話で結構でしょう。庁舎には電話を引いている」

「案内せよとの命令を受けています」

融通が利かない。もっとも、軍人が命令以外の行動をとれないのは当然だが。

北ガラパンに入るにつれ、料亭が増えてきた。ガラパンで料亭と言えば、「よか楼」のようなごく一部の店を除いて、貸し座敷、いわゆる女郎屋であることはすでに知っていた。歓迎会で危うく連れていかれそうになったが断った。女遊びにうつつを抜かすほど、軽薄ではないつもりだ。麻田がサイパンに来たのは、仕事のためである。

——まさかとは思うが。

紳士然とした堂本少佐に限って、そのようなことはあるまい。そう己に言い聞かせたが、果たして麻田の予感は的中した。田口が立ち止まった平屋の入口には、「料亭千代松《ちよまつ》」と記された看板が掲げられていた。

「ここで名乗ってください」

「……あなたは、ここまでですか？」

田口は無言でたたずむだけだった。麻田は礼を言い、一人で格子戸を開け、うんざりした気分で薄暗い屋内へ入った。

右手に帳場があり、五十がらみの番頭らしき女が座っていた。その横の長椅子《ながいす》には、厚化粧を施した女たちが四人、並んで座っている。揃《そろ》って赤や白の簡単衣《かんたんぎ》を身に着けており、けだるそうな表情で浅く腰かけていた。

「泊まりですか？」

麻田を見るなり、番頭が声をかけてきた。慌てて「いえ」と応じる。

「ええと、麻田といいますが」

番頭の眉がぴくりと動いた。帳場から出てくるなり、手招きをする。

「こちらへ」

店の奥へと進む番頭の後を追って、回廊を歩く。厚化粧の女たちが拍子抜けしたような顔で麻田を見送った。

通されたのは六畳間だった。芸妓《げいぎ》や酌婦がいないことには安堵した。ミヤを裏切る真似《まね》はしたくない。

中央に卓があり、座布団が四枚敷かれているだけの簡素な部屋である。取り残された麻田はひとまず座布団に座り、落ち着かない気分で待った。本来は宴会に使うのだろうが、外から姿を見られる心配はないし、よく考えれば密談にはもってこいの場所である。酒や料理が運ばれてくる気配はなかった。

十五分ほど経って、廊下から足音が聞こえた。同時に麻田は立ち上がる。襖《ふすま》が開き、背広を着た長身の男が現れた。

「待たせた。楽にしてくれ」

穏やかな物腰だが、所作には隙がない。堂本が上座に落ち着くのを待って、麻田は対面の座布団に腰を下ろした。

「この店はよく使う。覚えておいてほしい」

「承知しました」

「庶務係での仕事はどうかね」

麻田は躊躇《ちゅうちょ》した末に答える。

「順調です」

「君の能力では歯ごたえがないだろう」

図星であった。

サイパン支庁には庶務係、財務係、殖産係、警務係の各係があり、庶務係は現地調査、各種統計、戸籍管理、教育など諸々の業務を担当している。麻田の主な担当業務は、住民の暮らしぶりを調査して年報に取りまとめることであった。要するに、これといった成果を求められない閑職である。

「現地調査の担当なら何かと動きやすいだろう。君を多忙にしないよう、庶務係長には言い含めておいた」

「なるほど……」

「心配はいらない。やるべきことはある」

卓に右手を置いた堂本は、こつん、と人差し指で叩《たた》いた。

「玉垣賢作《たまがきけんさく》という漁師は知っているか」

「承知しています」

鰹漁船「金照丸《きんしょうまる》」の船長である玉垣賢作の名は、すでに聞き及んでいた。玉垣は一介の漁師ではなく、「金照組合」と銘打った多くの鰹漁船を従える大船長である。漁師の九割を占める沖縄県人のなかでも指折りの有名人だった。

「昨日、玉垣の死体が発見された」

麻田は言葉を失ったが、堂本は構わず先を続ける。

「カマチリ林で、首を吊《つ》っているところが見つかった。警務係から聞いていないか？」

「……申し訳ございません」

「以後はよくよく注意を払ってくれ」

怜悧な視線が、麻田には痛かった。

堂本が話すところによれば、死体が見つかったのはサイパン島北部マタンシャ。玉垣の自宅はガラパンにあるというから、いささか離れている。

「玉垣の妻が言うには、前々日の夜から行方不明となっていたらしい。しかもこの件は、ただの自殺では済まない」

つぶやくと、堂本は血色の悪い唇を舐《な》めた。

「玉垣の死体の傍らには、遺書らしきものが置かれていた。そこには『尽忠報国』と大書され、さらにはこんな文章が続いていた。己は米国にサイパン島内の情報を提供していたが、良心の呵責に耐えかねたため死を選ぶ、と」

麻田は息を呑《の》んだ。

「……つまり、玉垣は米国のスパイだったと？」

「真偽は不明だが、見過ごせないことは確かだ」

なぜ、堂本が遺体発見から一日でそこまで情報を握っているのかは不明だが、他の犬に調べさせたのだろうと考えると合点がいった。麻田は黙っていたが、堂本からの更なる情報はなかった。

「そこで君に頼みがある」

切れ長の目の奥が光った。

「玉垣と米国とのつながりを明らかにしてくれ。玉垣が本当に米国のスパイであった場合、機密情報が流出している可能性が高い。具体的にどのような情報が流れたのか、確かめてくれ」

麻田は硬直したまま、とっさに思った。

——無理だ。

単なる情報収集ではない。死者の過去を洗い、米国へ流れた情報を追えというのだ。警察でも難しいだろう。だが、指示された以上やるしかなかった。進むべき道は一つしか用意されていない。道を逸《そ》れれば、その先に待っているのは深い闇《やみ》だ。

ミヤと良一の顔が浮かぶ。頼りがいのある夫、たくましい父にならねばならない。麻田の決心を後押しするかのように、サイパンへ来てからというもの、喘息は嘘のようになりを潜めている。もしかすると南洋の気候は身体に合っているのかもしれない。

——これほど君にうってつけの仕事はないと思うがね。

野村の台詞《せりふ》が脳裏をよぎる。ひょっとすると、これが、己の天職なのか？

そう自問し、慌てて首を横に振る。馬鹿な。まだ、仕事の一つも片付けていない。適性を問われるのはこれからだ。堂本の要求に応えるのは、相当な困難を伴うだろう。失敗すれば南洋に己の居場所はない。

しかし、もし、首尾よくいけば――。

「やってくれるか」

はっと顔を上げる。葛藤《かっとう》を見透かしたかのように、堂本は唇を歪《ゆが》め、片頬に薄い笑みを浮かべていた。麻田は深く息を吸い、一息に吐き出す。

「承知しました」

「うん。ただし警務係では、私の名は出さないように」

思わず奥歯を噛《か》んだ。堂本の指図であることは伏せろということか。庶務係長とは昵懇《じっこん》の仲でも、警務係長は違うようだ。麻田は記憶の片隅に刻んでおく。できるだけ早いうちに、島内の人間力学を把握する必要がある。

堂本は視線を襖のほうへと走らせた。用は済んだらしい。しかし調査を開始するには材料が少なすぎる。何でもいいから、もう少し手掛かりが欲しかった。

「質問があります」

麻田はとっさに口を開いた。

「構わないが、答える義務はない」

堂本はにこりともしない。与えられた数秒の時間で、麻田は必死に考えた。何を訊《き》けばいい。どんな質問をすれば、この男から情報を引き出せる?

「……少佐はこの島に、何匹の犬を飼ってらっしゃるのですか」

咄嗟《とっさ》に思いついたのが、その問いだった。

麻田が最も知りたいのは、堂本が描いている全体的な構図、もっと言えばこの男の真意だった。海軍士官でありながら民間人に開戦の是非を問う。そうかと思えば、自死の真相を探るよう命じる。話せば話すほど、堂本は底が知れない男だった。いったい己は何のために働かされるのか。その大きな問いに比べれば、玉垣の死や警務係との関係は些事《さじ》である。

堂本は宙に視線を巡らせてから答えた。

「言えば飼い犬同士で嫉妬《しっと》する」

麻田は無表情を装いつつ、内心で密《ひそ》かに笑んだ。やはり、堂本の走狗は己だけではない。少なくともそれはわかった。

「しかし、それと知らぬうちに飼い犬同士が喧嘩《けんか》をする恐れもあります」

ふっ、と堂本が鼻で笑った。麻田の前で声を出して笑ったのは初めてだった。

「私は利口な犬しか選ばない。知りたければ自分で探れ」

堂本が手を叩く。それが終了の合図だった。呼応するように襖が開き、番頭の女性が顔を出した。床に正座し、堂本の指示を待っている。

「君は酒を飲むか?」

「いいえ、まったく」

飲めないわけではない。ただ、酒精が喘息を悪化させるという話を聞いて以来、酒は口にしないようになった。堂本は大きく頷く。

「それはいい。如何《いか》に優秀な将校であっても、酒に溺《おぼ》れれば使い物にならん。彼に食事だけ用意してやってくれるか」

番頭は平伏し、廊下を去っていく。後を追うように堂本も立ち上がった。

「私は先に行く。君は食事をとってから出るといい」

「恐れ入ります」

麻田は素直に従うことにした。好意というより、時間差をつけて店を出ることが主目的だろうと察した。一緒に料亭から出るところを誰かに見られれば、勘繰られる。己と堂本の関係は表向き秘匿しなければならない。

「一週間後、同じ時刻にまたここで」

言い残して、堂本は消えた。麻田は苦い顔で足音を聞き届ける。与えられた猶予はわずか一週間。その間に、提示された難題を解決しなければならない。少なくとも解決への道筋を立てておく必要がある。

運ばれてきた酒肴《しゅこう》をつまみながら、麻田は黙考した。まずは玉垣賢作の素性について、詳しく知る必要がある。考え事をしながら食べたせいか、味はしなかった。


翌日の正午前、庁舎内にある警務係を訪ねた。

歓迎会で、警務係は内地の警察に比べてずっと楽だと聞いていた。窃盗や詐欺、恐喝で検挙される者がたびたびいるものの、犯罪件数そのものが少ない。唯一、南洋群島特有の犯罪として酒の闇取引は多発している。南洋では島民への酒類の供給が禁じられており、買った島民も、売った日本人も罰せられる。それでも酒の密売買は後を絶たない。

巡回中なのか、警務係の執務室はほとんど無人だった。唯一、隅の机で書き物をしている男がいた。白い詰襟の制服を着込んでいる。南洋の警察官は年中夏服を着ていた。

麻田より少し年上か。垂れ下がった目尻《めじり》が泣き出す寸前のようで、どこか情けない印象を受ける。初日の挨拶回りで見たことのある顔だった。麻田はその名前を憶《おぼ》えている。武藤新之助《むとうしんのすけ》。

「お疲れ様です、武藤警部補」

正面から声をかけると、武藤は手を止めて顔を上げた。

「どうも。ええと、庶務係の……」

「麻田健吾です」

「ああ、麻田さん。何か御用で？」

作業を中断されても、武藤は気分を害した素振りを見せない。時間に余裕があるゆえの反応だった。話を聞くにはちょうどいい。

「今、サイパンの鰹漁についてまとめているんですがね。先日、金照丸の船長がマタンシャで亡くなったでしょう。玉垣さん。あの方が沖縄県人の頭のような立場だったと聞きましてね。鰹漁に与えた影響も大きいようで、その足跡を調べているんですよ」

麻田はあらかじめ考えておいた言い分をすらすらと口にする。堂本が言った通り、現地調査の担当という肩書きは何かと動きやすかった。

武藤は口を半開きにして、感心したように頷いた。

「庶務係はそんなことまでやるんですか」

「ええ。そこで、お手数ですが警務係の資料を拝見したいんです」

「そうねえ……玉垣さんの功績を知りたいなら、組合に聞いたほうがいいのと違うかな」

武藤は腕を組んで答えた。組合というのは、玉垣が長を務めていた「金照組合」という寄り合いのことである。麻田は愛想笑いを浮かべた。

「もちろん、後日伺います。ですが、まずは警務係の資料を拝見させてもらうのが近道かと。皆さんの仕事ぶりは懇切丁寧だと聞いております。後学のためにもぜひ検分記録を見せてもらえませんか。機密事項は報告書には記しませんので」

皮肉と取られない程度の世辞を混ぜ込んでみたが、武藤はいまだ気乗りしない様子で頬を掻《か》いている。せめて遺体の発見場所くらいは把握したかった。

「ううん……どうするかな」

麻田は顔では笑みを作りつつ、この活動の難しさを改めて実感していた。一口に情報収集と言っても、他の係から資料一つ引き出すことすら容易ではない。多少なりとも職業倫理を持っている相手なら、当然だった。

「まず係長に……」

「昼飯でもご一緒しませんか。三丁目に食堂を見かけたもので、よければ付き合ってもらえると嬉しいのですが」

武藤の口を塞ぐように、麻田は言った。

「はあ、まあ」

勢いに押されるように、武藤は首を縦に振る。麻田はひとまず方針を変えることにした。資料を見るのが難しければ、直接話を聞くという手もある。

ガラパン三丁目の脇道にある食堂は、昼食時とあって賑わっていた。通されたのは出入口から奥まった席で、隣に浴衣姿の老夫婦が座っていた。麻田と武藤は、揃って天ぷら付きのかけ蕎麦《そば》を注文した。

「玉垣さんの死は、ずいぶん噂になっていますよ」

「でしょうな。有名な人でしたから」

庁舎よりも幾分くつろいだ表情で、武藤は応じた。

「首吊りだそうですが、自殺ですか」

「まあ、そうでしょうな」

「殺された、という者もいます」

「どうかねえ。生きていれば、誰しも恨みを買いますから」

他殺の噂が流れているのは事実だった。玉垣という男は、サイパンに来てから一代で財をなした鰹成金の一人である。儲《もう》ける者がいれば、その陰で泣く者がいるのは世の常だ。玉垣を恨む人間は間違いなくいる。

その時、蕎麦が運ばれてきた。いったん箸《はし》を取る。

丼《どんぶり》に乗った天ぷらは海老《えび》ではなく、白身魚だった。噛むと淡白な味がする。汁を啜《すす》ると、濃い鰹出汁《だし》の風味が舌に広がった。麺《めん》はややぼそぼそしているが滋味深い。内地で食べる蕎麦とは趣が異なるが、これはこれで悪くなかった。

「亡くなった場所についてはどう思いますか」

麻田が水を向けると、武藤は蕎麦を嚙み切って口を開いた。

「場所、とは？」

「あんな辺鄙《へんぴ》なところで自殺する必要はないと思いますがね」

麻田は鎌《かま》をかけた。実際は、遺体発見現場がどこにあるかは知らない。

「そこまで辺鄙な場所でもないですがね」

箸を持ったまま、武藤が首をひねる。

「海沿いの駐在所から、徒歩十分ほどの距離ですよ」

「へえ。地図でいうと、どの辺りです？」

麻田はすかさず丼を脇にどけ、卓上にマタンシャの地図を広げた。捜査資料と突き合わせようと思って持ち歩いていたものである。武藤はやや面食らっていたが、「調査が仕事なもので」という言葉で押し切った。

「ええと……駐在所がここだから、少し北に行った、この辺かな」

武藤が指さした地点を頭に叩き込む。上手くいった。

「なるほど。確かに、さほど辺鄙な場所でもありませんね。しかし発見が遅れたのはなぜでしょう。見つかったのは玉垣さんが行方不明になった、二日後の朝でしょう」

「さあね。どうしてだか」

「日本人が発見したんでしょう？」

「島民ですよ。カマチリ林は綿畑の隣にある。そこで働いている小作人が発見者です」

蕎麦を啜りながら、武藤は当然のように語る。何気ない返事のつもりだったかもしれないが、いくつもの情報が含まれていた。遺体のあったカマチリ林が綿畑の隣にあること。発見者が小作人の島民であること。

そして最も重要なのは、発見が遅れた、という発言を否定しなかった点だ。

玉垣賢作が行方不明になったのは、十一月十二日の夜。そして遺体が見つかったのは十四日の朝。その間、玉垣がどのような行動をとっていたかは不明である。にもかかわらず、武藤は遺体の発見が遅れたという発言を受け入れた。

つまり警務係は、玉垣が死んだのは発見の直前ではないと見ている。おそらくは遺体の腐敗状況が根拠だろう。

丼が空になった。茶を飲みながら、麻田は思い切って揺さぶりをかけることにした。

「玉垣さんは、アメリカのスパイだったんでしょうか」

爪楊枝《つまようじ》で歯をせせっていた武藤の顔が、一瞬でこわばる。

「……庶務係の仕事とは関係ないでしょう」

「サイパンを代表する鰹漁師の死因です。重要なことだ」

「私には何とも」

この話題になると武藤の口は極端に重くなった。知っていて話せないのかもしれないし、本当に何も知らないのかもしれない。話題を変えることにした。

「他殺の線はないんでしょうか。アメリカの引き金で、何者かが殺した可能性は。遺書も偽造かもしれない」

「ない、ない。自殺なのは間違いないと思いますがね」

「なぜそう言えますか？」

執拗《しつよう》に問い続けると、武藤は観念したように、ふう、と息を吐いた。

「玉垣にはなじみの芸妓がいた。そいつがいわく、最近の玉垣は死にたい、死にたいと盛んに漏らしていたらしい」

「……なるほど」

芸妓の素性も聞き出したかったが、武藤は逃げるように席を立った。急いで後を追い、食事代は麻田が奢《おご》った。蕎麦一杯で情報が得られるなら安いものだ。武藤は当然だとでも言いたげに、礼も言わず庁舎へ戻っていった。

警務係にいい伝手を得た。今後も武藤警部補は何かと使えるだろう。

――さて、どうするか。

もう少し、鰹漁について詳しく調べる必要がありそうだ。庁舎に戻り、次は殖産係を訪ねることにした。


翌日、麻田は乗り合いバスの車中にいた。

ガラパンの北にあるマタンシャは、役場や駐在所、郵便局、学校などを中心として、主に農家から構成される集落であった。

途中、黒煙を噴いて走る蒸気機関車とすれ違った。「シュガートレイン」と呼ばれる、サトウキビ運搬のための鉄道である。南洋興発が敷設《ふせつ》したもので、島内をほぼ一周するようになっていた。北部の畑で収穫した作物を積んで、南部の製糖所へ運ぶのが目的だ。

二十数個もつないだ貨物車にサトウキビを満載しているせいか、路傍から飛び乗れるほど遅い。汽車は北に向かうバスとは逆方向へ悠然と走る。これからガラパン、チャランカノアといった西海岸沿いの街を南下し、東側を北上して出発点に戻るのだろう。

製糖業と水産業。この二つは、南洋経済を支える二本柱であった。そしてその両方で、沖縄出身者はなくてはならない存在となっている。

前日の午後、麻田は調査のためと理由をつけて、殖産係の技師からちょっとした講義を受けていた。その内容を反芻する。

製糖は南洋興発――通称「南興《なんこう》」が独占しており、サイパン、テニアンといった島々で栽培から加工まで一貫して担っている。サトウキビ農家や製糖所現業員の多くは、沖縄からの移民であった。創業者の松江《まつえ》春次《はるじ》は「砂糖王」の異名で呼ばれ、ガラパンやチャランカノアといったサイパン都市部の開発に貢献した。

水産業のほうはもう少し複雑だった。南洋では白蝶貝《しろちょうがい》、鮪《まぐろ》などが獲《と》れるが、最も主要なのは鰹であった。サイパンからほど近いグアム近海には好漁場があるという噂が流れていたが、米国領であるため日本の漁船は近づけず、もっぱらパラオ一帯で漁をしていた。

パラオやサイパンに拠点を持つ最大手の企業は、南興の関連会社である南興水産である。計八十隻に及ぶ鰹漁船を従え、その漁船の乗員も多くが沖縄出身者であった。鰹節の製造に携わる者も多く、パラオやサイパンで作られた鰹節は「南洋節」と通称された。

玉垣賢作が率いる漁船団は「金照組合」と呼ばれていた。彼らは南興水産のような企業には頼らず、独自に莫大《ばくだい》な利益を挙げているという。

――あそこは、腕のいい連中を揃えとるんですわ。

殖産係の根本《ねもと》という技師が教えてくれた。

鰹漁師には、追い込み漁と一本釣り、両方の技能が求められる。追い込み漁で集めた鰯《いわし》を餌《えさ》にして、船上から一本釣りをするためだ。沖縄出身の漁師はこの条件に適合する者が多く、なかでも金照組合に入ることができるのは、玉垣が認める一流の腕を持つ者だけだった。

玉垣は組合の漁師から鰹を高額で買い取り、市場へ流す役割を請け負った。その代わり、組合員には一定の漁獲高と品質を維持するよう求めた。その水準に達しない者は、同郷人であろうと容赦なく切り捨てていたという。

「恨みを買うはずだよ」

麻田は独言した。バスの車中には他に客がいないため、声に出しても聞き咎《とが》められる恐れはない。

玉垣の死については情報が集まってきたが、スパイであるかどうかの裏付けは一向に得られなかった。どう調べればいいかすら見当がついていない。残り五日。果たして、堂本が納得するような結果が得られるか。

下腹に力を込めた。不安に苛《さいな》まれている場合ではない。やるしかないのだ。

マタンシャでバスを降りた麻田は、まず駐在所に向かった。夏服の巡査が退屈そうに数日前の新聞を読んでいる。すみません、と声をかけると、のそりと顔を上げた。無精髭《ぶしょうひげ》が目立つ、ものぐさそうな男だった。

「支庁庶務係の麻田といいます。綿畑まではどう行けばよいですか」

「砂川《すながわ》さんの畑のこと?」

巡査は新聞の代わりに周辺の地図を広げて道を教えてくれた。砂川という男が農場主で、数名の日本人や島民を小作人として使っているらしい。

駐在所を離れた麻田は、海を背に上り坂を歩いて綿農家を目指した。暑いのは変わりないが、一週間前にサイパンへ到着した頃より幾分過ごしやすくなっている。多少は気温が下がったのか、身体が南洋の気候に慣れたのか。

坂を上りきると、開けた土地に出た。小屋が点在する他は一面の綿畑である。ちょうど収穫前の時期なのか、腰の高さまで育った褐色の茎に、雲のような白い綿毛が鈴なりになっている。青空の下に広がる綿毛を見ていると、別世界へ来たような心持ちになる。ちょうど、畑を横切るようにシュガートレインの路線があった。そこだけは綿毛の海が途切れている。

麻田は農場主に話を通すため、母屋に足を運んだ。だが戸を叩いても誰も出てこない。仕方がないので、直接畑へと下りた。

白い綿毛の間を縫うように進むと、かがみこんで作業をしている島民を発見した。肌の色が濃く、目鼻立ちのはっきりした中年の男性だった。

「すみません。南洋庁の者ですが」

近づきながら声をかけると、相手は顔に警戒を浮かべて振り向いた。いきなり役所の人間が現れたのだから、無理もない。島民に交渉する術を持たない麻田は、単刀直入に尋ねることにした。

「先日、遺体を発見した人を知りませんか」

相手は口を開いたが、無言だった。戸惑っているようである。

――日本語がわからないのだろうか。

南洋群島では、日本人子弟向けの小学校とは別に、公学校という島民向けの初等教育機関が続々と作られている。そこでは教師が日本語や日本文化を教えるため、若い世代の島民は多くが日本語を理解する。麻田は庶務係の同僚からそう聞いていた。

「おい、あんた!」

突然、綿畑に野太い声が響いた。声の主は麻田のほうへずかずかと近づいてくる。ランニングシャツを着た、小太りの男だった。彼は麻田の眼前に立つと、息も切らさず「南洋庁の人?」と問うた。この男が砂川だ、と直感した。

「庶務係の麻田といいます。砂川さんですか」

「そうよ。駐在に、役所の職員が来るって聞いたから戻ってきたんだよ。会合だったけど、わざわざ抜けてきた」

恩着せがましい口ぶりで、砂川は言う。

「殖産係の根本係長、いるだろう。飲み友達なんだよ。赴任した頃にさんざん島内の案内してやったからな。あんたもさ、何かわからないことあったら聞きなよ。この辺のことならだいたいわかるから」

「ありがとうございます」

丁重に頭を下げる。砂川は役所との付き合いを好んでいるらしい。きっと劣等感の裏返しだろうが、当然そこまでは口にしない。

「それで? 何聞いてたの?」

麻田は改めて、己の職務、そして玉垣賢作について調べていることを明かした。

「要は、死体見つけたやつに話聞きたいってこと？　あっちで仕事してるから、連れていってやるよ。そいつは関係ない」

砂川は、先ほど声をかけた島民のほうを見た。作業の手を止めて会話を見守っている。麻田は彼に一礼し、先導する砂川の後に続いた。島民の中年男性は最後まで一言も発しないまま、じっと麻田たちを見送っていた。

綿畑を横断した先では、別の島民が作業をしている最中だった。こちらはまだ二十歳前後と思しき青年である。砂川は麻田の素性や目的を手短に説明すると、早くも去ろうとした。慌てて引き止める。

「あの、砂川さん」

「こいつは日本語話せるから、何でも聞いてくれ。場所が見たければ案内する。後は任せるよ。こっちも忙しいんでね」

早口でまくし立てると、今度こそ踵を返して去ってしまった。畑の真ん中に、島民の青年と麻田が残された。青年は緊張しているようだったが、先ほどの島民ほどは警戒していなかった。麻田が自己紹介すると「ヤスシです」と名乗った。

「日本風の名前ですね」

「学校で、先生につけていただきました」

彼の通った公学校では、本名以外に日本風の通名を名乗ることになっていたらしく、今でもその通名を使い続けているという。おそらく日本人には受けがいいのだろう。麻田はかすかな居心地の悪さを覚えた。彼が持っていた本来の名前を、日本人が奪ってしまったような気がした。

「突然すみません。林の中で遺体を――死んだ人を発見した時のことは覚えていますか」

「はい。覚えています」

ヤスシの日本語は多少癖があるものの流暢《りゅうちょう》だった。発見現場への案内を求めると、理由も詮索《せんさく》せず、綿畑の周縁部へ歩いていく。

「この林です」

綿はカマチリ林の手前一メートルほどの距離まで植えられていた。ここまで畑地にせずとも、と思うが、生産量を少しでも増やすための努力なのだろう。畑と林の境界にある一本の木の前で、ヤスシは立ち止まった。

「ここです。この木です」

彼が指さしたのは、立派なカマチリの大木だった。張り出した枝の直径は太腿《ふともも》ほどもある。よく見れば、縄の擦《こす》れたような痕跡《こんせき》があった。遺体はすでにないが、枝の下の黄土色の土がそこだけ黒く変色している。麻田は背筋に冷たいものを感じながら、後ずさった。

「ここに遺体があったんですね」

「そうです」

「何時でしたか」

「十四日の、午前八時頃です。そこに立って収穫していたら、木の下に何かがぶら下がっているのが見えました」

大木は畑のすぐ近くにある。こんなところで人が死んでいたら誰でも気が付くだろう。すでに警務係から取り調べを受けているせいか、ヤスシの返答は早い。その発言に虚偽はなさそうだった。

その後も麻田は発見時の状況について質問を重ねた。遺体は縄を首に巻いて、木の枝に吊るされていたという。着衣は紺の和服に草履《ぞうり》。遠目でもわかるほど蠅《はえ》が集まっていたらしい。

振り返れば、シュガートレインの路線は至近距離だった。乾いたサトウキビの葉がそこここに落ちている。

——こんなものかな。

さして重要な情報は得られなかった。だが、現場を直に見たことは後々役に立つかもしれない。

「参考になりました。この辺で結構です」

麻田が去ろうとすると、青年は案内するように前を歩きだした。

「広いので一緒に。こちらです」

青年の親切心に、麻田は心から「ありがとう」と言った。前を歩いていた青年が振り返り、目を見開いて麻田を見る。

「何か?」

「……いえ、ありがとう、と聞こえて」

畑を歩いている間に、その反応の意味がわかってきた。彼は日本人から礼を言われることに慣れていないのだ。だから、麻田が感謝の言葉を述べたことに驚いた。脂ぎった砂川の顔が浮かぶ。きっと、あの男はろくに礼も言わないのだろう。

母屋の近くまで来たところで、納屋の陰から男が出てきた。麻田が最初に声をかけた、中年の島民だった。無言のまま、身振りで何かを伝えようとしている。やはり日本語を話せないらしい。そこに青年が割って入った。中年の島民が初めて言葉を発する。青年はじっと聞きながら、麻田に目配せをする。通訳を担ってくれるらしい。

「話したいことがあるそうです。警察には無視された、と」

心が躍った。警察にも伝えていない情報。青年はまた男の言葉に耳を傾けた。麻田は一歩前に出る。

「……私はもう一週間、連続で働いている。一度も休んでいない」

麻田は拍子抜けした。それが伝えたいことなのか。要領を得ない。だが男の発言には続きがあった。カマチリの大木を指さす。

「……死体が見つかる前の日も働いていた。しかし、あの木には何も吊るされていなかった。そう言っています」

「本当ですか」

相手が日本語を解しないとわかっていながら、訊かずにはいられなかった。

俄然、興味を引かれる。玉垣が行方不明になったのは十二日夜。遺体が見つかったのは十四日朝。そして、この島民の証言が正しければ、十三日昼の時点ではまだ遺体がなかったことになる。一方、警務係の見解によれば、玉垣が死んでから発見されるまで、相応の時間が経っているはずだった。どういうことか？

この二つを両立させる条件は一つしか思いつかない。誰かが玉垣の死後、遺体を別の場所からこの林へと動かしたのだ。そう考えれば辻褄《つじつま》は合う。

ただし、綿畑にはトラックや台車の轍《わだち》は見当たらなかった。雨で消えたのかもしれないが、だとしても痕跡がまったくないのは気になる。そもそも、なぜ自殺した死体を運ぶ必要があるのか。方法も動機も実行者も、謎《なぞ》のままだった。

「ありがとう。とても助かりました」

麻田は二人の島民に丁寧な感謝を伝えた。彼らは戸惑いの表情を浮かべていたが、麻田は構わず、綿畑を後にした。たまには感謝を口にする日本人がいてもいい。

日の出前、猛烈な雨音で目が覚めた。

サイパンに来てからというもの、一日に一度の割合で驟雨《しゅうう》が降っている。当初は律儀に雨宿りをしていたが、今は多少の雨なら降られるままにしていた。日中であれば、どうせ歩いているうちに乾いてしまう。

眠れなくなった麻田は部屋の電灯をつけ、良一から届いた手紙を読み返した。

――そちらはあついですか。セキのぐあいはへいきですか。

たどたどしい文字で、父の体調を気遣う文章が綴《つづ》られている。麻田は目の縁からこぼれそうになる涙を指で拭《ぬぐ》った。七歳の息子に心配をかけている己が情けない。まだひと月と経っていないのに、息子の顔が見たくてたまらない。

幸い、南洋では一度も発作に襲われていなかった。半月も経っていないのだから明言はできないが、やはりこちらの気候が合っているのかもしれない。

同封されていたミヤからの手紙も再読する。こちらは良一以上に具体的な内容だった。発作がひどくなる前に薬を飲め。暑いからといって腹巻きを忘れるな。冷たいものは食べ過ぎるな。そんなことが延々と記されていた。もはや、麻田自身よりも麻田の体調を熟知している。

書簡を丁寧に畳み、文箱《ふばこ》にしまう。生活が落ち着いたら、できるだけ早く家族を呼び寄せよう。改めてそう決心する。

しかし――仮に家族と同居したとして、この特殊な仕事を隠し通すことができるだろうか？

本を読んで過ごしているうち、雨は上がった。ぬかるんだ道を歩いて登庁する。庁舎で朝礼に出て、書類作業を済ませた後は、ガラパン北部のポンタムチョウへ徒歩で向かった。金照組合の面々に話を聞くためである。

左手に海を見ながら鉄路に沿って歩くと、やがて築港桟橋が見えてくる。港にはいくつもの漁船が係留されていた。殖産係の技師からは、その手前にある建屋《たてや》が組合の縄張りだと聞いていた。

桟橋へ近づくにつれて、潮の匂《にお》いが一層濃くなる。そこに海産物特有の生臭さと血の匂いが混ざる。慣れていない麻田は嘔気《はきけ》を催したが、堪《こら》えて進む。

やがて三角屋根の連なりが見えてくる。いずれの建屋も、海に向かって口を開けていた。漁船から最小限の労力で魚を運ぶためだろう。数名の男たちが、水揚げした魚介類の検分を行っていた。すぐそばには三輪トラックが停《と》められており、漁師らしき男が紫煙を吐いている。島民の男が網を抱えてどこかへ歩いていく。

この時間帯はすでに漁が終わっているせいか、港の雰囲気はのどかであった。

じき、漆喰壁《しっくいかべ》に「金照」と大書された土蔵を発見した。行けばわかる、と技師には言われていたがその通りであった。木枠の窓は開かれていたが、物音はしない。人がいるのかどうかも定かでなかった。

麻田は覚悟を決め、正面の木戸を叩いた。

数秒後、がらがらと音を立てて引き戸が開く。

屋内から現れたのは、絣《かすり》の浴衣を着た角刈りの男だった。肌は日に焼けており、その分眼《め》の白さが際立っている。身の丈は麻田と同じくらいだが、引き締まった首や腕には無駄な脂肪が付いていない。日頃から肉体を酷使しているとひと目でわかる。

男は全身から殺気を発散させていたが、麻田は動揺を顔に表さないよう努めた。怖気《おぞけ》を見せれば侮られる。

「南洋庁から来ました。玉垣賢作さんについて伺いたいのですが、金照組合はこちらでよろしいでしょうか」

土蔵のなかで聞き耳を立てているであろう他の男たちにも聞こえるほどの声だった。角刈りの男はしばし麻田を睨《にら》んでいたが、やがて振り向き、「役人だって。どうするね」と奥に向かって呼びかけた。何か言葉が返ってきたが、麻田には聞き取れなかった。

それから、角刈りの男は姿の見えない誰かと沖縄方言《ウチナーグチ》でやり取りをしていたが、唐突に麻田に向き直った。

「入って」

薄暗い蔵のなかに足を踏み入れると、すぐさま木戸が閉ざされた。

土蔵の内部はだだっ広い空間になっていた。生臭さと埃《ほこり》っぽさ、煙草《たばこ》の匂いに交じって、アルコール臭もする。光源は窓からの太陽光のみで、十人弱の男たちがたむろしていた。彼らはトロ箱や椅子に腰かけ、ゆるい円をつくっている。誰もが敵愾心《てきがいしん》のこもった目で麻田を見ていた。世辞であっても好意的とは言いがたい雰囲気である。

「あんた、誰？」

最奥に座した男が口を開いた。灰色の襦袢《じゅばん》を着た、四十代と思しき男である。角刈りの男と会話していた声だ。どうやらこの一座の代表格らしい。麻田は彼の前に立った。自然、男たちに四方を囲まれる。居心地のいい場所ではなかった。

「庶務係の麻田と言います」

「見たことないね。最近来た人？」

麻田と話す言葉に、沖縄方言はほとんどなかった。相手によって使い分けているらしい。

「今月赴任しました」

「それで、いきなり賢作のこと調べるってどういうわけ」

静かだが、怒りの籠《こも》った声だった。

麻田は言葉を選びながら、鰹漁の実態調査をしていると説明し、玉垣を失ったことがいかに南洋にとって痛手であるかを語った。ついては、玉垣の死について役所の年報に記載したい、とも。

こういう口上は、繰り返すうちに洗練されるものである。灰色襦袢の男は腕組みをして麻田の話に耳を傾け、「そうかあ」と嘆息した。

「もう賢作のこと色々と知っとるみたいね」

「多少は調べさせてもらいました」

「嘘やあらんね。いいよ。少しは付き合うさ」

男の顔がやわらぐ。麻田は安堵した。判断が早いのは助かる。

屋宜《やぎ》と名乗った灰色襦袢の男は玉垣より十歳上で、後見人のような立場だったらしい。立ったままだと話しにくい、と言われ、麻田もトロ箱に座らされた。

「先に言っておくけど、俺らはスパイ云々《うんぬん》なんか一切知らんからね。賢作が遺書に何書いとったか知らんが、仮にそうだとしても、全部あいつが一人でやったことよ。訊かれても答えることないから」

屋宜は先手を打った。短いやり取りだけでは偽証かどうか判断がつかない。麻田は微笑とともに「承知しました」と受け流した。

「まずは屋宜さんの来《こ》し方を聞かせてもらえますか」

「俺？　俺がこっちに来たのは十年前。まだ、パラオまで来て鰹漁やってる漁師なんかほとんどいなかった頃よ」

それから屋宜は、サイパンへ来ることになった経緯をぽつりぽつりと語りはじめた。

「俺は本島の本部《もとぶ》村にいたんだけど、釣り上げは減るし、燃料代はかさむばっかりで漁師は皆困ってたわけ。そんな時に伊平屋島《いへやじま》の船が南洋で鰹を獲ってるって噂聞いてさ。儲からないもんだから思い切ってこっちに来た。そうしたら本当に獲れるもんで驚いたね。すぐに地元の連中に教えて、鰹獲りたければこっちに来い、って誘ったの。それで、最初に来たのが賢作だった」

「玉垣さんは本部の出身なんですね」

「そう。ここにいるのも半分くらいは同じさ」

角刈りの男が鼻息を荒くした。きっとこの男も本部出身なのだろう。本部は沖縄本島北部にある、漁業が盛んな村である。

「賢作は昔から体力があったし漁もうまかったが、何より人望があった。賢作が行くなら、ゆうことで来る漁師もいた。六、七年前に助成金出るようになって、沖縄《ウチナー》からの移民が一気に増えたけど、そん時も賢作がまとめた。面倒見がいいし、機転も利く。俺よりもずっと親分が似合う男やさ」

屋宜が遠い目をする。

「金照丸は、サイパンに来てから入手されたんですか」

「うん……」

初めて、屋宜が歯切れの悪い答えを返した。

「あれは元々、金城照七《きんじょうてるしち》いう男の船でな。賢作や俺は別の船に乗っていた。だが、金城が身体悪くして、一線を退くことになった。そん時に誰か知り合いに船長を任せたいゆうことで選ばれたのが賢作。まだ三十にもなってなかったが、任せるなら賢作しかいなかった。それくらい目立つ存在だったんだ」

妙に言い訳がましいのが気にかかった。

「金城さんは今、どちらに?」

「三年前に死んだ。結局、体調が戻らなかったな」

この話題には触れたくない、という本心がありありと感じられる。一瞬迷ったが、麻田は踏み込まないことにした。一対一ならともかく、他に組合の漁師たちがいるこの状況ではきっと口を割らないだろう。

「この組合ができたのはいつですか」

「賢作が金照丸を継いで、一年も経たん頃だな。五年ほど前になるか。サイパンの漁船は半分くらいが南興の直営か、そうでなくとも南興に鰹を買ってもらってたわけ。その値段が安すぎるって、賢作はいつも怒っていた。それで、とうとう自力で仲買人の当てを見つけて、今後は南興には頼らずそっちに売るって宣言した」

「会社は怒りませんでしたか」

「もうカンカン。金照丸は稼ぎ頭やったからね。賢作の鰹だけ高く買ってもいい、と南興には言われたけど、自分だけ儲けたいわけやあらん、と突っぱねて独立した。俺もその場で聞いていたけど、こいつは男や、と思った」

「その後、玉垣さんの仲買経路を他の漁船も使うようになったと？」

「うん。南興に不満があるやつは集まれ、ゆうてね。全部、賢作が口利いて。だから組合の連中は、皆、賢作を恩人やと思ってるさ」

車座になった男たちがまた頷く。

どうも、殖産係の技師に聞いた話とは印象が違う。麻田は率直に尋ねることにした。

「組合は、漁獲高や品質を満たさない漁師は切り捨てるという噂もあります」

「……言い方が気に食わんが、抜けてもらうというんならその通りよ。サイパンでは、漁師は腕次第さ。漁場が悪いわけやあらん。獲れなければ、それはそいつの腕が悪いだけさ。嫌なら南興に行くか、廃業することやね」

屋宜は平然と言った。仲間への思いやりはあるようだが、腕の悪い漁師を置いておくだけの余裕はないということか。

「それは同郷の方でも同じですか」

「ああ、そうよ。その噂流したのも、たぶん賢作の幼馴染《おさななじ》みさ。誰かはわかってる」

ふいに、屋宜は苦い顔をした。

「でも、そいつにも原因があるよ。足悪くして漁ができなくなったのさ。それでも船に残りたがったけど、怪我人《けがにん》が船にいても邪魔になるだけやから。最後は賢作が、降りろ、と言った。漁師辞めてからはチャランカの製糖所で働いてるはずさ」

「その方の名前は？」

「……謝花丑松《じゃはなうしまつ》」

わずかな躊躇の後に、屋宜はその名を口にした。

「玉垣さんが自殺した理由に、心当たりはありますか」

「さあねえ。あったら、こっちが聞きたいね」

返答が徐々にそっけなくなっている。話を畳みたがっている屋宜に、麻田は食い下がる。

「ご家族は？」

「嫁と、子どもが三人。気の毒さ。一番下の子はまだ乳飲み子よ」

「なじみの芸妓もいたとか」

「よう知っとるね」

「名前をご存じですか」

「知らないさ。南ガラパンにはしょっちゅう通っていたが……なあ、そろそろいいか？　まるで警察やさ。気分悪い」

攻めすぎたか。麻田は素直に頭を下げた。

「失礼しました。本物の警務係が来た時も、屋宜さんが対応されたんですか」

「ああ。昨日来たさ」

麻田は武藤の呑気《のんき》な顔を思い浮かべる。楽園の平穏さに慣れているといえど、流石《さすが》に警察だ。すでに金照組合の取り調べは済ませているらしい。もっとも、玉垣は遺書で米国スパイだと告白しているのだから、事態の重大さを踏まえれば納得ではあった。

「こんなところで、もういい？」

屋宜が言うと同時に、背後の木戸が開く音がした。帰れ、という意味だ。聞きたいことはまだあるが、粘っても意味はないだろう。麻田は立ち上がり、再び一礼してから組合の土蔵を後にした。

潮風を浴びながら、湾岸通りを南へと戻る。

最終的に機嫌を損ねたものの、多くの情報が得られた。麻田は鍵《かぎ》となるであろう項目を頭のなかに思い浮かべる。金城という男。組合の掟《おきて》。謝花丑松。南ガラパンの芸妓。これだけの手掛かりがあれば、調査は進められる。

だが、引っかかっていることもあった。

——どうも上手くいきすぎている。

初対面の役人を相手に、屋宜は玉垣賢作の過去を雄弁に語った。それは好意だけではなく、都合の悪い事実を隠すためではなかったか。具合の悪いことに触れられる前に、自ら煙幕を張って防御する目的はなかったか。そう考えると、麻田の聞き取りにすんなり応じたのも、一通り話してから唐突に打ち切ろうとしたのも理解できる。

麻田は立ち止まり、桟橋に視線を移した。係留された漁船は波に打たれ、水上でしきりに揺れ動いていた。


翌日の昼下がり、麻田はチャランカノアの社宅街にいた。

ガラパンの南、マタンシャとは逆方向にある町である。南洋興発の工場群を中心としており、製糖所の他、酒精工場や、アンガウル島で採れた燐《りん》鉱石の加工工場があった。周囲には社宅や事務所が建ち並び、学校やクラブが備えられている。

「どれが製糖所ですか」

「あちらであります」

同行する若い巡警が、工場群のなかでも一際大きな棟を指さした。

巡警は警務係の職員であり、警察業務全般を補佐する島民のために設けられた職位である。麻田の隣にいる彼は二十歳のチャモロ人で、シズオという名だった。通名ではなく本名である。縁あって、日本人が名付けたらしい。いかにも頑強な体格で、背筋がぴんと伸びている。白の制服、制帽がよく似合っていた。

「シズオさんは、この辺りの出身で？」

歩きながら尋ねる。

「二十分ほど歩いたところにある集落です。そこからガラパン公学校に通っておりました。この辺りは、今は島民立ち入り禁止ですが、幼い頃はよく遊んでいました」

「学校での成績は優秀だったとか。武藤警部補から聞きました」

「先生から優等をいただき、級長を務めておりました」

日本語は極めて流暢だが、まるで軍人のような話しぶりだった。普段からこうだという。級長を務めていただけあってか、忠心の塊のようだった。

ここへ来た目当ては謝花丑松である。

屋宜の話によれば、その男は玉垣賢作の幼馴染みであり、かつて金照組合にもいたという。屋宜が語らなかった何かを、丑松なら教えてくれるかもしれない。

チャランカノア来訪にあたって、当初は殖産係の職員に案内を頼んだが、多忙を理由に断られた。そこで再び警務係の武藤警部補を頼ったところ、周辺の地理に明るい巡警をつけてくれることになったのだ。

——そうしていただけると心強い。感謝します。

丁重に礼を伝えた麻田に、武藤が声を潜めて言った。

——ところで麻田さんは、料亭に行ったことがありますか。

——いえ……。

——私が案内しましょう。今夜あたりどうです。

武藤の申し出の意味を理解した麻田は、素直に提案に従うことにした。さして楽しくもない宴会に付き合い、泊まっていくという武藤を置いて帰宅した。むろん、支払いは麻田が全額持った。金で転ぶ相手は扱いやすいが、これではいずれ給料が尽きてしまう。次に堂本と会った時には予算を請求しよう、と心に決めた。

社宅街を抜け、南洋興発本社前を通って、工場の敷地内へ足を踏み入れる。一目では全貌《ぜんぼう》が確認できないほど巨大な建屋であった。幾度も生産能力を増強したのか、製糖所の棟は増築の跡が目立つ。

「謝花丑松という男性をお捜しでしたね」

シズオが日陰を選んで歩きながら、問う。

「本部出身の元漁師、三十代なかばで足が悪い。以上がわかっている特徴ですね」

「そうです」

「承知しました。まずは事務を当たってみましょう。足を悪くしているなら、現場の可能性は低いと思われます」

元漁師が事務職員に向いているかどうかわからないが、ひとまず従う。できるだけ、シズオに矢面に立ってもらうことにする。そのほうが自分は目立たずに済む。

正門を抜けると平屋の事務所があった。玄関口から入ると殺風景な広間が現れ、いくつかの扉がある。シズオは勝手知ったる様子で右端の扉を押し開けた。

「失礼いたします」

扉の向こうは事務室だった。よく見れば、「事務課」という札が下がっている。開襟シャツの男や和服の女が仕事の最中だったが、皆、シズオの明朗な挨拶に振り向いた。

「南洋庁警務係巡警のシズオ・トーレスと申します。こちらに謝花丑松殿はいらっしゃいますか」

応じる声はない。やがて、事務員たちは黙って仕事を再開した。まるでそこにいないかのような扱いである。シズオは意に介する素振りもみせず、手近な女性につかつかと歩み寄った。

「すみません。謝花……」

「知らない。いちいち名前なんて覚えてないよ。何百人いると思ってるの」

二回りほど年上の女性事務員は、あからさまに邪険な態度をとった。麻田のことは一瞥しただけで、気にも留めない。シズオはそれでも食い下がる。

「足を悪くされているようなのですが、事務課にはいらっしゃいませんか」

「いない。同じ課ならわかる」

「では、工務課は？」

女性事務員は首をひねってから、重たげに口を開く。

「……製糖係にいるね。右足を引きずっている人。名前は知らないけど」

「そうですか。ありがとうございます」

丁重に礼を言って、シズオは事務所を去った。「製糖係へ行きましょう」という彼の横顔は、先刻までとまったく変わらない。たまりかねた麻田が尋ねる。

「いつも、ああいう反応なんですか」

「ああいう、とは」

「あまり丁寧に対応されているように見えませんでした」

「そうでしょうか。あれが通常です。巡警は取り締まりが仕事ですから、好感を抱かない方がいらっしゃるのはもっともであります」

「あなたが島民であることは、無関係ですか？」

シズオは一瞬、理解できない、とでも言いたげな顔をした。

つい最近、麻田は同じ表情を目にした。マタンシャの綿畑で島民たちに感謝を伝えた時だ。あの時も彼らは戸惑いを隠さなかった。

「……麻田さん」

シズオは制帽の下から、射貫《いぬ》くような視線で麻田を見た。彫りの深い顔立ちに庇《ひさし》の影が落ち、その下で眼が光っていた。

「私は島民として生まれましたが、心は天皇陛下の臣民であります。先生からは、立派な日本人として生きるよう教えていただきました。毎朝欠かさず、宮城に向かって遥拝《ようはい》しております。仮に私がぞんざいに扱われているのだとすれば、それは私の鍛錬不足が原因であります」

麻田は言葉を失った。

シズオは本心から、己が日本人であると信じている。だから、自分が島民ゆえに差別されているとは考えない。いや、そう考えないようにしている。

島民への差別意識は間違いなく存在する。南洋群島の日本人たちは、島民に対して教化すべき、善導すべき存在だと考えている節がある。日本人向けの小学校と、島民向けの公学校を分けているのもその表れであるように思えた。

シズオがどれだけ献身的に努力しようとも、絶対に埋められない溝があることを、麻田は肌で感じていた。

二人は事務所から工場群をぐるりと回り込んで、通用口へと足を向けた。

「いいんですか、裏から入って」

「問題ありません」

シズオは短く答えると、鉄扉を開けてさっさとなかへ入っていく。すぐに麻田も続いた。扉の向こう側は狭い通路になっていた。屋内は騒音で満たされている。エンジン音や金属のきしむ音が始終鳴り響き、時おり枝の折れるような音や人の声が混ざった。薄暗い通路を進むと、さらに音は大きくなっていく。

「何ですか、この音は」

騒音に負けないような大声で尋ねると、シズオも声を張って応じる。

「圧搾《あっさく》の音です。汽車で運ばれてきた甘蔗は、等級指定、検量を経て、圧搾室へと運ばれます。機械整備をする者は居室ではなく工場にいることが多いので、直接圧搾現場へ向かいます」

やがてシズオは、「圧搾室」の札が下げられた扉を開けた。

足を踏み入れると、青臭さと甘ったるさの入り混じった匂いが鼻をついた。

やたらと天井が高い広間で、人の背丈よりはるかに巨大な歯車がいくつも回転している。鉄の箱が据えられ、壁を這《は》うようにパイプが配置されていた。低いエンジン音が絶えず響き、腹の底が震動する。

歯車や箱の隙間《すきま》で男たちは働いていた。まるで制服のように、揃ってメリヤスの肌着をまとっている。彼らは入ってきた麻田たちにも気づかないようで、黙々と作業をしていた。シズオはしばらく室内の様子を観察していたが、やがて一人の男に視線を留めた。頭に手拭《てぬぐ》いを巻いたその男は、歯車の下方を覗きながら、噛み合わせを確認しているようであった。動くたびに軽く右足を引きずっている。

「あの方のようです」

迷いのない足取りで近づくと、シズオは「すみません」と大音声で呼びかけた。男が面倒くさそうな顔つきで振り向く。下駄のように四角い顔をした男で、すっと通った鼻筋が印象的だった。

「謝花丑松さんですか」

「何の用さ。警察か？」

どうやらこの男で正解らしい。

「私は案内役です。あなたに用があるのはこちらの方です」

丑松の怪訝《けげん》そうな視線が麻田に向けられる。この部屋では、騒音のせいで会話すら難しそうだった。他人の目もある。「工場の外で話せますか」と言うと、丑松は手ぶりで先に外に出ているよう促した。

製糖所の外にある椰子《やし》の木の下で待っていると、やがて丑松が現れた。麻田たちを連れて敷地の隅へと移動する。辺りは雑草が茂っており、従業員の行き来もなさそうだった。膝が動かしにくいようで、右足は突っ張ったままだ。

「それで、あんた誰さ」

丑松が探るような目で見る。麻田は自己紹介の後、単刀直入に切り出した。

「以前、金照組合で働いていたと伺いました」

丑松の顔が不快そうに歪められる。目つきに敵意が籠った。

「だったら？」

「玉垣賢作さんについてお聞きしたい」

「組合に聞けばいい」

「すでに屋宜さんから話は聞きました。ただ、どうも腑《ふ》に落ちない点があります。そこで謝花さんにもお話を聞かせてもらいたいのです」

「知らん」

「噂を流したのはあなたですか」

去りかけた丑松に、麻田は言った。

「あ?」

「玉垣賢作は、組合の漁師に厳しい基準を要求する。満たさなければ、同郷人でも容赦なく切り捨てる。あなたは玉垣さんの幼馴染みらしいですね?」

沈黙が流れた。丑松はうつむいている。シズオは背後で黙って立っていた。

「噂やあらん。事実さ」

丑松は、己の影に語りかけるようにして答えた。

「切り捨てられたのは、謝花さんご自身ですね」

「俺だけやあらん。賢作に漁師辞めさせられたやつは何人もいる」

「屋宜さんは、漁師は腕次第だと言っていました」

「腕がないならしょうがないさ。ただ、怪我させておいて責任は取らんというのは筋が通らん。違うか?」

「足を悪くしたのは、玉垣さんのせいだという意味ですか」

丑松はそれには答えなかった。ただ、夜更けの海より暗い目をしている。恨みと悔いが入り混じったその視線は、麻田を通り越して、亡くなった玉垣の魂に向けられているようであった。

「製糖所にはいつから？」

「三年前。機械いじりは得意だったから、傭《やとい》で入れてもらったさ」

「金城照七さんが亡くなったのと同じ年ですか」

何気なく口にすると、丑松は目を剝《む》いた。

「どうかされましたか」

「いや……」

丑松は口をつぐんだ。屋宜の態度といい、やはり金城という男の死には隠したい事実が潜んでいるらしい。その事実が、玉垣賢作の暗部とつながっていることも想像に難くなかった。

謝花丑松は何かを知っている。もしかするとそれは、玉垣のスパイ疑惑に関《かか》わることかもしれない。

「謝花さんはもう組合とは関係ない。あなたなら事実を話せる。このまま黙っていていいんですか。玉垣さんは、金照組合は、あなたを裏切ったんですよ。同郷の幼馴染みを、屑《くず》のように切って捨てた」

ここが勝負所だった。もし丑松に吐かせることができなければ、この任務は失敗だ。

「玉垣さんの死には不審な点がいくつかあります。行方不明になってから遺体が見つかるまで、どこで何をしていたのかわからない。事故死ではなく他殺という噂もある。引っかかる点が多すぎるのです。極めつけは、『尽忠報国』と書かれた遺書だ。玉垣さんが米国のスパイなのか、何をしていたのか、知っているのではないですか」

確信とまでは言えないが、予感はあった。玉垣の死と米国スパイの謎、そして金照組合の秘密。それらは一本の線でつながっている。

先ほどまで暗く沈んでいた丑松の目は、揺れていた。今、この男は岐路に立っている。麻田はあえて言葉を継がずに返答を待った。重く硬い沈黙が落ちる。そういえば、南洋に来てから一度も蟬《せみ》の声を聞いていない。なぜかそんな場違いなことを思った。

ふと丑松は、麻田の背後に立っているシズオへ視線を向けて首を振った。舌打ちしそうになる。巡警がいる場所では話せない、ということか。やはり一人で来るべきだったか。丑松が大股で歩き出す。

「現場に戻らんと」

「待ってください」

「勘弁して」

汗で濡《ぬ》れた肌着の背中は遠ざかり、建屋のなかへと消えた。

――失敗した。

呼吸が荒い。耳鳴りがする。冷たい堂本少佐の表情が浮かぶ。

やはり最初から無理だったのだ。一介の教師に過ぎない己が、諜報活動の真似事《まねごと》など。内地へ帰るべきだ。現実を受け入れ、喘息発作と付き合いながら、細々とでもできる仕事を探そう。家族の待つ横浜で。

いいや、そもそも無事に内地へ帰れるという保証もない。海軍との縁が切れると約束されたわけでもない……

「次の手はどうされますか」

考えにふけっていた麻田は、シズオの声で我に返った。

「次？」

そんなものはなかった。方々歩き回って、ようやく謝花丑松という蜘蛛《くも》の糸をつかんだつもりが、するりと逃げて行ったのだ。

だがシズオは、どこまでも澄んだ目で麻田を見ている。励ましや皮肉ではない。ただ本心から、次の手立てを尋ねているのだとわかった。この青年にとっては、冷たい扱いも日常茶飯事なのだろうか。この程度で絶望している己が甘いのか。

透き通った瞳《ひとみ》を見ているうちに、麻田の頭が少しずつ回り出した。

本当に道は潰《つい》えたか？

見落としていることはないか？

麻田はこの数日間で集めた情報を振り返る。不要なものを捨て、残ったものを選《よ》り分けていく。未検証の筋道がまだ残されているはずだ。マタンシャ、ポンタムチョウ、そしてここ製糖所で見聞きした事柄を、慎重に点検する。

その時、脳裏に閃《ひらめ》くものがあった。

つい口元が綻《ほころ》ぶ。一度思いつけば、どうして忘れていたのか不思議なほどだった。

——まだ、やれる。

麻田は無意識のうちに拳《こぶし》を握りしめていた。玉垣賢作へと至る手掛かりは残っている。シズオに向き直り淡々と告げた。

「もう一つ、案内してほしい場所があります」

蟬のいない島で、葉擦《はず》れの音がざわざわと鳴っていた。


二日後の夕刻、麻田は再びチャランカノアの製糖所にいた。今度は単身である。通用口から出てくる傭員《よういん》たちを、椰子の木の下で待ち構えた。二時間ほど待った頃、ようやく目当ての男が現れた。右足を突っ張って歩く姿ですぐにそれとわかった。相手の視界に入らないように近づき、肩を叩く。

「謝花さん」

謝花丑松はびくりと肩を震わせた。振り返ったその顔には、迷惑の二文字がくっきりと記されている。

「もうやめろ」

「今夜だけ付き合ってもらえませんか」

麻田は腕が触れそうなほど近づいて、歩調を合わせる。足を悪くしている丑松は強引に逃げることができない。苦々しい顔つきで敷地の外へと進む。

「何が目的さ?」

「私は仕事を遂行しているだけです」

丑松が鼻を鳴らす。麻田は耳元に顔を近づけ、一言つぶやいた。

「グアム」

瞬間、丑松がのけぞって顔を離した。麻田の面に薄い笑いが浮かぶ。

当たりだ。

「行きましょう。人が少ない飲み屋だとありがたい」

背を丸めた丑松は観念したように、社宅街とは逆方向へ歩き出した。

十分ほど歩いた先には、四、五軒のバラックが連なっていた。合成酒と砂糖醬油《じょうゆ》の香りが漂い、沖縄方言が路上に漏れている。どこからか、三線《さんしん》をつまびく音色や口笛が聞こえた。

丑松はそのうちの一軒に入った。老齢の店主が一人でやっている店で、細長い卓に椅子が六つ用意されている。他に客はいない。麻田が腰を下ろすと、向かいに座った丑松が「あんたが持つんだよな」と言った。

注文する前から、泡盛《あわもり》が注《つ》がれたグラスが二つ目の前に置かれる。グラスは縁が欠けていた。丑松は前触れなく口をつけ、一気に三分の一ほど飲んだ。麻田は飲むふりをする。濃厚な酒精の香りが鼻腔《びこう》に入り込んできた。

「どこで聞いた？」

早くも丑松の目は据わっていた。

「胡蝶《こちょう》で」

ああ、と声が漏れる。

「よくわかったね」

それには答えず、老店主が運んできた油味噌《アンダンスー》をつまんだ。豚肉と砂糖、味噌《みそ》、ニンニクを炒《いた》め合わせた料理で、飯をかき込みたくなる甘辛さだった。

麻田が目をつけたのは、南ガラパンにいるという玉垣のなじみの芸妓であった。名前も店もわからないが当てはあった。警察は玉垣のなじみの芸妓から証言を得ている。つまり、警務係の職員なら芸妓の身元を知っている。

狙《ねら》いは当然、武藤警部補である。

武藤の扱い方はすでに会得していた。また料亭を案内してほしいと誘うと、あっけなくついてきた。高級店の多い北ガラパンではなく、南であることが不満そうだったが、それでも頰が緩んでいるのは見て取れた。

——どんな店がいい？

陽気に尋ねる武藤に、麻田はささやいた。

——玉垣のなじみの女を。

麻田の真意を理解し、途端に顔が渋くなる。しかし乱痴気騒ぎへの欲求が抑えきれなくなっているせいで、今更やめようとも言い出せない。武藤がそう考えることまで、麻田は織り込み済みだった。

「偶然そこに行くだけだ」と念を押してから、武藤は「胡蝶」という店に入った。派手な化粧の女と、もう一人、文子《ふみこ》という女を名指しで呼んだ。歳《とし》は二十代なかばと見える色白な芸妓だった。追加で料金を支払い、武藤と女には別の部屋をあてがった。

麻田は四畳半に文子と二人きりになると、酒を断り、玉垣について聞かせてほしいと申し出た。はじめは渋っていたものの、根気強く質問を投げかけると、やがて口を開きはじめた。密室に二人という状況が文子の逃げ場をなくしたのかもしれない。

座敷に来た玉垣がこれまで文子にどんな話をしたか、片端から聞き出した。仕事の自慢や仲間への愚痴など他愛のない話が多かったが、最近はしきりに死にたいと漏らしていたという。武藤の話の通りだ。

――なぜ、死にたいと考えていたのでしょう。

――仕事がうまくいってなかったみたいです。詳しくは、知りません。

二時間ほど経つとさすがに疲れた様子だったが、まだ話していないことを思い出したのか、そういえば、と文子が言った。

――グアムの話をしていました。

――グアム？

――あの周りで漁ができるのは俺たちだけだ、だから儲けられる、と言っていました。

グアムはサイパンから二百キロほどの距離にあり、南洋群島とは近い。ただし米国領である。その近海で日本籍の漁船が漁を許されるとは思えない。危険を冒して密漁をしていたのか。あるいは……。

麻田の脳内で、ようやく玉垣と米国が一本の糸でつながった。

黙々と泡盛を飲む丑松に、老店主には聞こえない程度の声で切り出す。

「金照丸は、グアム近海にある好漁場での密漁が黙認されているんですね？」

沈黙。麻田はさらに続ける。

「その見返りとして、玉垣さんは米国へサイパンの情報を提供していた。違いますか」

丑松はもはや動じなかった。肯定するようにグラスを口に運ぶ。玉垣賢作はやはり、米国のスパイだった。

「金城照七さんから船を手に入れたのも、米国との関係が背後にありますね」

こちらは直感に過ぎなかった。だが丑松はすでに否定する気力を失っているらしく、問いかけに素直に頷いた。

「……知ってどうする？」

「どうもしません。私は業務を遂行しているだけです」

答えになっていないことは理解している。だが、麻田にとってはそれが真実だった。玉垣が米国と内通していようが、後ろめたい方法で船を手に入れていようが、個人的な関心はない。仕事だから調べているに過ぎない。

玉垣と米国の関係を聞く前に、もう一つ、確認するべきことがあった。

「ところで謝花さん。玉垣さんの遺体は、なぜマタンシャにあったと思いますか」

丑松は目をすがめた。心なしか、顔が上気している。

「私の推論を話しましょう。遺体が見つかったのは今月十四日の朝。玉垣さんが亡くなってからそれなりに時間が経っていたようです。一方、十三日昼の時点では遺体はなかった、と農場で働く島民が証言しています。ここから一つの可能性が導かれる」

丑松の喉仏《のどぼとけ》が上下する。

「誰かが、玉垣さんの遺体を別の場所からマタンシャまで運んだのです」

「……そう簡単に運べるかね」

「徒歩では無理でしょう。ただし、シュガートレインを使えば別だ」

二日前、製糖所を後にした麻田はシズオの案内で工務課鉄道係を訪ねていた。シュガートレインの運行状況を確認するためである。十一月十三日は、正午前にガラパンの三番線を北へ出発して、終点のカラベラで折り返し、午後六時頃にガラパンへ戻っている。

「その日は修理の関係で、ガラパンが発着点になっていました。私も走っているところを見ましたが、簡単に飛び乗ることができる速度だった。実際、子どもが遊びで荷台に乗ることがあるそうです。甘蔗を引っこ抜いて、その長さを競うらしいですね。それだけ遅ければ、遺体を担いで飛び乗るのも不可能ではないでしょう」

仮に足を悪くしていても、という一言は飲み込んだ。

「そうかもしれんね」

丑松は空虚な相槌《あいづち》を打った。

「誰かが途中でシュガートレインの荷台に遺体を積み、マタンシャの綿畑で降ろした。そしてカマチリ林の中で遺体を木の枝から吊り直した……ここまではわかります。しかし、あんなに人目につきやすい場所にした意味がわからない。遺体はわざわざ綿畑から見える場所に吊るされていた。見つけてくれと言わんばかりに。なぜか？」

シュガートレインはサイパン島東部の寂しい山林も走る。そこに隠すこともできたはずなのに、目立つ場所が選ばれた。

「その人物は、玉垣さんの遺体を発見してほしかったのです。行方不明ではなく、死んだことが確定してくれないと都合が悪かった。では、誰がそれを実行したのか。手蔓《てづる》は残されていた遺書にあります」

麻田は速射砲のごとく話し続ける。

「そこには、玉垣さんが米国のスパイであるという告白がしたためられていた。それ自体は事実なのでしょう。では、遺書を用意したのは誰か。普通に考えれば玉垣さん自身ですが、別の可能性もあります。たとえば、玉垣さんの遺体を動かした人物が書いたのだとしたらどうか。よく考えてもみてください。懺悔《ざんげ》のためとはいえスパイ行為に手を染めていた人間が、遺書に『尽忠報国』と記すでしょうか。報国と正反対の行為をしているにもかかわらず、ですよ。いかにも、とってつけたような愛国表現ではないですか？」

「あいつがどんな言葉を書こうが知らん」

「本人以外にあの遺書を書けるのは、玉垣さんが米国のスパイであることを知っている人だけです。ただし、組合に現役で所属する漁師たちにはそれを公表する利得がない。むしろ不利益を被るだけです。しかし、かつて組合に所属していた人ならどうか」

おもむろに、麻田は紙と鉛筆を取り出した。

「真の書き手を確認する、非常に簡単な術があります。謝花さん。『尽忠報国』の字を書いていただけますか」

バラックのなかは静まり返っていた。丑松の呼吸が荒くなる。

遺書を書いたのは別人ではないか。その可能性が閃いてから、遺書の筆跡に思い至るまではすぐだった。麻田の手元にこそないが、警務係は玉垣のものと思われる遺書を保管している。筆跡を照合すれば、誰が書いたのかはおのずと知れる。

「そんなもの、理由にならんさ」

「十三日の午後は何を？」

麻田はすでに同日の勤務状況を調べていた。丑松は、早朝に「足がひどく痛む」という理由で急遽《きゅうきょ》休暇を申し出ている。翌日には何食わぬ顔で工場に出てきたということだった。

「宿舎で寝ていた」

「それを証明してくれる方はいますか」

丑松の目は赤らんでいた。もはや憎悪を隠そうともしない。だが、その目の奥には深い諦念《ていねん》と、わずかばかりの安堵が見て取れた。すかさず麻田は柔らかい声で言う。

「玉垣さんの遺体を動かし、遺書を作成したのは謝花さんですね？」

「…………」

「私は庶務係です。警察には告げ口しません。正直に話してくれればいいんです」

深いため息が漏れた。丑松はくすんだグラスを傾け、残っていた泡盛を飲み干した。こん、と音を立ててグラスを置くと、正面から麻田の目を見た。

「あんた、何者だ？」

「……ただの犬ですよ」

そう言って、うっすらと微笑する。丑松の目に、獣を目の当たりにしたかのような怯えがよぎった。

約束の日の夜、麻田は「千代松」の座敷にいた。正面に座する堂本少佐はあぐらをかき、瞑目して麻田の報告に耳を傾けていた。

「玉垣賢作と謝花丑松は、沖縄県本部村にある同じ集落の出身です。幼少期から友人関係にあり、ともに十三歳から漁船に乗っていたとのことです」

麻田は緊張を帯びた声で調査結果を伝える。

「同郷人である屋宜の誘いで、はじめに玉垣がサイパンへ渡り、その後、謝花が続きます。謝花がサイパンで漁をはじめた時、すでに玉垣は鰹漁の第一人者とみなされていたようです。当時、二人は二十代後半でしたが、凡庸な漁師だった謝花に比べて、玉垣は天才的な技能を持っていたようです」

「二人は同じ船に乗っていたのか?」

堂本が質問を差し挟んだ。

「はい。当時は南興直営の船に乗っていたそうです」

「続けろ」

「その後、玉垣たちの船がグアム近海で米国側に拿捕《だほ》されます。密漁の意図はなく、乗組員の手違いが原因で迷い込んでしまったようです。同乗していた謝花は死を覚悟したそうですが、米国海兵は頭目の玉垣と話しこんだ後、船を解放しました。それどころか、今後はグアム近海にある好漁場での活動を許可すると告げたそうです」

「その交換条件が、日本側の情報だったんだな」

「御推察の通りです」

丑松いわく、その頃から玉垣は人が変わってしまったという。

技能に優れ、人望厚い漁師だった玉垣は米国の手下に成り下がった。実際、グアム近海には鰹がよく獲れる地点が複数あり、玉垣の船は抜群の漁獲高を記録した。その裏で、玉垣は最小限の仲間を連れて定期的にグアム洋上で米国船と接触した。

――派手にやるとまずい。

丑松は幾度か諫《いさ》めたが、玉垣は聞く耳を持たなかったという。

次第に玉垣は利益を吸い上げる南興に不満を持つようになり、独立を画策する。ただしそのためには、南興直営ではない別の船が必要だった。

狙ったのは、金城照七という男の保有する大型船だった。玉垣や屋宜は金城に取り入るふりをして、宴会の酒や茶に薬を混入した。金城は徐々に体調を崩しがちになり、玉垣は足繁《あししげ》く見舞いに訪れた。もともと仲間内では人望厚い男である。金城の心が傾くのは時間の問題だった。

こうして金照丸は、玉垣に譲られた。

丑松は幼馴染みである玉垣の非道な行為を知り、正面から非難した。しかし返ってきた答えは冷淡なものだった。

――黙れ、臆病者が。

「自ら仲買経路を確立した玉垣は、金照組合を作り、鰹漁船の頂点に君臨します」

「具体的に、米国に渡った情報は?」

「まだわかりません。謝花は警戒され、一度も米国との接触に同行したことがないようです。ただ、屋宜はほぼ毎回同席していたとのことでした。ですから、屋宜を叩けば色々と知れるかと」

堂本が顎を撫でる。

「わかった。続けろ」

「二人が決定的に決裂したのは三年前。この頃になると玉垣の悪評も出回るようになり、病で床に臥《ふ》せっていた金城の耳にも入りました。大事な船を譲った相手が傍若無人《ぼうじゃくぶじん》なふるまいをしていることに怒った金城は、船を返すよう迫ったようです。古参の漁師たちと縁が深い金城を敵に回せば厄介だと判断した玉垣は、屋宜たちと共謀して金城を土蔵に監禁しました。結果、金城は衰弱死。病死として届け出られましたが、家族もおらず、金城の死を不審に思う者はいなかったそうです」

丑松いわく、ポンタムチョウにあった土蔵は、まさに金城が監禁されていた現場だという。それを聞いた時はさすがに背筋が冷えた。

「この事実を知った謝花は激怒し、軍への告発をほのめかしたところ、暴力で抑え込まれました。その時に右足の膝を負傷し、今も治っていないようです」

「謝花はなぜ、暴行を受けたことを公言しなかった？」

「玉垣が先んじて、沖縄にいる謝花の家族に見舞金を送ったそうです。その事実が先に公表されたせいで、周囲は労務中の事故だという組合の主張を信じました。家族が金を受け取った以上、謝花も強くは出られなかったのでしょう」

「根回しがいいことだ」

堂本が鼻を鳴らした。

「謝花はそれでも漁師を続けるつもりでしたが、玉垣たちにとっては足を引っ張る存在でしかなく、怪我を理由に組合から追放しました。体力的にも厳しかったこともあり、謝花は製糖所に職を求め、今に至ります」

「承知した」

即座に返ってきた答えに麻田はひとまず安堵する。だが、報告はまだ終わっていない。

「結局、玉垣が自殺であることは変わりないのだな？」

「はい。しかし少々、込み入った実情がございます」

堂本は寸分も動揺を見せずに先を促す。

「……今月十二日の深夜、玉垣が密かに謝花の宿舎を訪ねてきたそうです。二人とも県人会に入っているので、住処《すみか》を調べるのはたやすかったでしょう。玉垣は相当酔っており、声が大きかったため、謝花は宿舎裏手へと連れ出しました。真っ暗な雑木林のなかで、玉垣は急に泣き出したそうです」

値踏みするような目をして、堂本は聞いている。

「米国側から諜報活動の終了を言い渡された。今後はもうグアム近海の漁場は使えない。屋宜たちはまだ知らないが、あの漁場に立ち入ることができなければ十分量の鰹は獲れない。泣きながら、うわ言のように語っていたそうです」

「切り捨てられたのか」

いい気味だ、とでも言いたげに堂本が吐き捨てた。

「だから言っただろう、と謝花が諭しても、玉垣は泣くばかりで話にならない。そのうえ、玉垣は悪夢に苛まれていると言い出しました。夜ごと金城照七の幽霊が夢に出て、なぜ殺したのかと自分を責める。やつにも罪の認識はあったのでしょう。昼は鰹漁のことで、夜は金城のことで頭が一杯で、気が狂いそうだ。いっそ自分を殺してほしい、というのが玉垣の用件でした」

「しかし、殺せ、とは飛躍していないか」

「漁師にとって、漁獲高は文字通り命綱だそうです」

鰹で生計を立て、多くの漁師の生活を一手に担っている玉垣にとって、グアム近海の漁場を失うことは死も同然であった。

「だとしても、謝花に頼むのはなぜだ」

「組合に在籍していないからでしょう。だからこそ内実を告白できた。それに、腐っても二人は幼馴染みです」

「それでも謝花は殺さなかったのか？」

「本人が言うには。殺してくれ、と懇願する玉垣を振り払い、謝花は宿舎へ帰ろうとした。しかし玉垣は執拗《しつよう》に追ってくる。片足を引きずる謝花には、走って引き離すこともできない」

玉垣は丑松の腕をつかんだ。振りほどこうとしても敵《かな》わないほどの力で。

——頼むよぉ。

——お前の腕ならまたやれるさ。

——そんでも、今まで通りにはいかん。面子《メンツ》が立たん。漁師は面子失ったら終わりさ。

丑松は呆《あき》れたが、同時に、その心根がよく理解できた。

玉垣は利益を求めて南興から独立した。腕利きの漁師たちを抱え、稼ぎに稼ぎ、この世の春を謳歌《おうか》した。その玉垣が、頭を下げて南興に戻り、一漁師として再出発するのは不可能に近いことだった。玉垣は旧知の漁師たちからの蔑《さげす》みを受けながら、一生を終えることになる。

——見捨てんでよぉ。丑松。殺《クル》してよぉ。

醜く歪んだ幼馴染みの顔に、丑松はぞっとした。まるで幽鬼のようであった。玉垣の懇願は真に迫っている。酔っ払いの戯言だろうと笑い飛ばせる雰囲気ではなかった。

――自分《ワー》には殺《クル》せん。

――殺して、殺してよぉ。

――うるさい《カシマサン》！

やっとのことでその手を引きはがした丑松は、玉垣を突き飛ばした。闇のなかでよく見えないが、玉垣はうずくまりむせび泣いていた。多くの鰹漁船を率いる大船長が、幼児のように駄々をこねていた。

泣いている玉垣を置いて、丑松は宿舎へ帰った。布団に入っても眠れず、朝までまんじりともせず過ごした。嫌な予感がした。念のため、仕事へ行く前の早朝に再度雑木林へと足を運んだ。

残念ながら予感は的中した。

玉垣は雑木林の奥深くで死んでいた。漁に使う縄を枝にくくりつけ、首を吊っていた。

丑松は胸を刺し貫かれたような痛みを覚えた。生前の玉垣の嘆きと懇願が、耳の奥に蘇《よみがえ》っていた。

――丑松ぅ……お前《イヤー》しかいないんよ……。

すぐに警察へ知らせようとしたが思いとどまった。

このまま事実が明るみに出れば、どうなるか。金照組合の誰かが、スパイ行為について外に漏らしかねない。おそらく組合の連中は玉垣にすべての責任を負わせるだろう。もしそうなれば、残された玉垣の妻子はスパイの家族として余生を過ごすことになる。

死んだという事実は取り戻せない。しかしせめて、汚辱にまみれた死を名誉の死に変えてやりたかった。

悩んだ末、丑松は遺書を用意することにした。

焦燥と錯乱の末の「自死」ではなく、世間に許しを得るための「自決」を演出する。汚名を濯《そそ》ぐには、死をもって報いる以上の方法はない。そのため、冒頭に『尽忠報国』の四字を大書した。代書屋には頼めないため、丑松自ら文字を引き写しつつ必死で文面を綴った。

さらに、玉垣の遺体を別の場所へ移すことにした。南興の工場裏手で亡くなっていれば、まず自分との関係を疑われる。普通なら、鰹漁師の玉垣が製糖所へ足を運ぶことなどあり得ないのだから。

玉垣の遺体を運ぶにあたって、シュガートレインはうってつけだった。足の悪い丑松であっても、遠くまで移動させることができるからだ。日中、人が出払っている時間を狙って大八車で遺体を路線端まで運び、荷台に載せた。

サトウキビの山に腰かけ、玉垣の顔を見ながら風を浴びていると、なぜか涙がこぼれてきた。本部の集落で一緒に遊んでいた時のことが脳裏をよぎった。のどかなサイパンの農村風景と、遺体の発する死臭がうまく噛み合わない。

――サイパンでなく、ずっと故郷にいたら……。

マタンシャまで来ると、綿畑の隣にカマチリ林があるのが見えた。縄をくくるにはおあつらえ向きだし、畑なら人の出入りもありそうだった。旅の終わりを悟った丑松は、泣きながら幼馴染みの遺体を引きずり、木の枝にくくりつけた。最後に懐のなかへ遺書を差しこみ、作業を終えた。

「以上が、謝花丑松の証言です」

堂本は薄い唇を舐めた。

「本当に、謝花は遺体を移しただけなのか？　裏付けは？」

「ありません」

だが、麻田には丑松が虚偽を話しているようには思えなかった。細部に現実味があるし、丑松の行動も一貫している。麻田自身のそうであってほしいという願いを差し引いても、その証言は事実として聞こえた。

しばし堂本は指先で卓を叩いていた。どこからか、酔客の騒ぐ声が聞こえてくる。ここが料亭だということを改めて思い出した。

突然、指の動きが止まる。狐に似た目が麻田を見た。

「うん。ご苦労だった」

肩の力がどっと抜ける。何とか、合格点を得られたらしい。堂本は背広の懐から「ホープ」を取り出した。

「喫《す》っていいかい？」

「どうぞ」

マッチを擦って火をつけると、狭い和室の天井に紫煙が立ち上った。芸妓の笑い声が廊下で反響している。堂本は卓上の灰皿を引き寄せた。

「肺の調子はどうだい」

「有難いことに、こちらに来てから一度も発作はありません」

「いいことだ。それにしても、たった一週間でずいぶんスパイらしい顔つきになった」

「そうでしょうか」

「君には防諜活動の素質がある」

紙巻き煙草の先端が麻田の胸元を指す。ぽとりと灰が落ちた。

堂本は称賛のつもりで口にしているのだろうが、なぜか、麻田の胸のうちに不快感がわだかまった。

「……私は一介の英語教師です」

「これまではね。しかし今は違う」

煙草の灰がまた、落ちる。もはや引き返せないことは麻田もわかっていた。

「なぜ、私なのですか」

問いが口からこぼれ出た。

いくら野村の口添えがあったからと言って、堂本が何の理由もなく己を採用したとは思えなかった。一高、東大という学歴や、英語を話せるといったことは理由ではないだろう。もっと根源的な意図があるはずだった。

「君には守るものがある。そこがいい」

堂本は上を向いて、盛大に煙を吐いた。黒煙を上げるシュガートレインを思い出す。

「失うものがない人間は、利己的で独善的だ。しかし、守るものがある人間は裏切らず、必ず仕事をやりぬく。麻田君には絶対に失いたくないものがあるだろう？　だから君を雇うことに決めた」

ミヤと良一の顔が、眼前に浮かぶ。

この男は見抜いている。麻田が本来諜報活動に関心がないことも、スパイと呼ばれるのを好んでいないことも。そして、家族のために忠実な犬として働くことも。

「私の前任者はどこにいるのですか」

「死んだよ」

堂本はさらりと言った。

「軍令部から派遣された男だったが、密かに米英と通じていた。事実をつかんだ後も泳がせていたが、やがて罪の意識からか首を吊って死んだ」

新聞記事を読み上げるように、淡々とした口調だった。

麻田は拳の内側にじっとりと汗をかいていた。堂本の発言を額面通りに受け取ることはできない。米英との内通が発覚した後に自殺した、という筋書きは、偶然にしては都合がいいように思えた。

短くなった紙巻き煙草が、灰皿に押し付けられた。麻田はひしゃげた吸殻と己を重ね合わせる。堂本にとっては煙草の火を消すのも、犬の命を奪うのもさほど変わりない。暗にそう言われたようだった。

「君も、妙な気は起こさないように」

「……はい」

「情報収集に励んでくれ。次は二週間後、ここで会おう」

堂本は音も立てずに立ち上がり、例によって先に部屋を出た。

入れ替わりに酒肴が運ばれてきた。麻田は、珍味を前にしても一向に食欲が湧《わ》かなかった。己が足を踏み入れた場所が、深い闇のなかであることを思い知った。箸を手に取る意欲すら起こらない。

やがて、廊下から規則正しい足音が聞こえてきた。

「失礼します」

聞き覚えのある声だった。入室を促すと、田口茂一等水兵が現れた。

「どうしました」

「堂本少佐の命でお持ちしました」

田口は分厚い茶封筒を麻田に差し出す。

「これは……」

問う暇もなく、田口は回れ右をして立ち去った。

中身は見当がつく。あらためると、三百円の札束が入っていた。麻田の給与のおよそ三か月分。スパイとしての当面の活動費であることは明らかだった。最初の任務を無事にこなしたことで、信用を勝ち取ったということか。

——もう、退《ひ》けない。

麻田は封筒を鞄《かばん》にしまい、おもむろに箸を取ると、目の前に並んだ酒肴を片端から腹に詰め込んだ。美味も不味もない。ただ、この食事を口にすることが、スパイである己の礼儀だと思った。

「千代松」を後にした麻田は官舎への帰路を歩きながら、島内の情報網をいかに展開するか、考えを巡らせていた。

玉垣賢作の名誉は守られた。

米国のスパイであるという告白はじきに住民たちに知れわたり、怒りを呼んだ。だが、その罪を「自決」によって償ったという事実が重視され、島内には赦《ゆる》しの気配が漂った。南興直営の漁師たちを中心に不満の声を漏らす者もいたが、少数であった。玉垣の妻子は引き続きサイパンに居を構えることができた。

しかし金照組合は、長である玉垣を失ったことで崩壊した。

金照丸は南興水産に買い上げられ、直営の鰹漁船となった。玉垣と同郷の屋宜はサイパンから消えた。他の島に渡ったとも、故郷に帰ったとも言われたが、行方を知る者は誰もいなかった。

翌月初旬、横浜から手紙が届いた。良一の手紙には、友達との間で流行《はや》っている遊びのこと、また「冒険ダン吉」を読んだことが書かれていた。最後は父を気遣う一文で締めくくられていた。

――ちよつと寒くなつてきました。おとうさんはセキをしてゐませんか。

幸い、サイパンでは一度も発作を経験していない。内地ではエフェドリンが品薄だという噂も聞いた。南洋へ渡ったのは、療養のうえでは正解だったのかもしれない。

ミヤからの手紙は長かった。

はじめに、最近の良一の様子が細々と記されている。気丈に振る舞っているが、学校が休みの日などは時折、「お父さんはいつ呼んでくれるかな」と口にすること、南洋に強い興味を示していることなどが書かれていた。

次に記されていたのは、義父のことだった。麻田の義父——ミヤの父は、麻田が南洋庁に就職したことを喜んでいたが、その反面、母と子の二人暮らしに懸念を示していた。サイパンへの赴任が長くなるようなら甲府に戻ってきたほうがいい、と言われているらしい。ミヤの文章は戸惑い交じりであったが、文末はきっぱり、

——私には懸念など一片もありません。

と結ばれていた。

最後に、サイパンでの仕事について触れられていた。

自分には南洋庁のことはわからない。だが、麻田の果たす務めは必ず御国のためになるだろうし、そのお陰で自分たち家族も平穏無事に過ごすことができる。どうか内地にいる自分たちのことは心配せず、役割を全うしてほしい。そのような内容だった。

ミヤが夫の仕事に意見を表明するのは、珍しかった。それでも、言わずにはおれない予感があったのかもしれない。単なる偶然か、配偶者としての直感か。

麻田は手紙を三度読み直してから、しまった。

姿見で身なりを整えて、官舎を出る。職場へ向かう短い道のりの間に、ハイビスカスの生垣があった。思わず足を止める。赤い花が路傍を賑わせていた。良一やミヤが見たら、何と言うだろうか。

湿っぽい感情を振り切り、麻田は直射日光の下を歩き出す。

この楽園で、犬としての役目を果たすため。

第二章　魚

サイパン支庁舎の窓から空を見ていた麻田は、かすかに眉《まゆ》をひそめた。早朝晴れ渡っていた空に、にわかに黒灰色の雲が湧《わ》いてきたのだ。隣席にいる南洋歴五年の先輩職員に「降りますかね」と問いかけた。相手はちらりと窓の外を見てつぶやく。

「怪しいね」

「長引きますか」

「すぐに止《や》むだろう。そこまでの悪天候ではない」

先輩は事務作業に戻った。庶務係で統計を担当する彼は、几帳面《きちょうめん》な手つきで方眼紙にグラフを描《か》いている。

——そろそろ行くか。

麻田は雑務に区切りをつけ、席を立った。

昭和十六（一九四二）年三月。麻田がサイパンに赴任して、四か月が経《た》っていた。

当初は南洋の気候に翻弄《ほんろう》され、年末には高熱を出して寝込んだ。デング熱と診断され、しばらくは出歩くこともままならなかった。だが、最近では熱帯気候との付き合い方もいくらか心得て、雨や暑さに惑わされることもなくなった。

何より、喘息発作《ぜんそくほっさ》が一度も起こっていないのが嬉《うれ》しい。

庁舎を後にした麻田はガラパンの中心部に背を向け、官舎のほうへと歩き出した。人通りはほとんどない。左手にはミカン畑が広がり、右手には彩帆《さいぱん》神社の広大な敷地が広がっている。

彩帆神社の起源は、大正三（一九一四）年の戦艦「香取《かとり》」による占領に端を発する。ドイツ領だったサイパンに上陸した海軍は、戦艦内に祀《まつ》られていた香取神宮の分霊を分祀《ぶんし》し、「香取神社」を建立した。その後、昭和六（一九三一）年に南洋興発の創業者である松江春次の出資で新社殿が造られ、「彩帆神社」と命名。神社の外苑《がいえん》には松江の全身像が建てられ、日頃《ひごろ》から通行人たちを見下ろしていた。

この神社へ参詣《さんけい》したのは一度きりだ。元日、支庁でまずい雑煮と量の少ない折り詰めを食べ、庶務係の同僚と連れ立って初詣《はつもうで》に行った。

年始の神社はさすがに参詣客で賑《にぎ》わっていたが、そのほとんどは日本人であった。島民にはキリスト教徒が多いらしく、週末には盛装で礼拝に向かう島民たちの姿をよく見かける。

外に出てすぐ、案の定雨が降り出した。春は夏場に比べれば雨量が少ないらしいが、それでも内地に比べれば雨天の日が多く、驟雨《しゅうう》に襲われることもたびたびだった。幸い小雨だったため、濡《ぬ》れるに任せておく。

やがてミカン畑が切れ、青々とした生垣へと変わる。その内側には運動場と、平屋の建物が見えた。ガラパン公学校である。

学齢期の子どもは、人種によって通う学校の種類が異なる。日本人は小学校に、島民は公学校に通うのが南洋群島の原則だった。成績優秀な子どもは日本の学校に留学できるそうだが、それはほんの一握りだと聞いている。

麻田が公学校に足を運ぶ背景には、堂本少佐の命があった。

——ローザ・セイルズという女がいる。

数日前、いつものように「千代松」の座敷で会った堂本はそう切り出した。

ローザはチャモロ人で、サイパンの大酋長《だいしゅうちょう》の孫として生まれたが、その後フィリップ・セイルズという男の養子となった。優秀な頭脳の持ち主で、日本の女学校に留学していた経験もあるという。現在は教員補としてガラパン公学校に勤めている。

彼女の簡単な経歴を述べた堂本は、煙草《たばこ》をふかしながら続ける。

——ローザにはスパイの疑惑がある。

麻田はすでに、こうした指示に慣れていた。

堂本の防諜《ぼうちょう》活動は、概《おおむ》ね二段階に分かれている。第一の段階として、サイパン全土に飼っている「犬」たちから広範な情報を吸い上げ、選別する。第二の段階として、とりわけ怪しい案件について別の「犬」を使い奥深くまで調べる。麻田は主に第二段階に関《かか》わった。

——米国の手先ということですか。

——まだわからん。ただ、彼女の養父は米国人と島民の混血だ。

ローザの養父、フィリップ・セイルズは長らくサイパンに在住している有名人だった。米国人の父とチャモロ人の母を持つフィリップは英語に堪能で、サイパン有数の知識人として知られている。数年前まで南洋庁の嘱託《しょくたく》として働いていたが、すでに隠居しており、麻田はまだ顔を見たこともない。

堂本いわく、フィリップはかつて通訳や翻訳、来訪者の対応を担っていたという。対米関係が緊張する五年ほど前までは、南洋群島にも少数ではあるが、視察や調査を名目とした米英からの来客があった。そうした客人の相手を担ったのが、米国人の子であるフィリップだったらしい。

――いかにも怪しくないでしょうか。

――私もそう考えて真っ先に調べたが、フィリップはおそらく一民間人に過ぎない。島外に連絡を取っている形跡も、情報を収集している気配もない。私が見落としている可能性もないではないが、まあ低いだろう。

堂本がそう言うのであれば、麻田に異論はない。

――では、ローザにはスパイの痕跡《こんせき》があるということですか？

――一部の島民と密会している節がある。島民を通じて内部情報を集めているかもしれない。万が一、米国と島民の結託を促すようなことがあれば厄介だ。抗日運動に発展すれば朝鮮《ちょうせん》のようになりかねん。

まさか、とは言えなかった。

島民は素直で素朴だと言われているが、日本への不満を抱える者が一定数いることも、麻田は密かにつかんでいた。日本人の地主に酷使される農民。公学校の訓導から体罰を受けて身体《からだ》を損傷した児童。海軍の兵士に金品を接収された酋長。日本への恨みを持つであろう不穏な分子は、サイパンのそこここにいる。彼らに目をつけたアメリカが、抗日運動を焚《た》きつける恐れはあった。

堂本が引き合いに出した朝鮮半島では、民族主義者の逮捕が相次いでいる。南洋群島が同じ状況に陥らない、という保証はなかった。

――麻田君には、ローザ・セイルズの飼い主をつかんでほしい。

――承知しました。

――よろしく頼む。ただ……。

そこで堂本少佐は言葉を切った。珍しく歯切れが悪い。

――あの女は長らく調査しているが、決定的な尻尾《しっぽ》を出さない。養父と同様、潔白の可能性もある。その辺りを頭に入れて調べを進めてほしい。

麻田は低頭した。

いつものように、堂本から与えられる手掛かりは少ない。だが、その態度を麻田はむしろ好ましく思っていた。堂本が口にするのは裏の取れている事実だけだ。不確実な情報なら、最初から教えてもらう必要はない。

校庭には鳳凰木《ほうおうぼく》が植えられており、赤々とした花をつけていた。南洋桜とも呼ばれ、サイパンでは馴《な》染《じ》みの樹種である。

校舎は背の高い木造平屋であった。すでに授業は始まっているらしく、教員と思《おぼ》しき男が教科書を読む声が聞こえてくる。正面出入口では、顔見知りが麻田を待っていた。五十歳前後の恰幅《かっぷく》のいい男である。

「宝井《たからい》校長。お出迎え痛み入ります」

「いいえ。ちょうど手が空いたものですから」

宝井はにこやかに応じると、校舎内へと麻田を招じ入れた。

麻田は事前に、庶務係調査担当として現地の教育実態を視察したいと申し入れていた。手始めに支庁舎から最も近いガラパン公学校を選んだ、という説明を、宝井は疑うことなく受け入れた。

「こういった視察は、よくあることですか」

麻田はさりげなく探りを入れる。

「ええ。内地から学者の先生がいらっしゃることもあるし、文部省の人が来たこともありますね。いかに外地の子どもを教え導くか、皆さん興味がおありのようで」

宝井の笑顔の裏に、差別意識がうっすらと透けて見えた。彼にとって島民たちは教え導く存在であり、その逆はあり得ないのだろう。

案内された教室では、四十人ほどの子どもたちが授業を受けていた。並べられた机に教科書を広げ、教壇に立つ男性教員の話に耳を傾けている。今は国語の授業中らしく、島民の女子児童が立ち上がって教科書を読み上げていた。

異様だと感じたのは、一人の男子児童が立ち歩いていることだった。真っ白なシャツを着た島民の児童は、笞《むち》を手に、舐《な》めるような目つきで同級生を監視している。まるで獄舎の看守である。

「あの子は?」

教室の最後方から授業を見学していた麻田は、隣に立つ宝井に小声で尋ねた。

「級長ですよ。居眠りや悪戯《いたずら》をしないように見張っています」

「公学校は、どこでもこうしているのですか」

「さあ。ここでは昔からやっていますけども」

麻田はチャランカノアを案内してくれた島民の巡警、シズオを思い出した。彼もガラパン公学校の卒業生で、級長を務めたと言っていた。十年ほど前はシズオも笞を持って同級生を監視していたのだろうか。

教室の前方、片隅に島民女性がひっそりと立っていた。再度、宝井に「あちらは?」と尋ねる。

「教員補です。ローザ・セイルズといいます」

そっけない口調で、宝井は言った。麻田は平静を装って頷《うなず》く。

――あれがローザか。

ローザは背の高い女性で、どこか窮屈そうに肩をすぼめていた。教員が話している間は出番がないのか、児童たちの様子を見守っている。一瞬麻田と目が合ったが、彼女のほうから視線を逸《そ》らした
「違う。キュウジョウ、だ」

教員は、教科書を朗読していた男子児童を遮って言った。「宮城《きゅうじょう》」の発音を指摘している。

「キュウジョウ」

「違うな」

「キュウジョウ」

幾度もやり直しをさせたが、教員はその発音に納得しなかった。「もういい」と言われた児童は、うなだれて着席する。教員は級長の名前を呼び、「代わりに読んでみなさい」と命じる。

「はい!」

立ち歩いていた級長が自席に戻り、教科書を持ち上げて朗々と読み上げる。

「宮城は東京にあって、天皇陛下のおすまいになっている所です。まわりに深い堀が……」

淀《よど》みなく読み上げる声に、うんうん、と教員は頷く。宝井が耳打ちをする。

「彼は優秀です。日本への留学もあり得るでしょう」

その光景に、麻田は辟易《へきえき》していた。

わずかな発音の違いを執拗《しつよう》に修正され、呆《あき》れられれば、児童たちも委縮する。自由に意見を述べることもできず、勉強に集中することすらままならない。学校というより軍隊のような空気だった。

麻田は仮にも数年間、女学校で英語教師として働いた身である。自分の授業はこのような緊迫した空気ではなかった。たまに注意することもあったが、それは居眠りのような、明らかな規律違反があった時だけだ。ある単語の発音を巡って、生徒を晒《さら》し者にするような真似《まね》はしなかった。級長の存在も不愉快だった。教員たちは、意図的に学級内に階層を作っている。そうすることで教室内の秩序を保とうとしているのだ。学級委員を決めるのは確かに有用かもしれない。だが、明らかなひいきは他の児童の不満が募る一方だ。何より本人の増長や孤立を招きかねない。

忸怩《じくじ》たる思いを抱えながら、一時間ほどで視察を切り上げた。結局、ローザについてはその姿を確認するに留《とど》まった。だが焦りは禁物である。彼女が本当にスパイなら、こちらの意図を感づかれてはならない。

——調べる機会は、これからいくらでもある。

麻田は近日中に再訪する旨を宝井に伝え、公学校を後にした。

北ガラパンの「よか楼」は、南洋群島随一の料亭として知られる。

正面の看板には「イロケナシ」の文字が躍っていた。サイパンで料亭と言えば芸妓《げいぎ》や酌婦がいるのが通例だが、「よか楼」は色気なし、つまり性的な接待を介さずに営業をしているのである。三百坪前後の敷地に戸建ての客室が七棟あり、各々が「成駒《なりこま》」「橘《たちばな》」などと名付けられていた。それらの間には庭園が設《しつら》えられ、互いに声が聞こえず、内部も見えないように設計されている。

午後七時、「音羽《おとわ》」の棟にいる麻田は、冷静な顔で座を見回した。

室内には紫煙がもうもうと立ち込めている。上座にはこの会の主催である、南洋庁地方課の吉川。その隣には、南洋興発の総務課長。さらに隣は気象台の主任技師。他にも四名の男たちがいるが、全員が南洋群島に絡んだ仕事をしている。

パラオ丸の船内で知り合った吉川は、口だけでなく、本当に酒席を設けてくれた。赴任から幾分時間は経ったものの、個人的な歓迎会ということで懇意にしている南興社員や南洋庁職員を集めてくれた。

麻田ははじめ面倒な催しだと感じたが、よく考えれば南洋での人脈を広げるまたとない好機であった。スパイにとっては都合がいい。

「コロール島にもこれくらい本格的な料亭が欲しいものですね」

酔って顔を赤らめた吉川が大きな声で言う。彼はわざわざ、この会のために本庁があるコロール島からサイパンまで船で来た。今夜は知人の家に泊まっていくという。吉川は吸いさしの煙草を灰皿に捨て、なれなれしい態度で麻田の肩に手を置く。

「庶務係の仕事は忙しいですか」

「ほどほどに」

実際は、四か月にしてすでにくたびれ果てていた。堂本の犬であることを見抜かれないように情報を収集する作業は、緊張の連続である。体力面はともかく、精神面での疲労が激しい。

「内地に比べればずいぶんましでしょう。楽園ですからね、ここは」

吉川は冷酒を呷《あお》った。日本酒がよく冷えているという点だけでも、「よか楼」は南洋の一流料亭だと言える。

「島民との付き合いもあるでしょうが、麻田さんも注意なさったほうがいい。彼らのなかには、米国と通じているスパイもいますからな」

「……肝に銘じます」

麻田は複雑な心持ちで答えた。吉川は上機嫌で話し続ける。

「先日も、スパイを一人見つけました。本庁舎で給仕をしていた女性ですがね」

話によれば、その島民女性は執務室を清掃するふりをして、機密書類の保管された棚を漁《あさ》っていたという。問い詰めると、グアムから来たという米国人にそそのかされ、つい手を貸してしまったのだと白状した。

「事実なら米国側に抗議すべきでは？」

「抗議したところで、相手はしらを切るだけでしょう。証拠なんてどこにもありませんからな。気の毒ですが、彼女にはコロールから出て行ってもらいました」

捕まったスパイは、トカゲの尻尾のごとく切り落とされる。雇い主にとってはそれが最も合理的だからだ。もし麻田が海軍の諜者《ちようじや》だと露見したら、やはり堂本は知らぬふりをするのだろうか？

「酒精のほうはどうですか」

吉川は別の出席者に水を向けた。相手は南洋興発の酒精工場で役員を務めている男である。

「順調です。今は洋酒も人気ですから」

サイパンの酒精工場は、一日当たり醪《もろみ》三百石の生産量を誇る。製造された酒精はウイスキーなどの混合酒の原料として使われた。

「島民が堂々と飲んでくれれば、もっと捌《さば》けるんでしょうがね」

吉川の冗談に愛想笑いが起こる。日本人は島民に酒を売ることができない。見つかれば、売ったほうも買ったほうも警務係に摘発される。もっとも、監視の目をかいくぐる者は少なくなかった。

ある家庭では、勝手口の前に焼酎《しょうちゅう》の入った甕《かめ》を置いておくという。時折島民がそこを訪れ、酒を飲んでいく代わりに小魚や果実の入った籠《かご》を置いていくらしい。仮に警察に見つかっても、島民は「水だと思った」と言い訳をするそうだ。

麻田はそうした生活の実相も、徐々につかみつつあった。

「禁酒は、件《くだん》の殺人事件がきっかけなんでしょう?」

「そうらしいですねえ」

別の卓では南興社員同士がそんなことを話していた。

件の殺人事件とは、このような内容である。およそ十年前、沖縄の青年とチャモロの女性が恋に落ちた。しかし二人はすんなりとは結ばれず、他の島民を巻き込んだ四角関係になり、ついには酒を飲んだ島民が青年を刺殺した。

「だからといって、酒を全面禁止するのは酷な気もするけどねえ」

南興社員が苦い顔をして言った。より詳しい経緯を知る麻田は、素知らぬ顔で水を啜《すす》る。

その事件を機に取り締まりが厳しくなったのは事実だが、もともと、委任統治領である南洋群島では島民に酒を提供することは禁じられている。麻田は南洋庁内の資料から、国際連盟の委任統治条項に以下の文言があることを知っていた。

――土着民に火酒及酒精飲料を供給することを禁止すべし。

つまり禁酒は、国際連盟の条項に従った対策に過ぎない。それに十年前の事件よりはるか前、大正五年の南洋群島酒類取締規則でも島民への酒類供給は禁じられている。殺人事件がきっかけで禁酒政策が実行されたわけではなかった。

こうした些細《ささい》な誤解を見聞きするたび、麻田は情報というもののあやふやさを思い知る。とりわけ、人間は「物語」に弱い。もっともらしい筋立てが用意されれば、人はあっさりとその噂《うわさ》を信じる。

賑やかな座で麻田の他にもう一人、酒を飲まない者がいた。眼鏡をかけた痩《や》せ型の男で、うつむき加減に食事をつまんでいる。宴会を楽しんでいるようには見えない。

先刻聞いた自己紹介によれば長地栄吉《ながちえいきち》という名で、南洋庁水産試験場に所属する技官だ。京都帝大の出身だと言っていたのを思い出す。麻田は席を立ち、長地の隣に移動した。吉川の騒々しさに辟易したこともあるが、寡黙な長地に興味を覚えた。

「酒は苦手ですか」

声を掛けると、長地はふっと視線を上げた。

「まったく飲めません」

「私も駄目です。下戸《げこ》は肩身が狭いですね」

固かった長地の表情が、わずかに緩んだ。

「参加したのは付き合いですか？」

「大学の先輩に誘われて、断れなかったもので」

やけに正直な男だった。役人というより学者気質に見える。話を聞けば、水産試験場の所在地はコロール島だが、長地は研究のためサイパンに滞在しているのだという。他にも数名の技官がいるらしい。

「どういったお仕事を？」

「主に毒魚の生態を研究しています」

「ほう。興味深い」

麻田が身を乗り出すと、長地はぼそぼそと語りはじめる。

「医官の先生に聞きましたが、毒魚の中毒者は毎月発生しています。しかも、南洋だけで年に数名が亡くなっている。これは決して侮《あなど》れない数字です。一方で、毒魚がなぜ毒素を持っているのか、その機構はほとんど明らかになっていません」

聞いたことのない話だった。麻田は純粋に興味を引かれた。

「どういう魚が毒を持っているんです？」

「たとえば、フエダイやカマスの一種ですね」

「どちらも食用でしょう？」

「見分け方が非常に難しいんですが、なかには毒を持ったものがあります。シガテラ、というんですがね。おそらく餌《えさ》の違いですが、原因は特定されていません。あとは、ソウシハギという魚が内臓に猛毒を持っています。これはまた別種の毒素です」

興が乗ってきたのか、長地は早口で語り続ける。

「私は漁師の皆さんの協力を得て毒魚を収集し、また島民への聞き取りを行うことで、毒魚の生態を調べています」

長地ら水産試験場の技官は、ガラパンの北にあるサドクターシの宿舎に寝泊まりしながら研究に励んでいるという。

「私もいずれ伺ってみたいものです」

「ぜひどうぞ。視察はしょっちゅうですから。先日は支庁長もいらっしゃいました」

「へえ。他にも?」

「南興の重役、島民の大酋長、あとは海軍の方も。たとえば、堂本少佐」

いきなり堂本の名が出てきたので、つい絶句した。慌てて「そうですか」と付け加える。

「実に有意義な研究だ」

「毒のある魚といえば、内地では河豚《ふぐ》くらいですからね。物珍しさも手伝って、興味を持っていただけることは多いですよ」

長地が学究肌らしい控えめな笑顔を見せた。

その後も宴《うたげ》は続き、十時過ぎにお開きとなった。吉川を含む数名はそのままイロケアリの料亭へと繰り出したが、麻田は辞退して官舎へ引き返した。長地も帰ったようだった。官舎の自室に戻った麻田は、受け取った名刺を畳の上に並べてみた。南洋庁の課長、係長級、南興とその関連企業の幹部といった肩書きが並ぶ。南洋における情報網は大いに強化された。

所属別に並べると、長地の名刺だけがぽつんとはぐれた。「技官」というそっけない職名が、彼の朴訥《ぼくとつ》な人柄と似合っているように思えた。


その後も麻田はローザ・セイルズの素性を探ったが、めぼしい情報はなかった。

島民への聞き込みから、自宅はガラパン北部、ラプガオ地区の集落だとわかった。公学校からは徒歩で三十分ほどの距離である。麻田は平日の日中、ローザが仕事に出ている時間を狙《ねら》って住居を確認した。一帯にある小屋は、室内に砂が入らないようにするためか、いずれも高床式であった。

ローザの住居は何の変哲もない小屋だった。広さも周囲と特に変わらない。大酋長の孫であり、島民有数のインテリと聞いていたのでいささか意外ではあった。

ぐるりと一周してみたところ、縁側に島民の女性が寝そべっていたのでぎょっとした。一人暮らしだと思い込んでいたが、同居人がいるのだろうか。雨戸のようなものはなく、誰《だれ》でもいつでも家のなかに入れそうである。

同じ学校の出身だという、巡警のシズオにも話を聞いた。

――ローザは、私の一年先輩であります。

相変わらずの形式ばった口調で、シズオは質問に答えた。

彼の話によれば、ローザは在学中から頭脳明晰《めいせき》で有名だったという。日本の女学校には二年間留学し、チャモロの言葉と日本語、英語を巧みに操る才女であった。ちなみに、級長だったシズオも内地に留学していたらしい。

——ローザはともかく、彼女の父親は唾棄《だき》すべき人物であります。

出し抜けにそんなことを言ったので、麻田は驚いた。父親というのは、養父のフィリップ・セイルズのことだ。フィリップは現在、南部のアスリートで独居している。発言の意図を尋ねるとシズオは鼻を鳴らした。

——あの人物はかつて英語を教えていました。敵性語を普及させるなど言語道断であります。

シズオが言うには、以前フィリップは個人的に希望者を集め、英語を教える私塾を開いていたという。

昨年以来、「敵性語」とみなされた英語を日本語へ置き換える動きがあるのは事実だった。職業野球の「大阪タイガース」は「阪神軍」になり、煙草の「ゴールデンバット」は「金鵄《きんし》」になった。ただし日常会話のなかで徹底されているわけではなく、そういった潮流があるに過ぎない。

——彼は米英の手先として、この島に送り込まれたに違いありません。

シズオはいつにも増して強い口調だったが、いずれにせよ、ローザの思想について知っていることはほとんどないようだった。

その後も幾度か公学校の授業を視察したが、ローザは必ず出席していた。教員が話している間は控えているが、たまに島民児童の通訳をしてやったり、授業の後で残って教えたりしていた。正規の教員ではなく教員補に留まっているのは、彼女が島民であるせいなのか、それはわからなかった。

唯一、動揺らしきものが窺《うかが》えたのは、公学校での四度目の視察だった。

その日の授業では、教員補のローザによる紙芝居の朗読があった。彼女が教壇の下から取り出した紙芝居を見て、麻田はぎょっとした。「スパイ御用心」という題であった。ローザは児童たちを前に淡々と読み進める。

「……戦争には、武力戦と秘密戦があります。武力戦というのは、戦車や爆弾を使った戦いです。秘密戦は、人の目に触れないようデマを流したり、火を放ったりすることです」

大半の児童にはピンと来ないのか、ぽかんとした顔で聞いている。さかしらぶった級長が「質問をしてもよろしいでしょうか」と挙手した。

「どうぞ」

「スパイを見破るにはどうすればよいのでしょうか」

その時、一瞬だがローザが麻田のほうを見た。すぐに目を伏せたローザは「難しいですね」と質問をはぐらかした。

麻田は考える。

——仮に米国のスパイだとしても、暴きようがない。

思いつく手と言えば、あとは住居に侵入するくらいしかない。あの小屋なら忍び込むのは難しくないだろうが、失敗した時の代償が大きい。流石《さすが》に「調査のため」という言い訳は通用しないし、ローザも警戒を強めるだろう。

堂本が言ったように潔白の可能性もある。スパイでないことを立証するのは、そうであることの証明よりはるかに難しい。

苦心する麻田に好機が訪れたのは、四月半ばだった。庶務係の同僚が顔に好奇の色を浮かべて、麻田に話を持ちかけた。

「この間、ラプガオで心中があったらしいよ」

「えっ？」

ラプガオといえばローザの自宅がある地区だ。興味を引かれたが、表面上は雑談を装って応じる。

「心中なんて、南洋で初めて聞きました」

「純潔の香高く、天国に結ぶ恋、というやつだ」

「坂田山《さかたやま》ですか」

九年前、神奈川県の大磯《おおいそ》にある坂田山で、若い男女の心中遺体が発見された。この事件は「坂田山心中」や「大磯心中」と呼ばれ、ちょっとした流行を巻き起こした。事件をモデルにした映画が制作され、同じ場所で命を絶つ男女が後を絶たなかったという。同僚の発した一節は、事件を報じた新聞の見出しだった。

「なんでも、沖縄の男とチャモロの女らしいよ」

どこかで聞いたような話だ。島民への禁酒のきっかけとされる事件も、沖縄の男性とチャモロの女性の恋愛関係が発端だった。それを口にすると、同僚は膝《ひざ》を打たんばかりの勢いで頷いた。

「俺《おれ》もそれを思い出した。結ばれない恋は、悲しい結末と決まっているのかね」

ひとしきり話して満足したのか、同僚はじきに仕事へ戻った。

事務仕事をするふりをして、麻田は耳にしたばかりの噂を吟味する。ラプガオでの心中事件。

ローザにつながるか否か定かでないものの、調べる価値はありそうだった。

麻田はその夜、警務係の武藤警部補と連れ立って北ガラパンの料亭街――通称「北廓《ほっかく》」を訪れた。いつものように支払いは麻田持ちである。翌日、一緒に昼食をとった際に麻田は切り出した。

「例の心中について教えてもらえますか」

「そんな気がしていたよ」

いまだ正体には気付いていないようだが、麻田があらゆる事件に首を突っこんでいることは武藤も承知していた。蕎麦《そば》を啜りながら事件の詳細を語りはじめる。

男女の遺体が発見されたのは三日前。場所はラプガオ北部の林のなかである。

男性は浦添《うらそえ》出身で、サトウキビ農家の跡取りの二十四歳。タッポーチョの第四農場付近に住んでいたという。女性は同家の使用人として働いていた二十二歳のチャモロ人。名はピラルといい、彼女の自宅はラプガオの集落内にある。

「まだ調べの最中だが、二人はかなり前から恋仲だった。男のほうが両親に結婚を認めるよう迫っていたが、強固に反対された。世を儚《はかな》んだ二人は、結ばれないならいっそ、と死を選んだ……そんなことが遺書に書かれていた。天国に結ぶ恋だな」

また坂田山である。麻田はいささかうんざりした気分で問う。

「遺書には他に記されていましたか」

「特には。男の両親への恨みは、延々と綴《つづ》られていたがな」

「死因は？」

「これがちょっと変わっていてな」

武藤はもったいをつけるように言う。

「遺体のそばに、センスルーが落ちていた」

「なんです、それは」

「魚だよ。内臓に毒があるらしい」

毒魚。とっさに、先日会った長地栄吉の顔が浮かぶ。彼ならセンスルーなる魚について知っているかもしれない。

「魚の毒で心中ですか……」

毒を飲んで死ぬのなら、消毒薬として使われる昇汞水《しょうこうすい》(塩化第二水銀)や、殺鼠剤《さつそざい》の黄燐《おうりん》、ストリキニーネなど、他にも入手可能な毒物はある。坂田山の二人が飲んだのも昇汞水であった。他に手段があるにもかかわらず、毒魚を食べる、という奇妙な選択をしたことにはいかにも思惑がありそうだった。

「理由があるのでしょうか」

「俺に訊《き》かれても困る。趣味だったんだろう」

「訴えたいことがあったのかもしれません」

武藤は腕組みをして宙を睨《にら》んだが、すぐに首を横に振った。

「そうだとするなら、遺書に書けば済む。魚で伝えたいことなんてないだろう」

「遺書は本人の筆跡だったんですか」

「誰かが偽造したと言いたいのか？」

「可能性の話です」

麻田の脳裏には、玉垣賢作の死がちらついていた。彼の遺書とされているものが謝花丑松の偽造であることを麻田は知っている。

「うーん……筆跡までは調べていないからなあ。何とも言えん」

武藤は他人事《ひとごと》のように言い放ち、白身魚の天ぷらを食べる。肩透かしを食った気分だった。麻田は質問の矛先を変える。

「遺体を発見したのは地元の島民ですか？」

「そうだよ。公学校の教員補が通報した」

何気ない武藤の一言に、麻田は息を呑《の》んだ。教室の片隅でひっそりと立っていた女性を思い出す。

「もしかして、ローザ・セイルズでは？」

「おう。そんなことまで知っているのか」

武藤が呆れ顔で言った。その表情にはわずかに怯《おび》えも入り混じっている。

――つながった。

麻田は綻《ほころ》びかけた口元を引き締めた。瞬時に、ローザから事情聴取を行うための筋書きを考える。

「すみません。もう一つお願いが」

「またか」

「御礼は昨夜、先払いしたと思いますが」

武藤は口をへの字に曲げる。北廓にのこのこ付いてきたのは武藤のほうだ。

「シズオ巡警を貸してくれませんか」

「何をするつもりだ？」

「島民の方々に聞き取りを」

麻田の顔には、意図せずして微笑が貼《は》りついている。

日曜の午前十時、麻田はシズオと連れ立ってラプガオへと向かっていた。目的は、男女の遺体発見時の様子を調べるという名目でローザの素性を探ることにある。彼女は他のチャモロ人と同様、礼拝のために朝から教会へ行っているはずであった。麻田は帰宅するところを待ち構えることにした。

「君は礼拝に行かないのかい？」

麻田は道すがら、白い制服を着た巡警に尋ねた。彼もまたチャモロである。

「私は天皇陛下の臣民であります。信仰は神道です」

シズオは真顔で前を見たまま、几帳面な答えを返した。

「公学校の級長だった頃には、毎朝六時に彩帆神社に参拝してから登校していました」

「それは、先生に言われたから？」

「はい。先生からは必ず参拝したうえで登校しなさい、と言いつけられました。他にも同じことを命じられた児童がいましたが、一日も欠かさずやり遂げたのは私だけでありました。私は一度も殴られなかったです」

心なしか、シズオは誇るような顔つきである。

「怠けた者は殴られるんですか？」

「その通りです。参拝を怠れば、殴られた後で校庭を走るよう命じられます」

麻田は女学校の教員だった頃、生徒に手を上げたことは一度もない。なかには体罰をする教員もいたが、そのやり方にはなじめなかった。志、と呼べるほど立派な理由ではない。教員のほうは気づいていないかもしれないが、体罰を受ける生徒は決まって恨みがましい目をしている。その視線を浴びてまで暴力をふるう気にはなれなかった。ただ、それだけのことである。

宝井の、愛想のよい笑顔を思い出す。彼もこれまで、さんざん島民児童を殴ってきたのだろうか。

集落には二十戸ほどの小屋が建っていた。麻田たちはローザの住居に到着すると、正面扉の前で待った。十五分ほど経ったところで、盛装の島民女性が歩いてきた。長身のローザは、教室とは違って白い洋装に身を包んでいる。足元はハイヒール、手には傘を持っていた。それが礼拝時の服装らしい。

自宅の前に二人の男が立っていることに気づいたローザは、胡乱《うろん》な者を見るような表情であった。数歩の距離まで接近した彼女に、麻田は丁重に一礼する。

「こんにちは。南洋庁庶務係の麻田といいます」

「何か？」

棘《とげ》のある声が返ってきた。幾度か授業の視察をした旨を伝えると、ああ、とローザの口からつぶやきが漏れる。麻田の顔を思い出したらしい。教室では肩身の狭そうな彼女だが、それはあくまで学校だけの話のようで、応対は堂々としている。

「それで、御用は？」

ローザはシズオに視線を走らせた。顔見知りのはずだが、シズオは一語も発さずに控えている。

「先日の心中事件について、お話を伺えませんか」

麻田は己が庶務係で現地調査を担当していること、とりわけ日本人と島民の交流に関心があることを伝えた。もちろん、これはローザから話を聞くための方便である。遺体の発見者であるローザに経緯を聞きたいと伝えると、あからさまに怪訝《けげん》な顔をした。

「心中は、日本人と島民の交流なのですか」

「いいえ。心中そのものは結果でしかありません。ですが、そこに至るまでの過程に、たいへん関心があります」

「それを調べるのは警務係の仕事では？」

内地へ留学していただけあって、ローザはシズオと同程度に流暢《りゅうちょう》な日本語を使う。そして、弁が立つ。

「ええ。ですから、こちらのシズオ巡警と合同で調べています」

シズオを連れてきた理由は二つある。

一つは、警務係との合同調査であるという体裁をとるため。ローザの指摘通り、庶務係だけで調べるのはいささか不自然な事案であった。もう一つは、ローザの警戒を解くため。同じ公学校出身者であるシズオが同席すれば、多少は態度を軟化させるかと思った。だが、こちらは当てが外れた。

ローザは麻田の真意を推量しているようだが、やがて観念したように首を振った。

「……支度をします。少し時間をください」

麻田が了解すると、彼女は扉を開け屋内へ消えた。十分後、木綿の簡単衣《かんたんぎ》に着替えたローザが姿を見せた。「どうぞ」と呼ばれるまま、小屋のなかへ足を踏み入れる。

木造の小屋は風通しがよく、簡素なつくりだった。板間にはゴザが敷かれており、麻田は勧められるまま腰を下ろした。ローザはシズオにも座るよう促したが、彼はそれを断る。座卓の上の岩波《いわなみ》文庫が、彼女がインテリであることの証《あかし》のように思えた。

「ここには一人でお住まいですか」

「一人と言えば、そうですが……この辺りは親戚《しんせき》も住んでいますし、皆が幼馴染《おさななじ》みです。出入りはしょっちゅうあります。この集落で一つの大きい家みたいなものですから、一人で住んでいる、という意識は薄いです」

以前訪れた時には、縁側で女が寝ていた。ローザの言を踏まえれば、おそらく彼女もこの集落の住民なのだろう。そして、住民同士が互いの住居に出入りするのは珍しいことではない。

「お父上は、元南洋庁嘱託のフィリップ・セイルズ氏だそうですね。かつては同居されていたそうですが、いつ頃から……」

「すみません」

ローザが強い口調で遮った。

「私のことではなく、遺体を発見した経緯を知りたいのでは？」

麻田は前のめりになっていたことを自覚する。ローザの正体を見極めるという、本当の目的が前面に出てしまった。相手は勘がいい。焦りは禁物だ。そう己に言い聞かせる。

「……失礼。では、順を追って質問いたします」

手始めに、麻田は発見時の状況から尋ねた。

ローザが語るところによれば、遺体を発見したのは四月八日、午後三時頃。公学校の休日であったその日、ローザは食料を調達するため、北部の林へ入っていたという。

「そこは、皆さん出入りする場所なんですか?」

「パパイヤが密生していますから。集落の住民なら皆馴染みがあります」

彼女の証言を、麻田は手帳に走り書きする。

林の奥まで立ち入ったローザは、木陰から肌色の物体が突き出ているのを発見する。近づくと、それは人の足だった。不気味に思いつつさらに接近すると、見知らぬ男が寝そべっている。しかも、男は島民の女性と手をつないでいた。その女性の顔を覗《のぞ》いたローザは思わず叫んだ。ピラル。よく知っている相手だったのである。

「待ってください。亡くなった女性とは、お知り合いなんですか」

「この集落に住んでいましたから」

一瞬、麻田は考え込む。ラプガオに住むローザが遺体発見者となったこと、同じ集落に住むピラルと知り合いであることは、不自然とは言えない。ただ、二人が知り合いである点は留意しておくことにした。

「二人は、手をつないでいたんですね」

「ええ。仰向《あおむ》けで、穏やかな表情をしていました」

「周囲に魚が落ちていたそうですね」

「何匹か、捌いた後のセンスルーが落ちていました。一升瓶も転がっていました。お酒の匂《にお》いがしたので、飲んだのだと思います」

麻田は聞き取った一つひとつの事項を記録していく。

「なぜ、そのような方法で自死したのでしょうね」

「わかりません。ですが、ここは内地ではありませんから。そう都合よく、消毒薬や猫いらずが手に入るでしょうか。あるいは、薬局ですんなりと売ってもらえなかったのかもしれません。ピラルは島民ですし。センスルーは市場でも買うことができます。毒のある内臓を取れば食べられるそうですから」

ローザは淀みなく答える。一応筋の通った話ではあり、疑う根拠はなかった。強いて言えば回答が周到すぎるが、それも彼女の優秀さを思えば不審とまでは言えない。

「亡くなった二人が恋愛関係にあったことは、ご存じでしたか」

「ピラルに恋人がいることは知っていましたし、勤め先の農場の人なのだろう、とは察していました。相手の親が結婚に反対していることも聞いていました」

「親しかったのですね」

「ええ。昔からの幼馴染みです」

亡くなったピラルとローザは、年齢が近いせいか親しい間柄だったようである。そのローザが遺体を発見したことに、やはり偶然だけではない何かを感じる。

「……すみません、もうよろしいですか」

次の問いを考えていた麻田に、ローザが言った。心なしか顔色が優れない。

考えてみれば、まだピラルたちの遺体が発見されてから一週間も経っていない。ローザにとって幼馴染みの遺体を発見したことは相当な衝撃であり、その傷はまだ癒《い》えていないはずだ。少なくとも、常人の感覚なら。

「失礼しました。本日はお暇《いとま》します」

麻田は丁重に頭を下げる。質問したいことはまだあったが、この場はいったん引き下がることにした。端《はな》から今日で決着がつくとは思っていない。シズオは最後まで直立不動のままだった。

翌日、麻田はサドクターシにいた。

ラプガオの北隣にある地区で、タピオカ工場が立ち並ぶ地帯でもある。辺りには大きな葉をつけたキャッサバ畑も広がっていた。キャッサバの根茎は澱粉《でんぷん》が豊富で、タピオカの原料になる。

ここに来たのは、水産試験場の長地栄吉に会い、センスルーという毒魚について尋ねるためだった。あらかじめ長地が起居している官舎の住所は調べてある。本庁の吉川から「御礼がしたい」という名目で聞き出したのだ。

だが、昼前に海岸近くの木造家屋を訪れた麻田は、すぐに当てが外れたことを悟った。人の気配がないのである。考えてみれば、平日の日中なのだから仕事に出ているのは当然であった。間の悪いことに驟雨が降ってきた。麻田は誰もいない官舎で雨宿りをしながら、どこに行くべきか考えた。あいにく彼らの仕事場は知らない。

――事前に連絡しておけばよかった。

常にない詰めの甘さだった。麻田は焦りを自覚する。昨日、ローザから思うように聞き出せなかったことが原因かもしれない。その場では物分かりがいいふりをしたが、やはり粘るべきだったか。だが、今さら悔やんでも仕方がない。

とにかく長地と会うことが先決だった。

雨はじきに止んだ。緩くなった地面を歩き、ひとまず海を目指す。長地は毒魚の研究者であり、きっと海辺での採集も行っているはずだ。海岸沿いに歩いていれば、いずれ遭遇するかもしれない。

さして根拠のない推量だったが、延々と海岸沿いを歩いた先に日本人らしき一団を発見した。白褐色の砂浜の上に数名がたむろしている。さらに近づいてみれば、そのなかの一人は「よか楼」で会った眼鏡の男であった。

麻田はほくそ笑む。まだ運は尽きていない。

職員たちは輪になって、浜辺に並べた魚や貝を観察しているようだった。足元には網や熊手《くまで》も転がっている。

「長地さん」

砂浜に降りた麻田は、手を振って名前を呼んだ。振り向いた眼鏡の男は暫時《ざんじ》ぼんやりとした顔だったが、麻田が名乗ると、思い出したのか明るい顔になった。

「どうかされましたか」

「長地さんにお聞きしたいことがありまして。お時間いただけますか。すぐに済みます」

長地の表情が曇ったが、有無を言わさぬ口調に押されたのか了承した。周りにいた同僚たちに断りを入れ、輪から抜け出る。麻田は雨上がりの砂浜を並んで歩きながら、早速問いかけた。

「センスルー、という魚をご存じですか」

もちろん、と言いたげに長地が頷く。

「ソウシハギですね」

「それが正式名称なのですか」

「ええ。ただ、沖縄の人はセンスルーと呼びます」

サイパンには沖縄出身者が多いため、そちらの呼び名が普及しているのかもしれない。

長地は質問する前から、センスルーことソウシハギの詳細を語ってくれた。分類はフグ目カワハギ科。体は楕円形《だえんけい》で、体長は数十センチから大きいもので一メートル、灰色の体表に青い波模様や黒い斑点《はんてん》が点在している。

「食用ですか」

「沖縄や奄美《あまみ》では昔から食べられていますね。サイパンでも獲《と》れますから、魚屋にはいつも並んでいます。ただ内臓に猛毒を持っているので、必ず取り除かなければいけません。加熱しても同じです。毎年、調理を失敗して中毒になる例が発生しています」

「サイパンの住民なら、皆、知っていることですか」

「程度によりますが……沖縄の人は常食しているので内臓に毒があるのは知っているでしょうね。島民の間でも食べられていますから、同様でしょう」

つまり、心中した二人も知っていた可能性が高いということか。

当初抱いていたほどの違和感はなくなっていた。毒魚での自死は一見珍しいが、沖縄人と島民の恋人たちにとっては最も身近な毒だと言える。ローザの弁ではないが、消毒薬や殺鼠剤よりも手に入りやすいという事情もありそうだった。

本当に、ただの心中なのかもしれない。膨らんでいた意欲が急速に萎《な》えていく。

「かなり強い毒なんですか」

なかば世間話のような調子で問うと、長地は歩きながら真顔で振り向いた。

「ええ。筋肉の痛みや痙攣《けいれん》を引き起こし、呼吸困難に陥ることもあります。最悪の場合は死に至ります」

「ソウシハギの内臓を口にして、死ぬ確率はどの程度ですか」

「一概には言えませんが」

長地は首をひねった。

「そうですね……毒魚を食べた患者のうち、亡くなるのは一割程度と言われています。ソウシハギに限った話ではないですが、まあ、そんなところでしょうね」

麻田は足を止めた。

「たった一割?」

「十分、恐ろしいと思いますが」

長地は戸惑いを顔に浮かべている。

——致死率一割。

確かに恐ろしい毒だが、死を決意した人間が口にするには、いささか低すぎる数値ではないか。障害は残るかもしれないが、九割の確率で生き残ってしまうのだ。

薄れかけた違和感が再び色濃くなる。心中する二人が、死ねないかもしれない毒を食べるという選択をするだろうか。いや、溺死《できし》や縊死《いし》であっても必ず死ねるとは限らないから、そこまで大きな問題ではないのかもしれない。

引っかかる点はもう一つあった。

毒性の強さを知っていたかは別として、二人は結果的に、勝率一割の賭《か》けに勝ったことになる。十回中九回は生き残るというのに、そのうちの一回に当たったのだ。しかも二人揃《そろ》って。

運次第と言えばその通りだが、これを単なる偶然と判断していいのか。

「あのう、麻田さん?」

考えこむ麻田の顔を、長地が心配そうに見ている。

「なぜソウシハギについて熱心に調べているんです。そろそろ教えていただけませんか」

「ああ、これは失礼」

麻田は、警務係と協力して心中事件の詳細を調べている旨を明かした。遺体のそばに毒魚が落ちていた事実はすでに噂になっているが、聞き及んでいなかった長地は「そうですか」と驚いたように言った。

「確かに少し妙ですね。ソウシハギの毒で必ず死ぬ、とは言えませんから」

「酒も飲んでいたようです」

「アルコールは血流を促進するので、毒素の回りも早くなるかもしれません。ただ、飛躍的に致死率が上がるとも思えませんね」

長地は眼鏡を指先で押し上げた。

「遺体の周辺の様子は? 暴れたりした跡はなかったですか」

麻田はローザから聞いた話を思い返す。確か、二人は仰向けに寝そべり、手をつないで横たわっていたはずだ。そう話すと長地は顔をしかめた。

「ソウシハギの毒は相当な苦しみをもたらします。普通、暴れ回ったり、胸を引っかいたりした痕跡が残されているはずです。手をつないだまま安らかに亡くなることができるとは思えません」

期待が膨らむ。

「……では、長地さんの見解は?」

「その状況ですと、ソウシハギが死因となった可能性は低いと見ます」

麻田は心のなかで拳《こぶし》を握った。心中事件に不審な点が見つかれば、それを盾に堂々と関係者への聞き取りができる。大手を振ってローザの周辺を調べられる。

「しかし、そうだとすると遺体の周辺に魚が撒《ま》かれていた理由がわかりません」

長地が頭を掻《か》く。確かにその通りだ。

仮に毒魚を撒いたのが亡くなった男女以外の何者かだとすると、その人物には、死因がソウシハギだと偽装する必要があったことになる。おそらくは、真の死因を隠滅するために。

では、誰がそのような工作をしたのか?

最も怪しいのは遺体を最初に発見した人間――すなわち、ローザ・セイルズであった。

その夜、麻田は官舎の自室で手紙を書いた。宛先《あてさき》は甲府に住む父親である。横浜にいるミヤや良一のことを、急ぎ父親に頼むためだった。

現在、横浜の自宅はミヤが一人で守っている。麻田は給与の大半をミヤへ送金しており、一応、生活の心配はない。ただ、小学生の息子を育てながら、女手一つで家事を切り盛りすることは容易ではないはずだった。ミヤからの手紙に泣き言は書かれていないが、紙面には苦労が滲《にじ》み出ている。

加えて、この四月から横浜では米が配給通帳制になった。農家からの米の供出は昨年からはじまっており、ついに、という感があった。東京や大阪といった大都市でも、同様の配給制度がはじまっているらしい。

麻田は三月に書いたミヤへの手紙のなかで、いったん甲府に戻ってはどうか、と提案した。家族の手を借りれば家事育児の苦労も軽減されるであろうし、まだ都市部よりは米がある。

ミヤは当初、渋るような返事を寄越《よこ》した。妻としての役目を果たしていないとでも言いたいのか、と喧嘩腰《けんかごし》の文面であった。ミヤが強情であることを知っている麻田は、手紙をやり取りしながらやんわりと諭《さと》し、ようやく納得させることができた。

ただ、帰る先が問題であった。

ミヤの両親が住む家には、ミヤの兄一家が同居している。聞けば、部屋のゆとりはほとんどないと言う。そうであれば、麻田の実家に頼るほかなかった。表具店を営む老親は、上の弟一家と一緒に住んでいるが、ミヤと良一が暮らす程度の余裕はあるはずだった。

——父上様。久方ぶりの連絡となつたことをお許しください。

書きだした万年筆の先は、便箋《びんせん》の上をすらすらと滑る。

——もしも許しがいただけるなら、ミヤと良一を甲府の宅に住まはせてくれないでせうか。私はサイパンからしばらく動けさうにないのです。ミヤは平気だと突つ張つてゐますが、どうにも心配でなりません。

麻田は己の心配の底に、時局への不安があることを自覚していた。堂本の犬として働くなかで、米国との関係が悪化していること、事によっては開戦がそう遠くないことを肌で感じていた。

だからこそ、なおさら、ミヤと良一を横浜に残してはおきたくなかった。

書簡に米の配給がはじまったことをしたためているうち、あることを思い出した。甲府でもかつて深刻な米不足に陥ったことがあった。

――いつぞやの米騒動のやうにならないとも限りません。

麻田はそう書いて、いったん手を止めた。

目を閉じれば、瞼《まぶた》の裏に炎が蘇《よみがえ》る。あの日、燃え上がる若尾《わかお》本邸で見た炎だった。記憶の底にこびりついて離れない。それは、麻田にとっては忘れたくとも忘れることのできない情景だった。

甲府で米騒動が起こったのは大正七（一九一八）年八月、麻田が数えで十二歳の年だった。甲府市内では若尾本邸が焼かれた。今でもその夜のことは鮮明に覚えている。

若尾家。

かつて、実業界に燦然《さんぜん》と輝いていた名家である。伝説的な事業家、若尾逸平《いっぺい》が一代で築いた甲州財閥の当主一家であり、財界、軍部に広く人脈を築いていた。甲府でその名を知らぬ者はなく、麻田も小学生になる頃には若尾が一流の名家であるという認識を持っていた。

当時、逸平はすでに亡くなっていた。若尾家当主を務めていたのは、三代目の若尾謹之助《きんのすけ》であった。前年に家督を相続した謹之助は、若尾銀行頭取、若尾保全代表など、財閥企業の重役に収まった。経営に携わりつつも、謹之助は文化事業に熱心だった。県志編纂《へんさん》事業を立ち上げ、みずからも「おもちゃ籠《かご》」の題で郷土玩具《がんぐ》に関する書籍を著した。義弟である璋八《しょうはち》も東京電燈《でんとう》取締役などを務め、前年には衆議院議員に当選していた。

甲府を本拠として大いに権勢をふるっていた若尾家だが、名を知られていたがゆえに、米騒動では襲撃の標的とされた。

大正七年の中ごろから米価が急騰したことを背景に、七月、富山県を発端としていわゆる「米騒動」が巻き起こった。大勢の市民が役場に押しかけ、米問屋に詰め寄った。騒動は全国に広がると同時に過激化し、八月になると各地で商店が焼き討ちに遭《あ》うようになった。

甲府も例外ではなかった。

多くの細民が連日市役所に押しかけ、窮状を訴えた。米を扱う商家は殺到する市民でまともに商売ができない状況だった。そして、甲府一の名家であり財閥当主である若尾家は、理不尽に暴利をむさぼる敵として民衆の目に映った。

麻田の家でも白米の量が明らかに減った。両親は暴動にこそ加わらなかったが、若尾家への悪口は日常茶飯事だった。

——先週、米俵を蔵に入れとったと。

——私たちはろくに食べられんのに分けもせんと、厭《いや》な家じゃん。

——郎党《おらんとう》さえよければいいずら。腹が立つ。

幼い麻田には大人の事情はわからないが、ともかく若尾家は悪者なのだ、という印象だけが刷り込まれた。

そして八月十五日の夜、火は放たれた。

夜半、麻田は両親の会話の声で目が覚めた。隣で寝ていたはずの両親は、いつの間にか起きて居間に移っている。弟や妹はまだ眠っていた。

蚊帳《かや》を抜け出した麻田は、寝ぼけ眼《まなこ》をこすって居間に出た。

——健吾。おまん、寝ろし。

母親に言われたが、起きてしまったら簡単には寝付けない。間もなく日付が変わろうとしている。居間でぐずっていると、仕方ない、といった様子で父親が言った。

——若尾さんの家が燃えとるらしい。見に行くけ？

行く、と麻田は即答した。状況は飲み込めないが、家が燃えているという事実があまりに衝撃的だった。とにかく見てみたい。母親は顔をしかめていたが、止めはしなかった。

寝巻き姿のまま、麻田は父親に連れられて街へ出た。

甲府の街は、夜中とは思えないほどの人出であった。金槌《かなづち》を手にした中年の男、赤ん坊を背負った女、奇声を上げる老人、皆が右往左往し、混沌《こんとん》としていた。恐怖を覚えた麻田は父親の手をつかんだ。

夜の空は明るく照らされている。若尾本邸がある山田町の方角で火柱が立っていた。父親は無言で麻田の手を引き、そちらへと歩を進めていく。

——付け火か？

——わかんねぇ。でも、きっとそうじゃん。

——米ばっかし貯《た》め込んでるから、こういうことんなる。

男たちの立ち話が聞こえる。若尾家に同情する者は誰もいないようで、むしろ、皆どこか溜飲《りゅういん》が下がったような顔をしていた。つい半年前まで、若尾家は甲州一の名家として畏敬《いけい》の念を集めていた。しかし市民の態度は急変した。いや、名家だと持ち上げていた彼ら彼女らも、以前から腹の底では憎しみをくすぶらせていたのかもしれない。

近づくにつれて、段々と火柱は大きくなってくる。赤橙《せきとう》色の炎は土蔵を飲み込み、辺りに容赦なく火の粉を撒き散らしていた。黒煙が風にたなびき、空に幕を引いている。煙の臭《にお》いが鼻を刺し、思わず袖《そで》で覆う。ばちばちと爆《は》ぜる音が耳に届く。

野次馬の数が増えてくる。飛び出してきた大人たちが、いきり立った様子で若尾家を罵《ののし》っている。さらに火の近く、若尾本邸の塀沿いでは、暴徒たちが梯子《はしご》を上って邸内へと侵入していた。金目のものを盗み出すつもりなのだろうか。

消防組の姿は見えない。まだ到着していないのか、あるいは別の場所で消火活動を行っているのか。いずれにせよ、しばらくは火の勢いを止めることはできそうになかった。

人の壁が立ちふさがり、父の足が止まった。何も言わずにただ立ち上る炎と黒煙を眺めている。麻田も同じように、燃え盛る若尾本邸を見つめた。

現実とは思えない光景であった。邸内を焼き尽くす業火は、竈《かまど》や線香の火と同じもののはずなのに、まるで別の類《たぐい》の災禍のようだった。

そして、闇《やみ》のなかで躍り輝く炎は、凄《すさ》まじい美しさだった。

どれほどの時間、そうしていたであろう。やがて消防組が現れ、消火活動をはじめた。それを合図になんとなく白けたような空気が漂い、野次馬たちは徐々に減っていった。帰る時も、父は何も言わずに手を引いた。

ようやっと父が口を開いたのは、自宅の近くまでたどりついた時だった。

——因果ずら。

ぼそりと、麻田にしか聞こえない程度の声音でつぶやいた。

表具師の父は寺に出入りする機会が多いことから、仏教の言葉も聞きかじっており、息子である麻田も父から仏教絡みの話を聞くことがあった。因果、という単語も覚えていた。この世で起こるすべての物事には原因がある。そのような意味だった。

——良いことをすれば良い報いがある。悪いことをすれば悪い報いがある。

今度は、先刻よりも少しだけはっきりとした声だった。麻田は黙って頷いた。それを伝えたいがために、父は自分を連れ出したのだとわかった。

炎は午前二時頃に消えた。

翌朝、若尾本邸へと再度足を運んだ。今度は弟や妹も一緒だった。本宅も裏座敷も灰となっていた。土蔵もただ一つを残してすべて燃えた。後に残ったのは、焦土と化した広い敷地だった。

——因果ずら。

麻田は、前夜の父と同じ台詞《せりふ》をつぶやいた。

若尾家がどのような行いをしてきたか、幼い麻田は知らない。だが、単なる不幸、不運ではない。きっとどこかに災いの芽はあったのだ。麻田はそう信じた。

本邸焼き討ちが潮目であったかのように、その後の若尾家は凋落《ちょうらく》の一途《いっと》をたどった。大正十二（一九二三）年には系列会社や取引先が関東大震災で大打撃を受け、さらに昭和恐慌が発生した。

当主の謹之助が代表であった若尾銀行は営業譲渡され、義弟の璋八は社費を政治活動等に流用していたかどで東京電燈を追われた。

麻田は我に返った。手元には書きかけの書簡がある。いつしか、意識がサイパンから故郷へと飛んでいた。

相手が誰であれ、麻田が暴力を肯定できない理由はここにあった。悪い行いは、いずれ災いとなって返ってくる。相手の恨みを買えば、矛先は己に向けられる。すべては因果でつながっている。

麻田はいったん万年筆を手にしたが、結局卓上に置いた。今は続きを書く気になれない。目を閉じて、畳に寝転がってみる。南洋の畳は湿り気を帯びていた。板間の家が多いのは湿気対策だろうか、と関係のないことを考える。そのうち眠気が忍び寄ってきた。麻田は波のように寄せては返す眠気に身を任せる。

瞼の裏には、邸宅を焼き尽くす美しい業火の影が焼き付いていた。


翌日の午後、退勤した麻田を待ち構えていたのは田口一等水兵であった。彼の顔を見た麻田は用件を察し、無言で並んで歩く。

「……次の面会は三日後のはずですが」

「堂本少佐がお呼びです」

堂本から突然呼び出されることは、これまでもないわけではなかった。だが、いつにも増してぶっきらぼうな田口の態度には違和感を覚える。

「緊急の用かな」

声をかけても田口は無言で歩を進めるだけである。心なしか怒っているようにも見えた。己がなぜ、田口に怒られなければならないのか。麻田には見当もつかない。

いつもの「千代松」に連れて行かれるのかと思ったが、田口が足を向けたのは海岸沿いの海軍クラブであった。ここに来るのはサイパン来島初日、堂本少佐と初めて面会した時以来である。

玄関広間を抜け、廊下を進み、談話室の前に立つ。あの日と同じ部屋だ。

「どうぞ」

案内を終えた田口は廊下に留まった。室内からは、扉越しでも感じられるほどの緊張が漂っている。只事《ただごと》ではない。下腹に力を込めて発声する。

「お待たせしました。麻田です」

「入れ」

鋭い声が返ってきた。手のひらの汗をシャツで拭《ふ》いてからノブを握る。

「失礼します」

室内の調度品も、窓を背に立つ堂本の背広姿も、最初に訪問した時と同じだった。ただ違うのは、ソファに島民の男が座っている点だった。年齢は三十歳前後だろうか。身なりは整っているが、憔悴《しょうすい》しきった表情だった。

「今日はどういった御用で……」

後ろ手に扉を閉めた麻田は、戸惑いを隠せなかった。

「この男に見覚えはあるか。ミゲルという名だ」

前置きもなく堂本が問うた。逆光のせいでその表情は見えない。改めて、ミゲルという名の島民の顔をまじまじと観察する。まったく記憶にない。

「知りません」

「そうか」

堂本はぐるりと首を回した。言いようのない恐怖が腹の底から湧き上がる。しばし、時が止まったかのように誰も言葉を発さなかった。

おもむろに、堂本は背広の懐《ふところ》から紙片を取り出した。

「これを見ろ。この男が所持していた」

麻田は折りたたまれた紙を開く。そこには走り書きされた文字が並んでいた。

『ノワキ　シュンコウマヂカ　ダイヨンクチクタイ』

『イノウエコリツ　サワモトユウイ』

『ニチベイカンケイヒカン』

一読、背筋が凍った。

麻田もサイパンに来てからというもの、海軍の事情はある程度勉強した。ノワキというのは昨年進水した軍艦「野分《のわき》」を、イノウエやサワモトは井上成美《いのうえしげよし》海軍航空本部長、沢本頼雄《さわもとよりお》海軍次官を指していると思われた。すなわち――。

『野分竣工《しゅんこう》　間近　第四駆逐隊』

『井上孤立　沢本優位』

『日米関係悲観』

ここに書かれていることは、事実なら機密情報に類するものである。恐る恐る麻田が顔を上げると、堂本はミゲルに視線を移した。

「海軍クラブで雇っているボーイだ。清掃や荷役、諸々《もろもろ》の雑務を担当している」

ミゲルはソファに腰かけ、うなだれたまま微動だにしない。

「おそらく、クラブ内での会話を盗み聞きしたのだろう。内容からすると士官だな。軍の施設内とは言え島民の耳がある場所で、油断してこのようなことを口にする海軍士官など言語道断だ。そう思わないかね」

堂本は「ホープ」を咥《くわ》えて、マッチで火をつけた。紫煙を吸って吐き、荒っぽい手つきで灰皿に押し付ける。その仕草には苛立《いらだ》ちが表れていた。

「素人丸出しだ。少し揺さぶったら、あっさり雇い主を吐いた。面白い名前だったよ」

さして面白くもなさそうな顔つきで、堂本は「言え」と命じる。島民の男は少しだけ顔を上げて、かすれ声で言った。

「……ローザ」

目まいがした。想像はしていたが、まさか本当にその名が出るとは。

これで、彼女がスパイであることは確定した。同時に、その手がすでに海軍内部にまで及ぼうとしていることも。

「田口君」

堂本が呼ぶと、すぐさま扉が開いた。緊張した面持ちの田口が立っている。

「連れていけ」

己が連行されると思いとっさに身構えたが、田口は麻田の横を素通りし、ミゲルの腕をつかんだ。ソファに座っていたミゲルは抵抗せずに立ち上がり、談話室から出ていく。部屋には麻田と堂本が残された。

堂本は黙って煙草をふかし続ける。麻田は直立したまま、煙草が一本また一本と灰に変わっていくのを見つめていた。シャツの襟元は冷や汗で濡れている。ほんの数分の沈黙が、数時間にも感じられた。

六本目の煙草を吸い終えて、ようやく堂本は口を開いた。

「……南洋群島は、海軍の国だ」

南洋庁職員の麻田を前に、そう言い放った。麻田は「はい」と即答する。呼吸が浅い。現実問題として、ミクロネシアの命運を握っているのは海軍であった。それは南洋群島を実効支配しているという意味だけでなく、政府内で南進論を張っているのが主に海軍軍令部である、という事実のためだった。陸軍では参謀本部が依然北進を主張しているようだが、陸軍省は南進に傾きつつあり、意見が割れている。サイパンが戦場となるか否かは、海軍の意志に大きく左右される。

そういう意味でも、南洋群島は海軍の国と言ってよかった。

「海軍の機密を狙う者は、すなわち国家に牙《きば》を剝《む》く者だ。違うか」

「仰《おつしや》る通りです」

「至急、ローザ・セイルズの正体を暴け」

目の前の堂本は紳士の仮面を脱ぎ捨てていた。発する声には棘が潜み、視線は氷のように冷たい。これが、麻田という犬を飼っている男の本性なのだ。思わず首筋に手をやる。まだ脈があることに安堵《あんど》する。

これまで以上に、悠長な仕事は許されない。麻田は勇気を振り絞り「お言葉ですが」と切り出す。

「ローザに直接、尋問をするのが確実ではないでしょうか。内通者の証言がある以上、しらを切り通すことは難しいと存じます」

「君が彼女だとして、正面から問われて素直に答えるか？」

麻田の提案を、堂本は言下に切り捨てた。

「食える魚ならいいが、食えない魚ならどうする。泳いでいる間に正体を見極めろ。どのように釣るかは私が判断する」

食えない魚。その例えはソウシハギを連想させた。

心中事件の委細はまだ堂本に報告していない。魚に例えたのは単なる偶然か。いや、堂本に限ってそれはあり得ない。わざわざ魚を持ち出して麻田を諭したことにも、意図があるはずだった。

堂本には、麻田の他にも犬がいる。他の誰かからすでに報告を受けているのかもしれない。

――お前が持っている程度の情報など、すでに把握している。

閉ざされた唇は、そう物語っているように思えた。

「次の報告は三日後だったな。それを期限としよう。私も手をこまねいてはいられない。次の報告で進捗《しんちょく》がなければ、やむを得ないがローザを締め付ける」

「締め付ける、というと」

「言葉通りだ」

説明をするつもりはないらしい。代わりに堂本は「もういい」と言った。麻田は反射的に頭を下げて部屋を出る。扉を閉めると、ようやく息苦しさから解放された。

日没前のガラパンは、いつもと変わらぬ賑わいだった。立ち話をする銘仙《めいせん》の主婦、牛車《カレータ》を引いた島民、サトウキビをかじる子どもたち。力が入らない足をどうにか動かしながら、麻田は考える。

ローザ・セイルズが米国のスパイだとすれば、相応の処分は受けるべきだろう。一方で、彼女が痛めつけられることを望んでもいなかった。

麻田にとっては、教師の体罰も暴力による尋問も、恨みを買うという意味では同じだった。暴力によって他者を屈服させれば、その場は解決しても必ず怨恨《えんこん》を抱かれる。遺恨は連鎖し、いつか跳ね返ってくる。それが恐ろしかった。「海軍の国」を守り、かつ、誰も傷つけないための方法は一つしかない。三日後までに、ローザの背後にあるものの正体をつかむこと。

残された時間はわずかだ。

濠《ほり》を埋めている暇はない。本丸に切り込むしか、手はなかった。


授業が終わる昼過ぎを待って、麻田はガラパン公学校を訪ねた。

宝井は不在にしていたが、すでに校舎内の構造は把握している。麻田はまっすぐに教員室へ足を運んだ。顔見知りになった日本人教員が一人、そして教員補のローザが部屋にいた。

迷いのない足取りでローザに近づくと、麻田は愛想笑いを浮かべた。

「ご無沙汰《ぶさた》しています」

教員が訝《いぶか》るような顔で、麻田とローザを見ている。目立つのは本意ではないが、手段を選んでいる場合ではない。当のローザは涼しい顔で「何か」と応じる。

「お話ししたいことがあります。外へ」

「夕方までお待ちください。補習が……」

「今、お願いします」

麻田は相手の目を凝視して言った。ローザも視線を逸らさない。

「いいから、行きなさい。緊急の御用なんでしょう？」

事情を知らない教員が口を挟んだ。前半はローザに、後半の問いは麻田に向けられている。

「そうなのです。至急対応を要する事情で。行きましょう」

麻田は返事を待たずに教員室を後にした。廊下で待っていると、数秒後にローザが出てきた。顔には不服が貼りついていたが、素知らぬ顔で廊下を進む。校庭にはまだ児童たちの姿があった。

「人目につかない部屋はありませんか」

ローザは少し考えていたが、「教室でいいでしょう」と言った。

授業を終えた教室は無人だった。横に広い部屋で、前方には黒板と教壇があった。その前に長机と長椅子《ながいす》が並べられている。窓と扉は閉ざされていた。風の通りは悪いが、会話を聞かれないためには仕方ない。

麻田は長椅子の一つに座った。ローザは少し離れた場所で、同じように腰を下ろす。

「あなたは何者ですか」

前置きなく、麻田は切り出した。ローザは無表情で首を振る。

「何を仰っているんです？」

「あなたには、諜報《ちょうほう》活動を行っている痕跡があります」

麻田は慎重に言葉を選ぶ。

ローザの協力者が海軍クラブで捕まった、という手札はまだ使えない。それを口にすれば、麻田が海軍の犬であることを暗に示してしまう。己の身元は明かさず、相手の身元を暴く。そのためには、どれだけ気を遣っても遣いすぎることはない。

「私はただの教員補です。根拠は？」

「後ほどお話しします。その前に、確認したいことがある」

麻田は意図的に話をはぐらかす。

「センスルーの内臓を食べると、どうなると思います」

ローザは苦々しく顔を歪めた。

「あの二人のことですか。亡くなったでしょう」

「毒魚を食べて死ぬ確率は一割前後です」

ほんの一瞬、ローザの頰《ほお》が引き攣《つ》った。

「……そうですか。でも、二人は亡くなった」

「センスルーの毒はとてつもない苦しみをもたらすそうです。穏やかに息を引き取るなんて、あり得ない」

「先程から、仰っていることがわかりません」

「本当の死因は他にある。センスルーが撒かれていたのは偽装です」

麻田は注意深く、相手の反応を観察した。

「だから？」

ローザは窓の方向へと目を逸らす。顔色は変わっていない。

自分から一部始終を吐露するほど甘くはないと思っていた。ただ、多少は動揺を引き出せると見込んでいた。しかし目の前の女はふてぶてしい表情で窓の外を見るだけだ。焦りが募るのは麻田のほうだった。

「自分の置かれている状況がわからないのですか。最も怪しいのは発見者であるあなただ」

「知りません。私はただ見つけただけです。説明の義務はありません」

麻田のなかで、ローザへの疑念が揺らぎはじめた。もし死因をごまかしたのが真にローザなら、多少は狼狽《ろうばい》が言動に表れるものではないか。ここまで堂々としているということは、本当にローザの仕業ではないのかもしれない。

彼女は窓の外から麻田へと視線を戻す。

「だいたい、なぜ私がそんな偽装をしなければならないのでしょうか」

麻田は沈黙した。

ローザが海軍の情報を収集しているのは事実だ。スパイであることは疑いない。しかし、だからといって心中の死因を偽装する理由にはならない。それらの間には一本の糸が渡されているように思えるが、麻田にはまだ糸が見えない。

「失礼ですが、麻田さんの推測は荒唐無稽《こうとうむけい》です。二人が亡くなったことはとても痛ましい。だからこそ、余計な詮索《せんさく》をせず静かに弔うべきではないでしょうか。仮に私が偽装していたとして、何だと言うのですか。それは罪ですか？」

反論するより早く、ローザが言葉の矢を放つ。

「麻田さんこそ、何者なのですか」

こめかみに汗が滲む。まずい。主導権を握られかけている。

「私の職務は現地調査ですので……」

「隠さなくても結構ですよ」

ローザは平坦な口調だった。

「堂本頼三少佐の指示でしょう」

言葉を失った。

この女は、麻田が堂本の犬であることを知っている。思考が千々に乱れる。論理だった推量ができない。動揺を見せれば認めることになる。そうわかっていても、感情を制御する手綱をすでに失っていた。完全に、攻守が入れ替わっている。

「顔に出ていますよ」

指摘され、慌てて顔面をこわばらせる。だがすでに手遅れだった。

口から「なぜ」とつぶやきが漏れた。堂本の指示を受けていることは、家族を含めて誰にも口外していない。知っているのは内地にいる野村、庶務係長、それに一部の海軍関係者だけのはずだった。

「どうしてばれたか、知りたいですか」

余裕たっぷりの面持ちで、ローザは首を傾《かし》げる。

「海軍クラブのボーイをしているミゲルという友人が、あなたのことを教えてくれました。堂本少佐の下で働いているスパイらしい、と」

頭に血が上る。あの、談話室でうなだれていた島民だ。田口に連れ出された後で、ローザと合流したのか。

「幸い、ミゲルは斬《き》り殺されずに済みました。彼の父親は、海軍と親しい酋長ですから。もっとも、厳重注意のうえでサイパンの外に追放されたので、日本が居座る限り酋長を継ぐことはできなくなりましたが」

海軍の対応に怒りが募る。島外追放とはいえ、即時にミゲルを解放したのは誤りだ。奥歯を嚙《か》みしめながら、一方で麻田はその理由を薄々理解していた。

すべては島民を軽視しているせいだ。相手を島民だと見くびっていたせいで、こういうことになる。もし海軍クラブに侵入していたのが日本人なら、ただでは済まなかったはずだ。素人、それも島民だと甘く見たのが間違いだったのだ。

「ミゲルはどこにいる？」

「すでにサイパンから出ました」

「どこに行った？」

「そんなことより、考えるべきことがあると思いませんか」

ローザの冷たい視線が刺さる。

「私は麻田さんの正体を、サイパン全土に知らしめることができる。そうなれば、堂本少佐の部下でいられなくなる。あなたの命運を握っているのは私です」

怒りと焦燥で、全身の毛が逆立つ。

認めたくないが、ローザの脅しには効果があった。堂本の犬だと露見すれば、単に仕事を失うだけではない。事によっては命の危険すらある。前任者は米英と通じていた疑いをかけられ、自殺した。自分が同じ目に遭わないとは言い切れない。

銃口を向けているのは自分だけのつもりだった。しかし、それは相手も同じだった。

「……おまんの雇い主は誰だ」

アメリカか。イギリスか。麻田は口から出た甲州弁に気付いていなかった。ローザは返答しない。

「麻田さんに、提案があります」

体温のこもっていない、流れるような日本語だった。

「今後あなたは、堂本少佐から知り得た情報を逐一私に報告してください。指令の内容、海軍の動き、内部事情、何でも結構です。この条件を飲んでくれるなら、あなたは今まで通り働き続けることができる。しかし拒むのであれば、私はあなたの正体を島の人たちに向けて発表することになる」

麻田には即答できない。

その提案は、いわゆる「二重スパイ」であった。堂本の駒《こま》として働きながら、海軍の内実をローザに渡す。当然、発覚すれば海軍からの処罰は免れないだろう。しかし断れば、己の諜報活動を公表され、やはり行き場を失う。

八方塞《はっぽうふさ》がりだった。

麻田は徐々に、身体の芯《しん》から温《ぬく》もりが奪われていくのを感じた。

「考える時間が欲しい」

「この場で答えてください」

ローザは語気を強めたり、大声で怒鳴ったりはしない。あくまで淡々と、作り物めいた仕草で告げる。それが余計に恐怖を煽《あお》る。

どちらを選んでも、堂本の怒りを買うのは確かだ。だが、違いもある。二重スパイを拒否すれば即座に正体を暴露されるが、引き受ければ、海軍に事実が発覚するまでは逃れられる。うまくいけば、最後まで見抜かれずに任務を果たせるかもしれない。

当然、ローザも麻田がそう考えることを読んで提案している。誘いに乗るのは癪《しゃく》だった。だが、背に腹は代えられない。

「……わかった。受ける」

麻田はうつむき、屈辱の苦さを味わいながら言った。ローザの目が細められる。

「もう一度言ってください。何を受けるのですか」

「今後、堂本少佐から得た情報は提供する。だから公表はやめてくれ」

「あなたが海軍の手下だという事実の公表を、ですね？」

麻田はかすかに、だが確実に頷いた。その反応に相手は満足したようだった。

「約束は違《たが》えないでください」

そう言い残すと、挨拶もなくローザは席を立った。教室から出ていく後ろ姿に、麻田は声を掛けることができなかった。力ずくで彼女を引き止め、暴力を楯《たて》に脅すことも無理ではないだろう。

さすがに腕力では麻田のほうが上のはずだ。だが、ローザの背後に何者がいるのかわからない以上、下手な真似《まね》はできない。

一人きりの教室で、麻田は長机に肘《ひじ》をつき、顔を手で覆った。

——どうすればいい。

今更ながら、とんでもない選択をしたことに気が付く。これは海軍への明白な裏切りだ。

堂本は、明後日《あさって》までにローザの正体がつかめなければ彼女を締め付けると言った。仮にそうなれば、ローザは麻田が二重スパイだと話すだろう。尋問の場で黙っていてくれるとは思えない。猶予がたった二日、延びたに過ぎなかった。

深いため息が漏れる。

最悪の事態を回避する手は一つしかない。彼女の背後にいる存在をつかみ、均衡状態に持ち込むこと。麻田が彼女の正体を握れば、互いに秘密を持ち合うことになる。対等な立場になれば、二重スパイの要求に応じる必要はなくなる。ローザが尋問を受けることもない。

いずれにせよ、やるべきことは同じなのだ。

残り二日。その間にローザ・セイルズが何者かを暴かなければ、彼女も麻田も、ただでは済まない。


公学校の門を出た麻田の顔は蒼白《そうはく》だった。

来た時はこんな事態に陥るとは思っていなかった。暑いはずなのに、肌の粟立《あわだ》ちが収まらない。

庁舎の執務室に戻ると、ベテランの同僚がぎょっとした顔で麻田を出迎えた。

「顔色が悪いな」

「……喘息のせいかもしれません」

同僚はその返事で納得したようだった。持病のことは係の歓迎会で話していた。

「ところで麻田君。興味深い話があるんだよ」

誰とも話したくない気分だったが、挙動を怪しまれないため、仕方なく「何でしょう」と応じた。同僚は興奮した口ぶりで話を続ける。

「この間、日ソ中立条約が結ばれただろう？　国際情勢に詳しい知り合いが言うには、あの条約締結が軍部の南進を促すというんだよ。それが本当なら南部仏印の侵略も近い。この島もさらに人が増えるよ」

今さらその話か、と内心で鼻白む。そんなことは新聞やラジオの情報に注意していれば、容易に推測できることだ。

日ソ中立条約が締結されたのは四月十三日。ソ連との関係を改善することで、その友好先である中国共産党の対日感情を軟化させると同時に、日独伊ソの四国協商によって圧力をかけ、長引く日中戦争を終わらせたい。それが日本政府の思惑だった。北進論を主張する一部の陸軍軍人にしてみれば不服であろうが、南進論を掲げてきた海軍にとっては好都合な動きだ。

しかも昨年来、アメリカやイギリスからは対日輸出制限をかけられている。すでに占領下に置いている北部仏印だけでなく、資源の豊富な南部仏印まで軍を進めたいと考えるのは自然な流れだった。そうしない限り、日本がジリ貧になるのは目に見えている。

「へえ。そうなんですか」

麻田は知らぬふりをして相槌《あいづち》を打つ。

「南洋はこれからもっと栄えるな」

「でも、南進すれば米英を刺激することになりはしませんか」

日本軍が南進するほど、英領のマレーやシンガポール、米領のフィリピンに接近することになる。

「構うもんか。もし戦争になっても、負けやしないんだから」

同僚の興奮は収まらない。

戦争がはじまるのを今か今かと待ち望んでいる日本人は、少なからずいる。なぜなら、彼ら彼女らは日本が必ず勝ち、領土を拡張すると確信しているからだ。あるいは金属や繊維を扱う商人なら、戦争になってくれたほうが儲《もう》かる。

麻田はもともと、戦争にさしたる関心はなかった。喘息持ちの自分が徴兵される見込みは低いし、内地が戦場になることはまずないだろうと思っていたからだ。日本がそこまで劣勢に追いやられることはないだろう、と楽観視していた。

だがサイパンに来てからは、否が応でも関心を持たざるを得ない。堂本の犬として万全の働きができるよう、軍事や外交に関わる情報を可能な限り収集するようになった。

——君は米英と開戦すべきだと思うか？

初めて堂本少佐と対面した日、投げかけられた問いだった。

精神論を説くための問いでないことは明白だった。あの堂本に限って、神州不滅だとか、大和《やまと》丈夫《ますらお》といった答えを聞きたいわけがない。より合理的で客観的な回答を求めているはずだった。

いずれその問いへの答えを求められるだろう。だが、今はそれよりもローザの件だ。彼女の背後にいる者を暴かなければ、二日後無事でいられる保証はない。

その後も上の空で雑務をこなし、定時に退庁した。

帰り道、郵便局に立ち寄って書簡を出した。昨夜書き上げた、甲府の父親への手紙である。ミヤと良一が同居することの是非を問う内容だ。船便のため、返事が届くのは半月後くらいだろうか。

その頃、己がサイパンの土を踏んでいるかどうかすら、覚束《おぼつか》ない。

窓口で局員の対応を待っている間、局の片隅で複写の頼信紙に伝言を綴っている女性を見かけた。電報を打つのだろう。麻田もサイパンに着いた当日、横浜のミヤにあてて無事に到着した旨を電報で伝えた。あれからもう一年か二年は経過しているように思えるが、実際は半年と経っていない。

——おや？

唐突に、目の前の光景に引っかかりを覚えた。

電報を書く女性の姿が、ローザの後ろ姿と重なる。

閃《ひらめ》くものがあった。手続きを済ませた麻田は、急いで官舎に帰り、自室であぐらをかいて考え込んだ。

ローザが仮に米国のスパイだとして、収集した情報をどのように提供しているのか。時局柄、直接面会することは難しい。南洋群島に米国出身者はほぼいない。米国と通じていた玉垣賢作は洋上で相手方と接触していたが、ローザには真似できないだろう。

直接面会という手段が取れないなら、何らかの通信技術を使うしかない。一般的には書簡。だが、機密情報を迅速に伝えることに向いているのは電報だ。海外への打電もできるし、内地には各国の大使館もある。公学校の教員補であるローザが、専用の電信設備を所持しているとは考えにくい。打電するなら郵便局を使うのが普通だろう。

複数の仮定の上に成り立っているものの、ローザが電報を使っている可能性は低くない。

麻田は夕食も取らず、畳を見つめて考え続けた。ミゲルは集めた情報をメモに記録していた。ローザはそこまで素人じみた方法をとってはいないだろう。だが、仮に電報を使っていたとしたら——。

スパイとわかる証拠を、手元に残しているかもしれない。

麻田の脳内で一つの計画が形をなしはじめていた。

できるだけ早く、警務係に駆け込んで武藤警部補の協力を取り付けなければならない。迅速に対応するためには、他の警察官では駄目だ。決行は遅くとも明後日の午前。その日の夕刻には、堂本に報告しなければならない。

それは決して勝ち目が高いとは言えない賭けだった。仮定が一つでも外れていれば、成立しない。しかし他の手が思いつかない今、麻田はあるかなきかの細い糸に縋《すが》るしかなかった。

いくつかの可能性を検討し、決意した。実行に移す他、道はない。

窓に目をやると、とうに日は沈んでいる。すでに夜だが、動くならできるだけ早いほうがいい。

麻田は官舎を飛び出した。空腹は感じなかった。

まずは庁舎に顔を出したが、警務係には武藤はおろか誰もいなかった。料亭街にでも足を運ぼうかと思案していたところ、シズオ巡警が現れた。

「麻田さん」

「ちょうどよかった。警務係の皆さんは？」

制帽の向きを直してから、シズオは「いません」と応じた。

「帰宅されました。私は夜の巡回から戻ったところであります」

掛け時計を見ればすでに午後九時を回っていた。内地に比べて暇だという噂だし、時刻が時刻だけに仕方ない。

「シズオ君。訊いてもいいかな」

直立したシズオは、生真面目《きまじめ》な口調で「どうぞ」と言う。

「南洋では、島民の飲酒取り締まりが多いと言っていたな」

「残念ながら」

「実際、島民のうちどれくらいが密《ひそ》かに飲酒しているものなんだ？」

シズオは黙考した。

「……捕まった者の数は、さほど多くないでしょう。島民全体の一分《いちぶ》にも満たないです。ただ、実態は別であると思われます。私たちの目をかいくぐって、密かに飲む者が後を絶ちません」

「では、潜在的な飲酒者の割合は低くない？」

「はい。私は飲んだことがありませんが」

そうだろうな、と麻田は納得する。日本人の教えに従順なシズオなら、どれだけ誘いをかけられても酒は飲まないだろう。だが一般人ならどうか。身に覚えのある者は決して少なくないはずだった。

「酒に溺《おぼ》れるのは酒があるせいだ、という話を聞いたことがあります」

シズオが教訓めいたことを口にした。

「どういう意味だ？」

「島民のなかには元々酒を飲まず、その存在すら知らない者もいます。しかし、酒といううまい飲み物があると知ってしまえば、飲みたくなる。酒の味を知ってしまえば、もう後には戻れない」

「最初から酒が手に入らなければ、飲む気も起こらない。そういう意味か」

「はい。私は知っていても飲みませんが」

シズオがほんの少し、笑った気がした。

翌朝改めて来訪するため、武藤警部補には在室するよう伝えておいてほしい、とシズオに告げる。彼は「承りました」と固い声音で言った。

麻田は庁舎を出て、裏手の官舎へと戻ることにした。明日からに備えて、今夜は早めに休んだほうがいい。男の二人連れが、声高に話しながら北廓の方角へと歩いていった。その気楽さがつくづく羨《うらや》ましくなる。

明日からの二日間で命運が決する。

熱帯の空には分厚い雲がかかり、泣き出す寸前の顔つきをしていた。


二日後、午前十時過ぎ。

麻田はラプガオの集落にいた。

住民たちは姿を消しており、点在する小屋はいずれも無人だった。麻田は集落の中心を平然と歩いている。そうなるように仕向けたのは麻田自身であった。

ローザの住む小屋へとまっすぐに向かった麻田は、縁側から侵入し、奥まった場所にある板敷きの部屋に立ち入った。

居間や台所は端から眼中にない。自分なら、そういった共用の部屋に重要な私物は隠さない。この集落には鍵《かぎ》をかける習慣がなく、住民同士が我が家同然に出入りしている。この集落で一つの大きい家みたいなもの、とローザ自身が言っていた通りだ。

板敷きの部屋は簡素で、布団や座卓、抽斗《ひきだし》、本棚、行李《こうり》等、最低限の家財があるだけだった。麻田は真っ先に行李のなかを検《あらた》めた。手早く衣類を掻き分けたが、それらしきものはない。二重底のような仕組みもないようだった。

——どこだ。

焦燥感を宥《なだ》めながら、室内を見回す。本棚にはぎっしりと書籍が詰めこまれている。迷っている暇はなかった。

麻田は片端から書籍を抜き取っていった。ページの間に書類が挟みこまれていないか確認しながら、一冊、また一冊と抜き取る。ほとんどが日本語の本だが、英文のものも一部混ざっていた。半分を過ぎた頃から、ページをめくる速度が上がった。指先に汗をかいているせいだ。落ち着け、と己に言い聞かせる。仮定が正しければ、ローザは必ずどこかに隠しているはずだ。無論家の外という可能性もあるが、このサイパンで誰にも探られないと安心できるのは自室くらいではないか。

本棚に収められたすべての本を確認したが、それらしきものは見つからない。麻田は手当たり次第、室内を捜索した。抽斗のなか。座卓の裏。布団の内側。

どこにもない。

「ふざけるな」

つい、口から独り言が転び出た。

麻田は執拗《しつよう》に室内を漁り続けた。今日の夕刻には堂本への報告がある。それまでに見つからなければ終わりだ。

一時間ほど探索したが見つからず、途方に暮れた麻田はいったん手を止め、改めて室内を眺めた。この部屋にないとすれば、いったいどこにあるのか。あるいは、最初から目当てのものは存在しないのか。

とにかく、時間がない。そのうちローザが戻ってくるかもしれない。麻田は本棚から出した書籍を、急いで元通りに入れ直した。賢明なローザのことである。少しでも違っていれば、誰かが部屋に入ったと確信するだろう。

分厚い辞書が手から滑り落ちた。どん、と鈍い音を立てる。舌打ちをした麻田は辞書を棚に押しこもうとしたが、一瞬よぎった違和感に手を止めた。

——なんだ？

何かがおかしい。

麻田は同じように辞書を落としてみた。再び、鈍い音がする。今度は少し離れた場所に辞書を落とす。ほとんど同じだが、わずかに音が低いような気がする。もう一度、本棚の前の床に落としてみる。やはり音が違う。

——まさか。

麻田は這《は》いつくばり、床板をしげしげと観察しながら、境目に爪《つめ》を滑らせる。少しだけ板が持ち上がる感触があった。何度か試しているうち、ふいに板が外れた。特定の箇所から爪を入れると、軽く持ち上げられる仕組みになっていたのだ。

床板を外すと、その下には幅十センチ、長さ三十センチほどの、粘土で塗り固められた空間があった。内部には少量の液体が入った小瓶、それに金属製の筆箱のようなものが収められている。

確信した。これこそが、探していたものだ。

震える指先で筆箱の蓋《ふた》を開ける。そこに入っていた書類の束を取り出した麻田は、素早く目を通した。

——そうだったのか。

予期せぬ内容に驚きを覚えつつ、書類をスラックスのポケットに押しこむ。少し迷ったが、小瓶も持っていくことにした。正体はわからないが、ここに保管してあるということは重要機密のはずだ。

用は済んだ。箱を閉じ、床板を元に戻して部屋を出る。そろそろ、住民たちが戻ってきてもおかしくない時刻だった。一秒でも早くこの場を去らなければならない。

縁側から降りた麻田は、茂みの奥から近づいてくる人影に気付いた。ここまで駆けてきたのか、ローザ・セイルズは肩で息をしている。

「麻田さん。私の家で何をしているんですか」

その視線は鋭く、敵意に満ちている。麻田とローザは正面から向き合った。他の住民たちはまだ戻っていない。麻田は緊張を押し殺し、平然とした表情をつくる。

「集落から人が消えたようなので、妙だなと思って。あなたの家でしたか」

「わざとらしい」

吐き捨てるように、ローザが言った。

おそらく彼女は得意の弁舌で警察を言い負かしたのだろう。公学校では仮面をかぶっているようだが、この女が本気を出せば、南洋の退屈さに慣れた巡査など赤子の手をひねるようなものだ。床下の収納を発見するのがあと数分遅ければ、間に合わなかった。

「麻田さんの差し金でしょう」

「何を仰っているのか、わからない」

「やり方が汚い」

「お互い様だ」

「他の住民が収監されたらどうするんですか」

「本当に無実なら、他の人もそのうち釈放されます」

ローザは憎々しげに顔を歪めた。

麻田は昨日、偽造した投書を武藤警部補に手渡していた。

内容はこうである。私はラプガオの集落に住んでいるチャモロ人だが、数年前から密造酒を製造している。集落の住民たちに提供し、見返りとして食べ物などを受け取ってきた。これまで隠してきたが、後悔の念に駆られたので告白したい。

内容はまったくのでたらめである。書類を偽造する手口は、謝花丑松の一件から思いついた。ただし、書いたのが麻田だと悟られないよう、利き手でない左手を使って筆跡をごまかした。

——この書簡が庶務係の執務室に投げ込まれていました。

そう告げると、武藤は目をすがめた。内心で麻田の作り話だと疑っているのは明らかだった。しかしそれでいいのだ。料亭漬けにしている武藤なら、この誘いを断るはずがないのだから。案の定、武藤は投書を受け取って頷いた。

——事実なら、摘発の必要がある。しかし無記名だ。

——ええ。ですので、集落の住民全員を呼び出すべきかと。

——大事《おおごと》だな。

——急いだほうが良いと思いますよ。例えば、明日の朝にでも。

武藤は苦い顔をしたが、結局は麻田の提案を吞んだ。

今朝、巡査や巡警たちを率いた武藤がラプガオを訪れ、住民たちを残らず連行していった。密造はともかく、飲酒の罪を咎《とが》められた島民たちは、身に覚えがあるのか強く抵抗しなかったらしい。こうして集落から残らず人が消え、ローザの住居を探索する準備が整った。

麻田は「驚きましたよ」と言う。

「率直に言えば、あなたの背後にいるのは米国だとばかり思っていましたから」

ローザの顔色が変わった。床下の収納を見られたことを悟ったらしい。麻田はスラックスに押し込んだ書類を、静かにポケットの上から叩《たた》く。

先ほど筆箱から取り出したのは、電報の控えだった。

電報の文面を書く頼信紙は複写になっており、利用者には控えが渡される。ローザはその控えを、几帳面にすべて残していた。それを読めば、誰にどのような情報を提供してきたか、一目で理解できる。

自分がスパイであることを示す物的証拠は処分し、手元に残さないのが鉄則である。ローザが電報の控えを保管しているかどうかは賭けだった。しかし麻田は、決して分の悪い賭けだとは思わなかった。

ローザたち島民は、都合が悪くなれば容易に切り捨てられる。吉川が話していたように、証拠がなければ飼い主は平気でしらを切る。自分たちのスパイだと認めて得をすることは一つもないからだ。

いざという時に責任を取ってもらうためには、彼らとつながっていた証拠を残しておかなければいけない。電報の控えはその証拠となる代物だった。

ローザにとっては自衛が目的だったのだろうが、そのせいで麻田に証拠をつかまれたのは皮肉であった。

「……読んだのね」

怒りを通り越し、ローザは脱力していた。声音には諦《あきら》めが滲んでいる。もはや明言する必要もないかもしれない。だが麻田は、駄目押しの確認をすることにした。相手の反応を見るまでは油断できない。

「ローザ・セイルズ。あなたを飼っているのは日本陸軍ですね」

返答はない。それが答えだった。

頼信紙には「受信人居所氏名」の欄がある。そこにはいわゆる三宅坂《みやけざか》――陸軍参謀本部の所在地が記されていた。

ローザの養父には米国人の血が流れており、彼女自身も英語が堪能である。そのせいもあって米国の存在に気を取られていた。だが堂本が言った通り、南洋群島は「海軍の国」である。そして南進論が現実的になってきた今、陸軍は南方の情報を欲しがっている。

しかし同じ軍部とは言え、海軍と陸軍で情報共有を図るのは容易ではない。陸軍省と海軍省が並立していることからもわかる通り、指揮系統からして別物なのだ。ましてや内部の動きとなれば、開示させるのは容易ではない。ならば、いっそ現地にスパイを派遣して探らせたほうが手っ取り早い、と考えるのも道理だった。

麻田は数か月前、初対面の堂本が口にしたことを思い出していた。

――内地の機関から派遣された連中も少なくない。陸軍、内務省……。

「陸軍の担当者があなたに目をつけたのは正しい。あなたは島民としてもインテリとしても振舞える。複数の階層から情報を引っ張れるうえ、頭は切れる。大方、日本へ留学していた時にでも誘われたのではないですか？」

ローザは無言で腕を組み、麻田を睨む。

「麻田さんの目的は？」

このような状況でも、ローザの口調は歯切れがいい。度胸が据わっている。

「私の手元には電報の控えがあります。返却する条件は二つ。一つ、先日私は堂本少佐から得た情報を提供すると言いましたが、これは撤回させてもらう。当然、私が海軍の指示で動いていることも公表しないように。了承してくれますね？」

「もう一つは？」

「例の心中事件について、知っている範囲で全《すべ》て話してもらいたい」

沖縄の青年とチャモロの女性の心中。麻田は今でも、心中事件とローザとの間には何らかの関係があると見ていた。偶然にしては接点が多すぎる。

「私は何も知りません」

「本当ですか」

「嘘《うそ》をついてどうするんです」

ローザの態度は堂々としている。麻田にはもう交渉材料は残っていない。しかし、手に入れたばかりの最後の手札を思い出した。どこまで効果があるかわからないが、試してみる価値はある。

「そう言えば、これも預かっていました」

電報の控えとは別のポケットから、小瓶を取り出す。目にしたローザが息を呑む気配があった。

「それが何かわかっているんですか」

麻田は返事の代わりに小瓶を振る。液体が水音を立てた。

「二つの条件を飲んでもらえるなら、返却します。どうしますか」

ローザは口を閉じ、低く唸《うな》った。今度は彼女が苦悩する番だった。

黙考する彼女を前に、麻田はふと頭上を見た。熱を持った鋭い日差しが肌を刺す。内地では春真っ盛りの頃だろう。だがこの島はすでに真夏だった。日本であって日本ではない、境界の地。

だからこそ、南洋には魑魅魍魎《ちみもうりょう》が跋扈《ばっこ》する。

やがて、ローザは重い口を開いた。

「……海辺へ行きましょう」

頷いた麻田は彼女の後に続いて、海を目指す。

肩や背筋に、張ったような痛みを覚えた。思わず苦笑する。全身が緊張でこわばっていたことに、今さらながら気付かされた。


海岸沿いに、パンの木が密集する一帯があった。成木には黄緑色をした大きな卵形の実がなっていた。

「ここにしましょう」

ローザはパンの木の根元に腰を下ろした。麻田もそれに倣《なら》う。

前方には砂浜が広がり、その先に海が、水平線がある。空と海面は青色の濃淡で区切られている。波音が沈黙を埋めた。

「十六歳から十八歳まで、横浜にいました。三年前にこちらへ戻ってきたのです」

ローザの声は穏やかな海風に乗って消えた。

「奇遇ですね。私も長らく横浜にいた。女学校の英語教師だった」

何かがほんの少し違っていれば、ローザの受けた授業を麻田が担当していたかもしれない。陸海軍の飼い犬同士でなく、教師と生徒として出会っていれば、どんなに良かっただろうと詮無《せんな》いことを思う。

「サイパンに戻る間近、女学校の先生に呼ばれて、相模原《さがみはら》から来たという人と会いました。体格のいい男性で、表情はなく、血が通っていない感じがしました」

相模原という地名には覚えがある。

神奈川県北部、高座《こうざ》郡の一部は相模原という名が与えられ、近年軍都として整備されつつあった。陸軍士官学校や相模陸軍造兵廠《ぞうへいしょう》等が置かれ、陸軍施設の拠点となっている。その地から来たということは、陸軍関係者であることを意味する。

「私はただでさえチャモロ人ですし、自身で言うのははばかられますが……優等の成績もいただいていたので、校内ではそれなりに人目を引いていたと思います。おそらくは、日本語に長《た》けた島民がいる、という噂でも流れたのでしょう」

サイパンからの留学生というだけで、その名は広く知られたに違いない。常にスパイ候補を探している軍部の人間が、そのような情報に敏感であることは想像に難くなかった。ローザを選んだのは慧眼《けいがん》だった、と麻田は素直に思う。

「海軍の動向、ことに南方の情勢は陸軍に入りにくい。実態を即時的につかむため、密かに情報収集に励んでほしい。そのような要請でしたが、最初から断る権利はありませんでした。こちらは留学中の島民で、拒めばどうなるかわかりません。スパイという言葉は使いませんでしたが、そういうことなのだろうと察しました」

ローザはため息を吐《つ》く。

「憂鬱《ゆううつ》でした。私はただの島民です。海軍の機密に触れられるはずがありません。それでもどうにか知恵を絞って、海軍の施設に出入りする島民の知己を得ました。主にボーイとして働く彼らに、会話の端々を記録してもらい、情報を集めました」

「ミゲルにメモをさせたのは、あえて？」

「はい。ボーイたちには会話の意味がほとんどわかりません。そのため集めた情報が不正確になりやすい。精度を高めるには、紙に記録させておいて後で私が読解するしかなかったのです」

——そういうことか。

頭の切れるローザにしては、甘いやり方だと思っていた。

「堂本少佐は賢明な方です」

悔しさを滲ませて、ローザが言った。

「海軍内部の協力者がばれたのは、ミゲルが初めてです。大抵の海軍士官や海兵は、島民相手だと油断します。島民の前でなら機密も漏らすし、その島民が外の組織とつながっているとは想像もしない。人として対等に見ていないからです。私はそこを逆手にとった。けれど堂本少佐には看破された。遅かれ早かれ、陸軍とのつながりも見抜かれていたでしょう」

堂本の冷たい双眸《そうぼう》が蘇る。

「……見くびっていたのは、私のほうかもしれません」

その一言から、三年にわたるローザの孤独な闘いが透けて見える。彼女にとっては縁もゆかりもなかった陸軍のため、たった一人で情報収集に励んできた。それは、いつ割れるか知れない薄氷の上を歩き続けることに似ている。

「小瓶は？」

電報の控えと一緒に保管されていたことから、やはり陸軍が絡んでいると推測していた。

「サイパンに戻ってから、郵送されたものです」

「何です、この液体は」

「青酸化合物。猛毒だそうです」

麻田は首筋にどっと汗をかいた。小瓶はまだスラックスのなかだ。そっと上から触れる。割れてでもいたら無事では済まなかったかもしれない。

「なぜそんなものを」

とっさに脳裏をよぎったのは「暗殺」の二文字だった。それも任務に含まれていたのだろうか。

ローザはうつむき、悲しげに瞬《しばたた》いた。膝《ひざ》の上に置いた手が震えていた。

「書簡が同封されていました。これは開発中の毒薬だが、十分な毒性が期待できる。万が一、現地住民たちの間に抗日の機運があれば……これを活用せよ、と記されていました。そしてその場合は、死に至る経過も報告せよ、とも」

麻田には、かけるべき言葉が見つからなかった。

島民を利用して同胞を殺すよう仕向けるとは、残忍に過ぎる。抗日の機運があれば、という条件はついているが、それでも間接的な殺人の指示には違いない。ローザは前歯で下唇を強く嚙んだ。

「流石にこの指示に従うことはできません。幸い目立った運動は起こっていませんが、仮に勃発《ぼっぱつ》したとしても私には使えない。それならスパイとして処罰されたほうがはるかにましです」

陸軍は、彼女の島民としての誇りを軽んじすぎた。人間は自在に動く駒ではない。

「私は当初、青酸化合物を戸棚に保管していました。他に隠す場所がなかったのです。床下の収納は、つい最近作ったものですから」

麻田はポケットから小瓶を取り出した。褐色のガラスの内部で、毒薬が揺れる。ローザが視線を落とした。

「それがなければ、ピラルが死ぬこともありませんでした」

口にしたのは、心中した女性の名だった。

波音は絶えず、海辺に響き渡っている。低く叫ぶようなその音は、動物の唸り声に似ていた。


夕刻。「千代松」の座敷で、麻田は堂本少佐と向かい合っていた。

ローザ・セイルズの正体が陸軍のスパイだとわかった堂本は心なしか、幾分安堵したように見えた。背後にいるのが米国ではなかったことがその理由らしい。対処について麻田が伺いを立てると、鷹揚《おうよう》な口ぶりで言った。

「放《ほう》っておいていい。下手に罰すれば、三宅坂を刺激することになりかねん」

「承知しました」

麻田は低頭した。

二重スパイの誘いについては話していない。結果的に被害が生じなかったとは言え、発覚すればただでは済まない。麻田は鞄に収めていた数枚の紙片を差し出した。堂本が見やる。

「これは？」

「ローザが所持していた電報控えの内容です。お役に立てばと思い、私の記憶にある限り、ここに書き写しています」

控えそのものはすでに返却しているが、内容は一読でほとんど暗記していた。これを読めば、どのような情報が陸軍に渡ったか一目瞭然《いちもくりようぜん》である。堂本は紙片にさっと目を通し、口の端を持ち上げた。

「禍《わざわ》い転じて福と為《な》す、だな」

堂本は上機嫌だった。麻田の報告に満足したらしい。ホープに火をつけ、ゆったりと煙を吸い込んだ。

「話の続きを聞こうか。その、心中で亡くなった二人が飲んだのは、ローザ・セイルズに支給された青酸化合物だったということかね」

「そのようです」

「ローザはそれが毒薬であることはもちろん、薬瓶そのものを隠していたんだろう？　二人はどのようにして毒だと知り、また入手した？」

簡潔には答えにくい。麻田は順を追って説明することにした。

「……心中で亡くなった女は、名をピラルと言います。ピラルはラプガオの集落で生まれ育ち、ローザとは旧知の間柄にありました。島民きっての秀才であるローザを慕うピラルは、様々な相談事を持ちかけていたようです」

堂本は口を挟まず、傾聴に集中している。

「ピラルは沖縄出身の恋人との交際についても、ローザに話していました。二人には結婚の意思があるものの、相手の両親から許しが得られない。ピラルは駆け落ちもほのめかしていたそうです」

「心中ではなく？」

「はい。南洋群島や沖縄では縁者がいるため、密かに内地へ移り、新たな生活を築こうと考えていたそうです」

灰皿にホープの灰が落ちる。

「ローザは当初反対していましたが、あまりの悲壮感に気圧《けお》され、つい賛同してしまったそうです。そうでもしないと、それこそ死ぬと言い出しかねなかった、と本人は言っていました」

消極的ながら、親しいローザの賛同を得たピラルは駆け落ちの準備を始める。しかしピラルは家族と同居しており、身の回りの品は持ち出すことができない。着の身着のままで逃げるしかなく、旅の道中や逃亡先の内地で使う衣類、雑貨が調達できないという課題に直面した。

泣きつかれたローザは、自分の生活用品を提供することにした。居宅にピラルを招き入れ、衣服や食器を少しずつ分けてやった。ピラルは感謝を口にしながら、ふと、戸棚に収められた小瓶に目を留めた。

――これは？

彼女が小瓶に興味を示した理由は定かでない。だが、やはり心の奥底には死への渇望があったのかもしれない。非論理的だとわかっていても、麻田には、その本能がピラルに毒薬を察知させたような気がしてならなかった。

事実を口にできるはずもなく、ローザは嘘をついた。

――殺鼠剤だよ。危険だから触らないで。

へえ、と言って、ピラルは作業に戻った。

小瓶がなくなっていることに気付いたのはその日の夜だった。目を離した隙にピラルに持ち去られたのだ。直感したローザは彼女の小屋を訪ねたが、不在だった。

ローザは集落をさまよった。胸中は不安で一杯だった。殺鼠剤を盗み出す目的など、一つしか思いつかない。ピラルは駆け落ちすると言っていたが、毒薬が手に入れば別の行動を取るかもしれない。

あたかも、酒を知らなかった島民が、酒を手に入れたことで溺れてしまうように。

集落にピラルはいなかった。途方に暮れたローザは周辺の地域を捜しはじめた。まったく土地勘のない場所には行かないと踏んで、ピラルが知っているであろういくつかの地点を巡った。

そのうちの一つがラプガオ北部の林であった。そこにはパパイヤが群生しており、集落の人々にとって、食料を獲得できる共有の場所だった。

林の奥で男女の遺体を発見したローザは、手遅れであることを悟った。傍らには空の酒瓶と、中身が半分減った小瓶が残されていた。辺りには酒精の匂いが漂っていたという。

「ローザによれば、おそらく泡盛か何かに青酸化合物を混ぜて、二人で飲んだのだろうという見立てでした」

堂本が小さく頷く。

男の手に書簡が握られているのが見えた。遺書である。悪いと思いつつ、ローザはそれを抜き取って目を通した。万が一、毒薬について書かれていれば厄介だ。だが遺書には、二人が死を選んだ経緯が記されているだけであった。

いわく、当初は駆け落ちを考えていたものの、調べれば調べるほど、若い二人が内地で生き抜いていくことなど不可能だとわかった。この世で苦汁を舐め続けるくらいなら、いっそ二人で幸せに逝きたい。あの世へ旅立った無数の恋人たちのように……。

——心中なんてただの流行ですよ。

そこまで話した時、初めてローザは個人的な感想を漏らした。

——自ら命を絶つことを、仮にも美談にすべきではない。

静かだが、断固とした口調だった。

ともかく、二人はすでに亡くなっていた。ローザにはもはや、どうすることもできなかった。

「人は、具体化されていないものを想像することはできない。手段を与えられて初めて、思い至ることもある。毒薬の存在がきっかけで、心中に踏み出すのはあり得ることだ」

つぶやいて、堂本が紫煙を吐いた。

「続けろ」

「はい。ローザはここで、ある問題に気が付きます。陸軍から支給された青酸化合物は、当然、放置しておけない。陸軍の機密ですから。しかしこれを回収すれば、二人の死因が不明瞭《ふめいりょう》になる。不審がられて詮索でもされれば厄介です。万が一、遺体を解剖でもされたら、開発中の毒薬が検出されてしまうかもしれない」

「この島で解剖など、まずないだろうがな」

「頭が切れるからこそそこまで懸念したのでしょう。それに解剖まで至らずとも、心中に疑念を持たれるのは避けたかった。後ろ暗いところのある人間は、腹を探られるのを厭《いと》いますから」

「君も同じか？」

口元は笑みの形だったが、冷たい目の奥は笑っていない。麻田も作り笑いで応じた。

「……彼女はその場で、偽装のために別の毒を調達する必要がありました」

真っ先に思いついたのは、消毒薬や殺鼠剤である。しかし、薬局でそれらを購入するのは危険だった。そういった品を買っていく客はごく一部である。薬局の店主がローザの顔を覚えていたら、あっさり心中と結び付けられるだろう。偽装の犯人だと自首するようなものである。

「そこで選んだのが、ソウシハギでした」

ソウシハギは内臓に猛毒を含んでいながら、食用魚として普通に販売されている。万が一、魚屋がローザの顔を覚えていたとしても、食べるために買ったと主張できる。それに、ソウシハギを買う者は他にも大勢いる。購入手段から足がつくことはまずないと予想した。

急いで街へ向かったローザは、手近な店でソウシハギを数匹買い求めて現場に戻った。内臓を除いた毒魚を辺りに撒き、偽装工作を完成させたうえで、遺体の発見者として警察へ通報した。

「……以上が事の顚末《てんまつ》です」

麻田はまたも、玉垣賢作の死に思いを巡らせていた。追い詰められて自死した玉垣の遺体を、幼馴染みは懺悔の「自決」へと演出した。結果、玉垣はスパイという重罪を働いていながら赦《ゆる》された。

自決した男は壮士と呼ばれ、心中した男女は悲恋ともてはやされる。自ら命を絶つ者がいなくならない理由がよく理解できた。そのうえで、麻田はローザに同意する。自ら命を絶つことを、仮にも美談にすべきではない。

「よくわかった」

堂本はゆっくりと吸殻を押し潰《つぶ》した。

「先刻言った通り、ローザ・セイルズの活動は捨て置いて構わない」

「陸軍の情報を提供させる、という手もありますが」

「あとは内地の軍令部に任せておけばいい」

軍令部は天皇直属の海軍機関である。海軍省が予算や人事、物資管理等の「軍政」を担当しているのに対して、軍令部は作戦の立案や指揮、艦船整備、諜報活動といった「軍令」を担う。堂本たち在勤武官は軍令部の管理下にあった。

「ただし、情報は与えるな」

「承知しています」

「心配ないと思うが、君はどうも彼女に肩入れしている節がある」

思いがけぬ指摘だった。麻田自身、そのように思ったことはない。

「まさか。誤解です」

「それならいいんだ。これからも励んでくれ」

堂本が立ち上がった。背広を着た細身の軀体《くたい》から、軍人特有の殺気は感じられない。その一方で、堂本は殻のような気配をまとっていた。何者であっても決して内側に入れない、固い殻である。

「後で田口君に補塡《ほてん》分の活動費を持って来させる」

「恐縮です」

「褒賞代わりだ。取っておくといい」

麻田は低頭しつつ、今ならば堂本の本心を聞けるかもしれない、と直感した。サイパンに来てからというもの、堂本は一貫して得体の知れない存在だった。在勤武官補として、麻田ら犬を使いながら情報を集めると同時に、この島に潜むスパイを排除する。任務に忠実ではあるが、彼自身が何を考えているのかは一向に読めなかった。とりわけ、開戦の是非について。

「堂本少佐」

麻田は迷いつつ、声をかけた。

「もう一点、報告をしてもよろしいですか」

「構わない」

「日ソ中立条約を受けて、我が国が南部仏印へ軍を進めるという噂が流れています。無用の混乱を招く恐れはないでしょうか」

「当然その選択肢はあり得るだろう。大した影響はない」

堂本は間髪を容《い》れずに答えた。

「しかし南進は、米英を刺激することになりはしないでしょうか」

意図せず強い口調になった。ほう、と堂本が言う。

「珍しいな。麻田君がそういう発言をするのは」

尖《とが》った顎《あご》を撫《な》でながら、堂本は目を細める。

「では君は、ソビエトと戦争してドイツを助けるべきだというのか。南進論には反対だと、そう言いたいのかね」

「いえ……」

「中立条約を破れば、余計に中共の反発を招く。蔣介石《しょうかいせき》の思う壺《つぼ》だ」

「私はただ、南洋に混乱をもたらさないか、危惧《きぐ》しているだけです」

「米英は反発しないだろう。北部仏印を見捨てたのだから、南部も同様だ」

麻田は内心、堂本の回答に失望を覚えた。想定の範囲内だったからである。

南進論を主張してきた海軍の人間なら、何かと理由をつけて南部仏印への進軍に賛同するだろうと予想がついた。ただ、堂本ならまったく違う視点から論じられるのではないか。そう期待していたが、当てが外れた。

――結局は、並の軍人か。

しかし麻田が顔色を窺うと、堂本は片頬を歪めていた。

「……と、普通の海軍軍人なら、こう主張するだろうな」

麻田はようやく理解した。堂本は本心を語らず、一般論で煙に巻くつもりだ。やはりこの男は容易に仮面を脱がない。

「堂本少佐は異なるお考えなのですか」

「どうかな」

襖《ふすま》を開け、背広姿の背中は消えた。やはり、そうそう尻尾を出してくれる相手ではない。しかし、堂本はかつて米英との戦争について明言した。

――開戦は仮定の話ではない。時間の問題だ。

是非はともかく、戦争は不可避。そう考える根拠が知りたかったが、どれだけ考えても答えに至ることはできなかった。

その後いつものように酒抜きで酒肴《しゅこう》を味わっていると、田口一等水兵が現れた。分厚い封筒を手にしている。

「面倒をかけるね」

「職務ですので」

ぶっきらぼうに答える姿は、どことなくシズオ巡警と似ている。田口は用件を済ませると、無駄口をきくことなく去ってしまった。

封筒を覗《のぞ》くと、札が束になって入っている。百円ほどあろうか。褒賞ということは、このまま受け取って問題ないのだろうか。麻田はこの金を甲府の実家へ送金することにした。ミヤと良一を住まわせるための家賃代わりだ。

切り抜けた、という実感が、遅ればせながら湧き上がる。

際どいところだった。少しでも読みが外れていれば、今頃、己は堂本の犬として失格の烙印《らくいん》を押されていた。あるいは陸軍との二重スパイに手を染め、更なる深みへとはまっていたかもしれない。

いずれにせよ、この件は終《しま》いである。ラプガオの住民たちも、すでに全員が警務係から釈放された。そもそもがでっちあげの罪なのだ。もはや懸念は残っていない。

だが麻田は、今もどこか割り切れない思いを抱えていた。

より大きな事態が、知らない場所で出来《しゅったい》しつつある気がしていた。

五月、麻田はサドクターシの宿舎一階、長地栄吉の個室にいた。

コーヒーを口に含んだ麻田は、反射的に眉をひそめる。横浜で幾度か飲んだことはあったが慣れない味だ。苦味と酸味、そして独特の香り。どうにも舌になじまない。渋い表情の麻田に、長地は言う。

「飲み慣れればうまいものですよ」

長地はカップに入った黒い液体を平気な顔で啜っている。彼はコーヒーが好物らしい。せっかく振る舞ってもらったが、麻田には飲みきれる自信がなかった。

麻田がここを訪れたのは協力への礼を言うためであった。ただしローザや青酸化合物のことは話せないため、警察の捜査は行き詰まっている、とだけ話した。かりそめの捜査経緯を聞いた長地は重々しく頷いた。

「……では、ソウシハギが撒かれていた理由はわからず仕舞いですか」

「警察の続報を待ちましょう」

武藤警部補たちが麻田の正体をつかんでいる様子はない。おそらく続報が出ることはこの先永遠にないだろう。長地は残念そうだったが、さほど執着することもなく別の話題へと移った。

「以前、シガテラの話をしたことを覚えていますか」

麻田は頷く。おぼろげだが記憶にあった。本来無毒なはずのフエダイやカマスが、餌の違いで体内に毒を蓄えることがある。そういう話だった。

「私たちも、一人ひとりが体内に毒を持っている。それは今まで摂取してきた風習や倫理観、人間関係、そういった要素からできあがるんです」

「長地さんのなかにも毒がある、と?」

「ええ。麻田さんも」

まっすぐに見つめられ、つい視線を逸らした。今の麻田には、あまりにも心当たりがある指摘だった。長地は学究の徒にふさわしい、透き通った目をしている。

「私はね、生まれながらの悪人なんて存在しないと思っています。皆、生まれた時は無垢《むく》な存在です。しかし育っていく過程で、残念ながら悪の素質を身に付けてしまう人間がいる。自ら進んで悪を取り込む人間も、致し方なく悪を食らう人間もいる」

間を埋めるため口にしたコーヒーは、いっそう苦く感じられた。

「実は、近くニューギニアへ渡ります」

唐突に長地は告白した。

「研究のためですか?」

「毒棘《どくきょく》を持つヤッコエイの生息調査……という名目です」

その発言に含まれた真意が、麻田にはすぐにわかった。長地はスパイとしてニューギニアに送りこまれるのだ。麻田は慎重に言葉を選びながら尋ねる。

「研究期間は?」

「未定です。成果が挙がるまでは戻れません」

陰鬱《いんうつ》な表情で、長地はカップのコーヒーを飲み干した。

先刻のシガテラの話は、長地自身を指していたのかもしれない。致し方なく悪を食らう人間がいることを、麻田は身をもって知っている。「ヤッコエイの生息調査」は、少なくとも数年はかかるだろう。

いたたまれない気分になり、麻田は宿舎を辞した。

ガラパンの街中に戻ると、空き地で婦人会が「防諜の歌」の合唱をしていた。今が防諜週間であったことを思い出す。

亜細亜《あじあ》を興す聖戦の
あの旗の下《もと》　皇軍が
命捧げて居るときに
重い軍機を漏らすのは
父や夫や子や友の
命を敵に売ることだ

今月、国防保安法が施行された。国家機密の漏洩《ろうえい》を処罰するための法律だが、国家機密の定義には「行政各部ノ重要ナル機密事項」が含まれており、事実上多様な解釈を許す文面となっている。

主に他国へ機密を漏らした者が対象になるとはいえ、防諜を使命とする麻田も他人事ではなかった。

諜報活動の結果として、麻田の手元には一般市民が知らない情報が多数蓄積されている。海軍の内部事情、米英をはじめ諸外国の動向、等々。機密を抱えるということは、常に警察や軍から指弾される危険をはらんでいるということである。いつ破裂するかわからない爆弾を持っているようなものであった。

それでも麻田は素知らぬ顔をして日々を過ごす。それが仕事であり、家族を養う手段であるからだ。

——守るものがある人間は裏切らず、必ず仕事をやりぬく。

堂本少佐の言葉は正しい。「防諜の歌」でも、「父や夫や子や友の命」を引き合いに出し、機密を守れと呼びかけている。人は己一人のためだけに耐え忍ぶことはできない。守るものがあるから歯を食いしばる。

そして、狡い人間がその隙《すき》につけこむ。

とどのつまり、戦争というのは騙《だま》し合いであった。他国に虚勢を張り、自国を欺《あざむ》く。市民には言うな聞くなと強いておきながら、麻田や長地をていのいいスパイに仕立て上げる。

麻田は能面のような面持ちで歩き去る。婦人会の女性たちが張り上げる声は、初夏のサイパンの空へと吸いこまれていった。

＊

当時の陸海軍の不仲については、資源配分における対立、派閥抗争、規律や風土の違いなどさまざまな理由が考えられる。いずれの理由が主だったのかは不明瞭だが、開戦後も両者の間では情報共有の不備がたびたび起こった。

陸軍では参謀本部二部が、海軍では軍令部第三部が情報を統括しており、各々が独自の諜報技術を備えていた。しかし、双方の情報が共有されるような仕組みは、ついに終戦まで作られることがなかった。

第三章　鳥

広い室内には物音一つない。聞こえるのは自分の息遣いだけだった。

窓越しに中庭の様子が見える。夾竹桃《きょうちくとう》の木が並び、薄緑色のメジロが数羽、枝の間を飛んでいた。日差しは強いが、のどかな風景である。内地よりも時間の流れが遅く感じるほどだった。

麻田はコロール島の西にある、南洋庁本庁舎の応接室にいた。肘《ひじ》掛け椅子《いす》に座り、身じろぎもせずに人を待っている。常ならば中庭の造作でも観察して暇を潰《つぶ》すところだが、その余裕はなかった。

——何が目的だ。

道中、幾度も繰り返した疑問がまたよぎる。

これから麻田が面会する相手は、宇城兼久海軍中佐——コロール島に常駐する、南洋在勤武官の代表であった。武官補の堂本少佐にとっては上役にあたる。この八月で麻田が南洋に来てから九か月になるが、いまだに顔を見たことすらなかった。

その宇城中佐と会うよう命じられたのは、今週のことだ。いつものように「千代松」での定期報告を終えると、座敷でホープを吸っていた堂本が唐突に言った。

——宇城中佐が麻田君に会いたがっている。

——は……？

怪訝《けげん》そうな顔の麻田に、堂本も表情を曇らせた。

——どういったご用件で。

——私も聞かされていない。麻田君の仕事ぶりを話したところ、ぜひ一度会って話がしたいと仰《おっしゃ》っていた。君には悪いが、すでに日時は決まっている。後で田口君から聞いてくれ。ともかく、コロールへ向かってほしい。よろしく頼む。

堂本からの指示よりも優先することなど、この島にはなかった。麻田は低頭し、翌日、庶務係長にコロール島への出張を伝えた。

約束の午後二時を過ぎても宇城中佐は現れない。麻田は焦《じ》れるような気持ちで待ちながら、改めて自問した。

堂本の実質的な部下である自分と面会を望むのは、何故《なぜ》か。立場上は軍人ですらなく、ただの役人に過ぎないというのに。

激励のためだけにわざわざ呼び出すとは思えなかった。在勤武官はそこまで暇ではないだろう。ただでさえ米英との緊張は高まっている。

日本軍が南部仏印への無血進駐を開始したのは、七月二十八日。米英蘭は急速に態度を硬化させ、対日資産凍結を決定。さらに痛手だったのは、アメリカが八月一日に通告した対日石油輸出の全面禁止であった。アメリカとの対立が取り返しのつかない地点まで来ているのは、麻田にも薄々感じられた。

「海の生命線」とも呼ばれる南洋群島は、米国との戦争になれば前線基地になる。南洋に赴任している海軍士官たちは、開戦を想定した諸々《もろもろ》の準備に追われているはずだ。その多忙な在勤武官が時間を割くのは、何のためか。

どれだけ考えても、手掛かりすら見つからなかった。

午後二時を十分過ぎて、唐突に扉が開いた。麻田は反射的に立ち上がる。

現れたのは、白い第二種軍装に身を包んだ壮年の男だった。短く刈った頭に白髪が混ざっている。恰幅《かっぷく》がよく、痩身《そうしん》の堂本とは対照的な体型である。この男が宇城中佐であることは明白だった。

「待たせたね」

宇城はゆったりとした、低い声で言った。

「南洋庁サイパン支庁庶務係、麻田健吾と申します」

「……想像していた通りの面構えだな」

堂本は自分のことをどのように話したのか。尋ねてみたいが、堪《こら》える。まずは黙って宇城の出方を見るべきだ。相手が椅子に座るのを待って、麻田も腰を下ろした。

「急に呼んで済まないね」

「いえ、光栄です」

「普段はもう少し楽な格好をしているのだが、今日は所用で軍装だ。威圧感を与えようという他意はないから、寛《くつろ》いでくれ」

冗談めいた口ぶりに、麻田はぎこちなく笑った。そう言われても寛げるはずがない。

「麻田君の働きぶりはよく聞いている。先日も、中園《なかぞの》の件では助かった」

「恐れ入ります」

麻田は恐縮してみせる。

先月、サイパン島在郷軍人分会に属する中園清六《せいろく》予備少尉が、親しい島民たちに演習の詳細を話しているという情報を得た。話をした島民のなかには米領グアムに親族を持つ者もおり、米国側への情報流出が懸念された。

演習は艦船や兵器、組織構成、人員、作戦、戦略等、多数の機密をはらんでいる。これらの情報が渡れば、戦時に不利であることは言うまでもない。麻田はすぐに情報統制を進言した。その結果、該当の島民たちは島外との行き来を制限された。

今のところ、中園は在郷軍人分会を経由して譴責《けんせき》を受けたに過ぎない。機密漏洩《ろうえい》の噂《うわさ》は住民たちの間に広まっていたが、具体的な処分は保留されている。

通常、軍人の規律を取り締まるのは内地外地問わず、陸軍所属の憲兵である。ただし「海軍の国」である南洋群島には表立って憲兵が派遣されることはなく、在勤武官や軍令部所属の士官が実務を担っていた。

「知らぬまま機密が流出していたと想像すると肝《きも》が冷える。鰹《かつお》漁師たちのスパイ行為を突き止めたのも、陸軍の手下をあぶり出したのも、麻田君の手柄だそうだね。南洋の協力者では最も優秀だと私は思う」

戸惑いながら、素直に礼を言う。

「ありがとうございます」

「その麻田君に、直接頼みたいことがある」

瞬間、身体《からだ》が緊張でこわばる。ここからが本題か。できるだけ内心を悟られないよう、平坦《へいたん》な声で「伺います」と応じる。

「アスリートに網干し場があるだろう」

宇城は麻田の目を覗《のぞ》き込んだ。

サイパン島で「網干し場」と言えば、飛行場を意味する。島南部のアスリート地区には、一昨年完成した海軍の飛行場があった。南洋興発が受注し、二年以上をかけて作り上げたものである。委任統治領である南洋群島では軍事施設の建設が禁じられていたため、名目上は「共同網干し場の新設工事」ということになっていた。

麻田も数度、島内探査の途上で訪れたことがある。周囲は弾薬庫や防空壕《ぼうくうごう》等の軍関連施設が建ち並んでおり、物々しい気配が漂っていた。一方で付近は広大なサトウキビ畑でもあり、軍関係者だけでなく多くの住民が暮らしている。商店や公学校、駐在所が揃《そろ》った市街地でもあった。

「そのアスリートにセイルズという男が住んでいる」

「存じ上げています」

フィリップ・セイルズは南洋庁の元嘱託《しょくたく》職員であり、「陸軍の犬」ローザ・セイルズの養父である。米国人の父とチャモロ人の母の間に生まれ、通訳や翻訳、米英からの訪問者の対応を担っていた。サイパン有数の知識人として知られ、現在は一人でひっそりと生活を送っている。

「彼は養女を迎えてから十数年、ガラパンで暮らしていた。だが二年前、唐突にアスリートへ転居している」

宇城の言いたいことが、麻田にも理解できてきた。

「飛行場の完成と、ほぼ同時期ですね」

「もちろん、偶然の一致かもしれん」

宇城は両手を開き、おどけるような声で言った。

——狸《たぬき》だな。

麻田は心中でつぶやいた。細目の堂本はどことなく狐《きつね》に似ているが、宇城はその食えない雰囲気も含めて「狸」と呼ぶにふさわしい。

「しかしな、それ以外にガラパンからアスリートへ転居する理由がない。生活に不便を覚えるほどではないが、ガラパンのほうが何かと便利には違いないだろう？　住み慣れた中心部を離れて、田舎《いなか》へ隠居する。そう聞くと腑《ふ》に落ちる気もするが、まだ還暦にも届いていない。それも、よりによってアスリートというのが不可解だ」

歯切れの悪い物言いである。おそらく麻田に仮説を言わせたいのだろう。仕方がないので誘いに乗ることにした。

「もしかすると、フィリップ・セイルズは米国の差し金で飛行場の機密情報を収集しているのかもしれませんね」

うんうん、と宇城が頷《うなず》く。満足する回答だったらしい。

「かの飛行場は軍の哨戒《しょうかい》基地となる。可能性はある」

「頼みたいこと、というのはその件ですか」

「そうだ。麻田君には、彼の行動を確認してほしい」

麻田は即答を控えた。

堂本との間では、フィリップを調査する必要はない、と話していた。すでに堂本が調査済みであり、スパイの可能性は低いと結論を出している。だからローザの身元を洗う際も、養父フィリップの存在はほとんど無視していた。

そう伝えると、宇城は「なるほど」と感嘆した。

「流石《さすが》だな。在勤武官の命令であろうと、盲従しない。いい判断だ」

「お気を悪くされましたら、申し訳ございません」

「いいや。感心しているんだよ、私は」

話しながら、宇城は肉のついた頬《ほお》をつまんでいる。癖だろうか。

「先刻の話は私も聞いている。だが、堂本少佐といえど絶対はあるまい」

「……はい」

「仮にスパイなら、今が尻尾《しっぽ》を出す機会だ。この一、二か月の状況変化を踏まえれば、セイルズも何らかの行動に出ている可能性がある。サイパンやコロールに軍人が増えたのは、君も実感しているところではないかな?」

「出入りは増えたように感じます」

八月に入ってから、軍装の通行人が増えた。モッコやシャベルを手にした土木作業者を見ることも多い。サイパンをはじめ、南洋庁の本拠があるコロール島や、海軍の停泊地である夏島では、軍関係施設の突貫工事が進められている。南洋群島全体が急速に戦《いくさ》の気配を帯びつつあった。

米国側のスパイであれば、今こそ本腰を入れて活動すべき時期である。

「先日も、井上中将がサイパン経由で第四艦隊へ赴任された。内地と南洋群島との行き来はアスリートが要だ。網干し場を監視されれば、こちらの動向が知られる」

この八月、航空本部長だった井上成美中将は、夏島を拠点とする第四艦隊司令長官に任ぜられた。かつてローザ・セイルズの協力者が残したメモに『イノウエコリツ』と記されていたことを思い出す。

「本来であれば、堂本少佐を通じて下達《かたつ》すべきであることは承知している。しかし彼はセイルズの再調査に気乗りしないようでな。そこで私からじかに依頼している。午前中、堂本少佐には連絡しておいた。麻田君が気まずい思いをすることはないから、心配しなくてもいい」

すでに根回しは済んでいるわけだ。これ以上の議論は無駄だった。

それに麻田自身、フィリップという男には興味がある。彼がどういった経緯でサイパンに定住し、南洋庁の下で働くことになったのか。なぜローザを養女にしたのか。疑問は尽きない。

「承知しました」

「よろしく頼む」

宇城は鷹揚《おうよう》に頷く。報告は書簡か、電報を使うこと。堂本への報告は必要に応じて適宜《てきぎ》実施すること。そう告げると、いそいそと紙巻き煙草《たばこ》を取り出した。紫煙を吸い込んだ宇城は、陶器の灰皿を引き寄せて灰を落とす。

「麻田君も使いなさい」

「恐れ入りますが、喘息《ぜんそく》持ちでして」

「そうか……ところで」

先ほどより一段と低い声で宇城は続けた。

「堂本少佐が一時、米国にいたことは知っているかね」

「昭和十年までカリフォルニアに留学されていたと聞きました」

宇城はふと、二重《ふたえ》の目を中庭に向けた。視線に恐れをなしたように、遊んでいたメジロが一羽、飛んでいく。

「彼はよく背広を着ているだろう。あれは米国滞在中に仕立てたものらしい」

独り言のような口ぶりである。

「彼は海大出身者でね——海軍大学校と言ったほうがいいか——ともかく、当時から将来を有望視された存在だった。海大を出てすぐ、アメリカのスタンフォード大学へ留学した。卒業者が欧米に駐在すること自体は珍しくもない」

どう応じるべきか、麻田は反応に困った。しかし宇城に構う素振りはない。

「在外軍人の重要な役割は諜報《ちょうほう》活動だ。御多分に漏れず、堂本少佐も米国内で情報の収集に励んでいた。噂では、複数の協力者をつくっていたらしい。だが下手を打った」

そこで盛大に紫煙を吐き出す。

「活動の実態が当局にばれて、国外追放された。アメリカの海軍情報網は潰れた」

一瞬だが、宇城はひどく不快そうな顔をした。

「失敗したことは仕方がない。だが、海軍内ではおかしな噂も立った。堂本はわざと失敗したのではないか。情報網を破壊することがそもそもの狙《ねら》いだったのではないか。本当は、アメリカ側の人間なのではないか……」

まさか。麻田は宇城の発言を反芻《はんすう》する。

——堂本少佐が、アメリカ側の人間？

「海大の同期はほとんど中佐に昇進した。だが、彼は今も少佐に塩漬けのままだ。いずれは上がるだろうが、いつになるかは南洋での実績によるな。まあ、私が知っているのはそんなところだ」

いつしか、中庭からはメジロがいなくなっていた。夾竹桃が風に揺れている。宇城の丸い目が麻田を見ていた。

「私が本当に頼みたいことが何か、わかるね？」

麻田は唾《つば》を飲んだ。

フィリップ・セイルズの身辺調査は、口実でしかなかった。いや、そちらはそちらで重要な任務なのかもしれない。だが宇城にとっての本命は違う。最初から、この男が想定していたのは——。

堂本少佐の監視。

「私で務まりますか、どうか」

思わず麻田はそう言っていた。宇城は「できるさ」と応じる。

「彼は麻田君を信頼している。他に適任者はいない。やり方は任せるよ」

吸殻を捨てた宇城は、わざとらしい仕草で掛け時計を睨《にら》んだ。

「おお、そろそろ時間だ。会えてよかった。またしばらくしたら、コロールに来てくれ」

麻田は立ち上がってその背中を見送る。一緒に部屋を出たい気分ではなかった。とにかく、早く一人になりたい。宇城がいなくなった部屋で、どっかと椅子に腰かける。

――狸と狐の化かしあいか。

ため息が出る。厄介なことに巻き込まれた。

しかし、堂本がアメリカと通じているという話はどこまで信憑性《しんぴょうせい》があるのか。アメリカとの接点も見当たらないし、どちらかと言えば米英のスパイを憎んでいる節すらある。もっとも、演技だと言われればそれまでだ。

米国内での諜報活動中、失敗して国外追放されたのは事実なのだろう。だが、それだけを根拠にわざと捕まったとは断じられない。第一、危険が大きすぎる。国外追放では済まなかったかもしれないのだ。

唸《うな》っても答えは出ない。情報があまりに不足している。

もともとコロールへ来たついでに、地方課の吉川に挨拶《あいさつ》をしていくつもりだった。だが、どうしてもその気になれない。本庁舎を後にした麻田は港へ足を向けた。海風が熱くなった身体を冷ましてくれる。

ひとまずサイパンに戻ってゆっくり考えたい。話はそれからだ。


踏み固められた土の上で、二羽の軍鶏《しゃも》が睨み合っている。

背丈は二、三歳の幼児より大きく、堂々とした体軀《たいく》から長い首が伸びている。嘴《くちばし》は鋭利で、蹴爪《けづめ》は磨かれているためかさらに鋭い。鶏冠《とさか》から顔にかけて、鮮血のような朱に染まっている。体格は同じ程度だが、一方は羽が黒く、もう一方は褐色である。各々竹籠《たけかご》のなかに入れられた軍鶏たちは、明らかに双方を敵だと認識していた。こっ、こっ、と鳴き声で相手を威嚇《いかく》している。その周りを取り囲むのは十数名の大人たちだ。半分は島民で、あとは言葉から察するに沖縄出身者が多いようである。全員が男で、決闘の開始を待つその目はいずれも爛々《らんらん》と光っている。

――このご時世に、なけなしの金を博打《ばくち》につぎ込むとは。

麻田は呆《あき》れ顔で周囲を観察していた。

このところ、物価統制が一層厳しくなっている。とりわけ主食や衣料品の払底ぶりはすさまじい。ガリ版刷りの配給券を持っていかなければ、商店の側でも客に売ることができない。バナナや魚は比較的豊富だが、それも無尽蔵にあるわけではない。

権勢を誇っていた南洋興発の経営にも、陰りが見えはじめていた。土地が痩《や》せたことでサトウキビの収穫量が減り、砂糖生産量も減少の一途をたどっていた。サトウキビ農家のなかには他の農作物に乗り換える者、内地へ帰る者も目立った。

ともかく、窮乏生活が加速するサイパンにおいても、これだけの男たちが賭博《とばく》のためになけなしの金を持ち出すというのは、麻田にとって驚きであった。軍鶏を確保するのも楽ではないはずだが、どこからかき集めてきたのか、十羽前後が出番を待っている。

観客たちのなかに一人、穏やかな顔で見守っている男がいた。顔には皺《しわ》が目立つが、老人と呼ぶにはいささか若い。フィリップ・セイルズ。痩せた小柄な男性で、きっちりとシャツを着て、敷かれたゴザの上に座っておとなしく軍鶏を眺めている。麻田は人垣の後方から、その様子を観察していた。

高い鼻や緑色の瞳《ひとみ》には米国人の血が表れているようだが、褐色の肌や顔立ちからは島民の血もうかがえた。

「お兄さん、どっちに賭《か》けたの」

隣に立っていた年嵩《としかさ》の男が話しかけてきた。継ぎのあたった粗末なシャツを着ている。仕事の妨げだが、邪険にもできない。

「賭けていないです。たまたま通りかかって」

「そう。俺《おれ》はね、あの黒いほうにした。目がいいよ。今にも飛びかかりそうだね」

他の見物客も大半は金を賭けているのだろう、真剣な眼差《まなざ》しで籠のなかの軍鶏を見つめている。

これから行われるのは闘鶏——沖縄の言葉でタウチーオーラセーである。

フィリップとの接点を探していた麻田は、アスリートの農家で不定期に開催される闘鶏に彼が訪れるという情報を得た。来島から九か月が経《た》ち、すでに島内全土に知り合いがいると言っても過言ではない。アスリートも例外ではなかった。

次の闘鶏が開かれる日程を聞き出し、こうして足を運んだ。そして見立て通り、フィリップは闘鶏の会場に現れた。

いきなり話しかけるような真似《まね》はしない。しばらくは様子見のため、遠巻きに見物することにした。隣の男はまだ話している。

「俺ね、沖縄人。糸満《いとまん》の出身」

「そうですか」

「標準語、うまいでしょう。さんざん方言札掛けられたからね」

麻田は愛想笑いを返す。「方言札」は、沖縄県等の地域で使われた、標準語教育の手段である。

紐《ひも》を通した蒲鉾板《かまぼこいた》のようなもので、うっかり方言を話してしまった児童に対して、見せしめとして首から掛けられる。外すには、他の児童の方言を指摘するしかない。

沖縄県では広く方言札が使われていたが、麻田が好きなやり方ではなかった。恥をかかせることもある種の暴力であり、きっと恨みを買う。

「黒が勝つ。間違いない」

男は自信たっぷりに言った。フィリップは口元に微笑をたたえて、籠のなかの軍鶏に愛《め》でるような視線を送っている。

やがて、進行役の男が中央に進み出た。島民のボーイたちが各々の竹籠をつかみ、彼の合図を待つ。籠と籠の距離は一メートルもない。見物客たちの緊張が高まる。

「でぃっか!」

男の掛け声と同時に、軍鶏たちは解放される。

すぐさま、黒の軍鶏が蹴爪を前に向けて飛びかかった。褐色の軍鶏は首を下に向けてかわし、相手が着地したところを狙うかのように嘴で逆襲する。鋭い嘴で顔や鶏冠をつつかれるが、黒も負けじとやり返す。

「ちばれ!　ちばれ!」

隣の男は熱の籠《こも》った声援を送っている。他の男たちも口々に何事かを喚《わめ》いていた。喧噪《けんそう》のなかにあっても、フィリップは黙って見ている。子どもの喧嘩《けんか》を見守るような、どこか温かみのある目をしていた。

やがて黒い軍鶏の動きが鈍くなってきた。一応嘴は動いているが、ほとんど棒立ちでやられるがままである。隣の男はいっそう声を荒らげたが、相手が飛び立つと同時に、黒い軍鶏は横を向いて逃げ出してしまった。

「はい、そこまで、そこまで」

進行役が島民のボーイたちに命じて軍鶏を捕まえさせる。黒に賭けていた男たちが、あからさまに不機嫌な顔つきになった。

「おっかしいなあ。負けるわけなかったんだけどね」

隣の男もぶつくさ文句を言っている。じきに、進行役と入れ違いに賭けの胴元が現れ、次の試合の賭け金を集めはじめた。ある男はほくほく顔で、ある男は苦り切った顔で、胴元に金を手渡している。フィリップは小銭を渡していた。

麻田も胴元に促されたが、断った。まずばれないだろうが、それでも南洋庁職員が賭博に手を出すわけにはいかない。胴元は顔をしかめた。出さないなら見るな、とでも言いたげだったが、追い出されることはなかった。

その後も数試合が行われた。麻田は終始フィリップを注視していたが、これといった反応は見られなかった。穏やかな顔つきで血気盛んな軍鶏たちを見守り、試合が終わっても喜ぶでも悔しがるでもなく、淡々としている。そして次の試合が始まればまた小銭を賭ける。その繰り返しだった。

一時間ほど経ち、進行役が終了を告げた。隣の男は口をへの字に曲げている。何も言わずとも、結果がはかばかしくなかったのだろうと察せられた。

「おっかしいなあ……」

観客たちは三々五々、散っていく。フィリップもゆったりとした動作で立ち上がった。足には革靴を履いている。麻田はさりげなく近づき、歩き出したところで声をかけた。

「フィリップ・セイルズ先生ですね」

一部の日本人や島民から「先生」と呼ばれていることは、事前の調べでわかっていた。かつて英語の私塾を開いていたことが由来らしい。

「え？　はあ」

フィリップは足を止め、眉《まゆ》をひそめた。急に声をかけられて戸惑ったようである。

「申し遅れました。南洋庁庶務係の麻田健吾と言います」

「アサダ……」

つぶやくと、記憶を探る顔になった。

「お会いするのは初めてかと存じます」

「いや、そうですが。どこかで名前を聞いたような」

わずかに訛《なま》りはあるが、日本語の発音は滑らかだった。長年南洋庁の通訳として働いていただけのことはある。

「そうですか。サイパンには昨年十一月に赴任しましたが……」

「ああ、わかった。娘から聞いたのでした」

胸を衝《つ》かれた気がした。彼の養女であるローザ・セイルズは、麻田が堂本の犬であることを知っている。ローザには口止めをしたはずだが、まさかフィリップはそのことも把握しているのか。

麻田は動揺を一切顔に出さず「お世話になっております」と頭を下げた。

「こちらこそ。娘は日本人の友人が多くありませんから。よろしくお願いします」

ローザは、友人の一人として麻田のことを話したらしい。少なくとも今はそう受け取っておくことにした。

麻田は調査のためアスリートへ来たこと、通りがかりに闘鶏を見物していたこと、著名人のフィリップを見つけてつい声をかけたことを話した。最初からフィリップに会うことが目的なのだから、これは嘘《うそ》である。

「闘鶏がお好きなのですか」

「まあね。いい刺激になります」

「お住まいはこの近くで？」

「少し歩いた丘の上に」

実際は住居も調査済みだった。この農場から徒歩二十分ほどの距離にある、小高い丘の上だ。見晴らしのよさそうな立地だが、市街地からは離れており、周囲には民家がまばらである。

「ご都合がよろしければ、お話を伺えませんか」

「私の？」

「庶務係では現在、南洋群島と米国の関係について調査をしておりまして」

麻田は調査の目的について語った。フィリップから話を聞き出すための建前に過ぎないが、信じ込ませるためには入念な説明が必要である。

「……時勢が時勢ですからね」

話を聞き終えたフィリップは神妙な顔で言った。対米関係が緊張状態にあることは流石に知っているらしい。

「私でよければ、いつでもどうぞ」

麻田は内心で拳《こぶし》を握った。元職員だけに、断られる可能性は低いと踏んでいたがひとまず安堵《あんど》する。

「では、これからではいかがでしょう?」

フィリップは「構いません」と快諾し、彼の自宅を使うことを提案した。麻田にとっては願ってもない展開である。米国との関係があるのなら、何らかの手掛かりが見つかるかもしれない。

二人は連れ立って歩き出した。

戦いを終えた軍鶏たちが竹籠のなかで鳴いていた。蹴爪や嘴で傷ついた個体もいるはずだが、治療はされない。軍鶏とは言え所詮《しょせん》は鶏である。最後には皆、食べられてしまうのだろう。胴元の男は上機嫌で軍鶏の飼い主と話している。その横顔が、どこか宇城中佐と似ているように思えた。

フィリップの自宅は、平屋の木造建築であった。

地面から数センチ離れた高床式で、上がれば足元でぎしぎしと軋《きし》む音がする。ローザが住む、ラプガオの集落の家と変わらない。著名な知識人というからには、鉄筋コンクリート造りの邸宅にでも住んでいるのかと想像していたが、麻田には意外だった。

「そちらに椰子《やし》があるでしょう」

フィリップが屋外を指さした。綺麗《きれい》に刈られた雑草の向こうに、立派な椰子の木が数本生えている。いずれも大ぶりの実がなっていた。

「椰子水がうまいんですよ。実を取ってあるから、御馳走《ごちそう》しましょう」

「恐れ入ります」

板敷きの居間で待つように言われた麻田は、ゴザの上に腰を下ろした。一見して家のなかには物が少ない。生活ぶりまで、ほとんど島民と同じである。

やがてフィリップは、上部を切り落とした椰子の実を二つ持ってきた。麻田はそのうちの一つを両手で受け取る。褐色の実を覆う繊維が、指先や手のひらを軽く刺す。切り落とされた断面から、白っぽく濁った液体が見えた。

「初めてですか」

「ええ」

「悪くないですよ。飲んでみてください」

座り込んだフィリップは実に直接口をつけて、液体を口のなかに流し込んだ。麻田も恐る恐る倣《なら》ってみる。少しだけ牛乳を含んだような、わずかに塩味のある水だった。思ったほど味に癖はない。味よりも、繊維が口元に刺さるのが気になった。

「南洋ならではの味です」

フィリップは寛いだ様子だった。相手が身構える前に始めたほうがよさそうだ。椰子水を一気に飲みほして、脇《わき》に置く。

「本題に入ってもよろしいですか」

「結構です」

「まずは、先生のご経歴から詳しく伺いたいのですが」

相手は軽く目を見開いた。

「お話しするほどのことはないと思いますが」

「とんでもない。先生が歩んでこられた道の上にこそ、南洋と米国の関係を解き明かす鍵《かぎ》があると考えております」

「はあ……では、思いつくままにお話ししますが」

まだ戸惑いの残る表情だったが、それでもフィリップは訥々《とつとつ》と語りはじめた。

「……私は五十八年前、サイパンで生まれました。詳しい場所はわかりませんが、今で言うガラパンの近くだったようです。当時、サイパンはまだスペイン領でした」

欧州人で初めてサイパンを含むマリアナ諸島を発見したのは、スペインの艦隊を率いたフェルディナンド・マゼランである。一五六五年にスペイン政府が領有を宣言して以来、マリアナ諸島は同国の統治下にあった。

「父はアメリカの貿易商でしたが、仕事で訪れたこの島を気に入り、長期滞在していたようです。チャモロ人の、大酋長《だいしゅうちょう》の娘だった母を妻にして、私という子をもうけました。しかし物心つく前に、父は帰国してしまいました。天然痘《てんねんとう》の流行がきっかけでした。サイパンは母系社会ですから、父がおらずとも子を育てるうえではさほど支障はありません。ただ、幼心に父が恋しかった」

フィリップは、おもむろに緑色の瞳を指さした。チャモロ人の瞳は黒い。

「私はこういう見た目ですから、島民の間では異質な存在でした。幸い、大酋長の孫ということで、表立って嫌がらせを受けるようなことはありませんでした。ただ、どことなく異物として扱われている感覚はあったのです。それで私は、誰《だれ》よりも努力し、誰もが認めてくれる人間になろうと決意したのです」

「なるほど」

麻田は手帳に書き留めながら相槌《あいづち》を打つ。

「転機は米西戦争でした」

一八九八年、アメリカとスペインの間で勃発《ぼっぱつ》した米西戦争はアメリカの勝利に終わった。敗北したスペインはマリアナ諸島を取り上げられ、グアムは米領となり、それ以外の島々はドイツへ売却された。

「アメリカの一部となったことをきっかけに、父は本拠をアメリカ本土からグアムへ移しました。商売のことだけを考えるならその必要はなかった。しかし父は私と会う機会をつくるため、サイパンから近いグアムへ移住してくれたのです」

フィリップの父はドイツ領となったサイパンを度々訪れた。父子の交流が復活したのである。

フィリップは父を教師として英語を学んだ。

「ドイツ時代は教育制度が貧しく、不満に思っていました。すると、父が本土での教育機会を作ってくれたのです。三年間、私はオハイオの公立学校《パブリック・スクール》で勉強をしました。他の生徒より幾分年上だし、英語も不十分でしたが、嬉《うれ》しかった」

「卒業後はサイパンに？」

「いいえ。グアムに渡って父の手伝いをしていました。十年以上、貿易商の仕事をやりました。ですが三十七歳の時に父が亡くなり、母も年老いていたので、事業は人に譲ってサイパンに戻ってきました。ちょうど、日本の統治領となった時期ですね。日本語は話せませんでしたが、嘱託で南洋庁が雇ってくれるというので、一生懸命勉強しました。それから二十年ほど、南洋庁のお世話になりました」

フィリップは島民の言葉の他、英語、日本語、そしてスペイン語も操る。仕事は翻訳や通訳が主だったが、会計等の庶務も手伝ったという。

「サイパンに戻って数年すると、英語を勉強したいという人が出てきました。そういう人たちに頼まれる格好で、私塾というんですか、勉強会のようなものを開くようになりました。多い時で、五十人ほど集まりました。数年前、上司から風紀を乱すなと言われたので今はやっていませんが」

対米感情の悪化が原因だろうか、と麻田は想像する。敵性語の言い換えが進んだのは昨年だが、その前から英語話者に対する冷たい風当たりはあった。一介の英語教師であった麻田ですら、その風潮は肌で感じていた。

米英文化が軽薄であり、英語も含めて排撃すべきだと言われることには違和感があった。麻田が大学で学んできた英文学は決して浅薄ではなかった。それに、英語がわからなければ米英が何を考えているかはわからない。諜報活動もままならない。

英語を排除すればいいというものではない、と思いつつ、世間の風潮に抗《あらが》うのははばかられた。

「私塾を開いてからも、南洋庁の仕事は続けていたのですか」

「塾は無償ですから。好意で食べ物や酒を持ってきてくれる人はいましたが」

フィリップが「先生」と慕われる由縁《ゆえん》がわかった。

「先生は、島ではインテリとして有名ですが……」

「恐れ多いことです。大学も出ていないのに」

「謙遜《けんそん》なさらず。先生ほど名が知れた方でしたら、その、縁談の話もあったのではないでしょうか」

麻田は私的な領域へと踏み込んだ。拒否感を示されることも想定していたが、フィリップは平然と「妻ならいました」と答えた。

「死別しました」

「それは……失礼しました」

「お気になさらず。遠戚《えんせき》にあたるチャモロ人の女性でしたが、ひどい赤痢《せきり》にかかって亡くなりました。気を遣うわけではないですが、以来、妻は迎えていません。ローザを引き取ることになったのはそれが理由ですがね」

「詳しくお聞きしても？」

話に引き込まれ、自然と促していた。

「当時、大酋長はすでに私の祖父から代替わりしていました。私の叔父の息子――つまりは従兄《いとこ》に当たる人が務めていました。しかし、その大酋長の妻が、私の妻と前後して亡くなったのです。お互い悲しみにくれましたが、問題は、夫婦の間の娘であるローザの処遇でした。幼い頃《ころ》から聡《そう》明《めい》な子で、いずれはサイパンを背負う女性になると期待されていた」

「当時、ローザさんの年齢は」

「十歳頃ですね。公学校でも優秀と評判でした。しかし大酋長は民族の長として、新たな家庭を築かなければならない、という責任を感じていました。そうなると、ローザには十分に手をかけられない。悩んだ末、彼は私にローザを預けることを選んだ」

麻田は納得した。大酋長からすればフィリップは従弟《いとこ》、それも島内でも名の知れた人物である。

「幸いローザも了解してくれました。そういうわけで、養女としてガラパンで一緒に住むことになったのです」

「多感な時期に、先生の教えを受けたわけですね」

「娘に何かしてやった記憶はありません。ローザの美点はすべて、彼女の才気と努力によるものです」

「いいえ、感服しました。しかし今は父娘《おやこ》各々、一人暮らしをされているのですね」

徐々に本題へ近づいてきた。フィリップは「隠居ですよ」と言う。

「三年ほど前から、米英との関係が危うくなってきたでしょう。それに伴って私の嘱託も終えることになった。ここらが潮時だと考えました」

「隠居にはまだ早いようですが」

「十分です。最近は膝《ひざ》が痛くてね」

「アスリートを選んだのは？」

「空き家があると教えてもらったからです。家主に聞けば、家賃はいらないと言ってくれたのでここに決めました。それだけのことです」

裏を取る必要はあるが、一応はもっともらしく聞こえる。次の質問を考えていた麻田に、フィリップは鋭い視線を向けた。初めて見せる目つきだった。

「あなたも、私がアメリカのスパイだと疑っていらっしゃる?」

瞬間、麻田の背筋が冷えた。

獲物《えもの》を狩るような視線、唐突に刃《やいば》を突きつけてくる度胸。養父だけあって、やはりローザと似ている。いや、ローザがフィリップの薫陶を受けたというべきか。

「そんなつもりでは……」

「結構、結構。よくあることですから。私にアメリカ人の血が流れているのも、アメリカに滞在していたのも、南洋で数々のアメリカ人を応接してきたのも事実です。転居しただけで疑念を持たれるのも仕方ない。どこに移り住もうが、疑われる運命なのでしょう。もう慣れました。ただね」

鋭利な視線が室内をさまよい、再び麻田に向けられる。

「私はスパイではない。それが事実です」

返す言葉がなかった。

フィリップの言葉には、およそ二十年を日本統治下で生き抜いてきた重みがある。これまで数えきれないほど疑いの目にさらされてきたのだろう。他人からの猜疑《さいぎ》に敏感になるのは当然であった。

——私はスパイではない。

その一言の裏に、幾千回の否定があった。

麻田は直感した。この男の言葉に嘘はない。堂本の犬として働いてきた経験からではなく、一個の人間としてそう感じた。仮に虚偽が含まれていたとしても、自分には絶対に見抜くことができない。

「心に留めます」

麻田が低頭すると、フィリップは表情を和らげた。

「スパイに興味がおありなら、面白い話をしましょうか」

「何でしょう」

「私はかつて、本物のスパイの世話をしたことがあります」

フィリップは「有名な話ですがね」と補足する。興味深い話題だった。彼自身はスパイでなくとも、スパイと関係を持っていたとなれば何らかの機密のやり取りが行われた可能性がある。

「日本人ですか」

「いや、アメリカ人です。エリック・ハドソン。米海軍中佐でした」

それからフィリップは、ある海軍士官の話を始めた。

「サイパンに戻って一年ほど経った時期ですから、もう十八年前ですかね。四十歳前後のアメリカ人が横浜から渡ってきました。米英からの来客があればすぐに私が呼ばれます。その時も私が飛んで行って、面会しました」

ハドソンと名乗る男は、不動産会社の経営者を自称した。休暇で日本に訪れ、観光のためサイパンへやってきたという。しかしどうも信用できない。なぜなら彼は、真昼だというのに泥酔していたからだ。

「それでもせっかくの客人ですから、手厚く世話をしてやりました。集落に空いている小屋を見つけて、そこを貸してやった。酒が欲しいというので、ウイスキーやなんかも調達しました。とにかく朝から晩まで、ひたすら酒を飲んでいる男でした」

じき、ハドソンの素性はばれた。酔った彼自身が言いふらしたせいだ。

「自分の正体は海軍中佐で、ここに来たのも南洋群島の調査のためだ、と言い出しました。もはや、機密とそうでないものの区別もついていなかったのでしょう。外国のスパイながら呆《あき》れましたよ」

「ハドソン中佐は長期間、滞在していたのですか」

「たったひと月半です。ある日の夕方、島民の青年が様子を見に行ったら、小屋で亡くなっていました。私も現場を確認しましたがひどく酒臭かった。まず間違いなく、酒の飲み過ぎが原因でしょう」

酒には人を変える魔力がある。素面《しらふ》では有能な人物が、酔って痴態を晒《さら》す場面を目撃したことは幾度もあった。仮に平時に能力があったとしても、機密をばらし、挙句の果てに酒で絶命するようではスパイとして失格だろう。

——如何《いか》に優秀な将校であっても、酒に溺《おぼ》れれば使い物にならん。

以前、堂本もそう評していた。

「遺品整理や埋葬も、私が指揮しました。数か月後にはアメリカ海軍の関係者が来たので、遺品を返してやり、遺体を掘り返して火葬しました。後にも先にも、自分で正体を明かしたスパイはハドソン中佐だけでしょう。あれほど適性のなかった人もそういない」

麻田も同感だった。

風が強くなってきた。椰子の木が揺れ、葉の擦《こす》れ合う音が聞こえてくる。この家に来てから、すでに一時間余りが経っていた。フィリップが息を吐いた。

「今日はこの辺りでよいですか。少し疲れました」

強要はできなかった。まだまだ質問したかったが、初対面ということもあり、いったん退《ひ》くことにする。警戒されるのは避けたい。

「長々と失礼しました」

「いいえ。久しぶりにじっくりと話して、楽しかった」

フィリップは人のよさそうな笑みを浮かべる。麻田は再び礼を言って、辞去した。

吹き上がってくる風に抵抗しながら丘を下る。葉擦《はず》れの音はさらに大きくなっていく。

丘の中腹まで降りると、視界を塞《ふさ》いでいた茂みが切れた。小高い場所から飛行場を見渡すことができる。兵舎や弾薬庫といった建物の位置関係も一目瞭然《いちもくりようぜん》であった。戦闘機の姿はなかったが、男たちが物資を運んでいるのが見える。南洋群島での工事のため、内地の受刑者たちが送り込まれているという話を聞いていた。立ち働く彼らも受刑者なのかもしれない。

この位置なら、飛行場を観察するには好都合である。宇城中佐が疑いを持つのも理解できた。

だが麻田には、フィリップが米国のスパイだとはどうしても思えなかった。


料亭「千代松」の一室には、常に比べて緊張がみなぎっていた。宇城中佐と面会して以降、堂本と会うのはこれが最初である。麻田からの定期報告を聞き届けた堂本は「わかった」とだけ応じた。

「宇城中佐から頼まれた件は順調なのか?」

表向きの依頼は、堂本にも知らされている。

――私が本当に頼みたいことが何か、わかるね？

宇城の低い声が蘇《よみがえ》った。

「フィリップ・セイルズの身辺調査は、着手したばかりでまだ何とも」

「彼はスパイではないと思うがね」

堂本は断言した。麻田にしても、上司が調べて白と結論したものを、自分が黒にできるとは思えなかった。

「個人的な感触としては、私もそう思います。しかし根拠がありません」

「情報を扱う者は直感も重要だ。無駄に穴を掘り続けるほど虚《むな》しいことはない。適当なところで切り上げることを勧めるね」

堂本は他人事のように言うと、いつものようにホープに火をつけて煙を吸った。その仕草からは余裕を感じる。宇城の疑念すら見透かしているようだった。

「ところで、私の質問への答えは出たか。日本は米英と開戦すべきか、否か」

初めて会った日に突き付けられた質問である。唐突に答えを求められ、麻田は「いえ」と口ごもった。

「まだ出ないか」

「試論らしきものはあるのですが」

「それでいい。言ってみてくれ」

この九か月自分なりに情報を集め、分析してきた。そのなかで、いくつかはっきりしたことがある。麻田は乾いた唇を湿らせる。

「米英との開戦、とりわけ対米開戦は避けるべきです」

言ってしまった。軍人である堂本を前に。額に汗が滲《にじ》む。

「その理由は？」

堂本はすぐさま切り返した。

「資源の差です」

麻田はサイパンに届く雑誌や新聞で、米国に関する情報を片端から集めた。目についたのは、明らかな資源力の差であった。石炭の産出量は彼我《ひが》で一〇対一であり、石油に至っては日本ではほとんど採掘できない。日本は石油のおよそ八割を米国に依存しており、その米国から石油が輸入できない現在、窮地に立たされていると言ってよかった。石油がなければ、戦車も戦艦も戦闘機も動かせない。工業力でも劣っている。たとえば、製鋼能力は二〇対一という情報もあった。

こうした情報は専門家だけでなく、民間人でも多少目端《めはし》の利く人間なら手に入れることができた。一部の論客はこうした窮状を打開する戦略を披露していたが、麻田にはいずれも荒唐無稽《こうとうむけい》に思えた。

「アメリカの国力はあまりに強大です。戦争をすべきではありません」

「蘭印の資源を獲得しても、か？」

「どれほどの資源が得られるか、想定がつきません」

蘭印には、日本全土の需要を賄《まかな》えるほどの石油が眠っていると言われていた。ただし、あくまでも推計であり、広大な蘭印のどこに油田が存在するのかは不明瞭《ふめいりょう》であった。そもそも、蘭印へ到達する前に米国の物量で圧《お》し潰される危険があると麻田は見ていた。

「短期決戦ならどうだ」

「長期戦よりは、まだ。ただし、ドイツがソ連邦を粉砕し、イギリスに勝利するのが前提かと存じます」

アメリカと交戦すれば、友好国であるイギリスやオランダを敵に回す。さらにはソビエトがこの機に乗じて日本に宣戦布告するだろう。同じ枢軸国《すうじくこく》であるドイツがそれらの国々との戦いを制して初めて、日本はアメリカと一対一の勝負に持ち込める。仮にドイツが苦戦すれば、日本は各国から取り囲まれることになる。

「長期戦になれば資源の差で敗れ、短期戦はドイツ頼み、ということか」

「いずれにせよ……勝利の見込みは薄いかと」

最後の一言は、口にするまで一瞬躊躇《ためら》った。海軍士官である堂本に対して、日本の勝ち目はないと断言するのは気が引けた。会ったばかりの頃なら言えなかっただろう。だが今の麻田は、堂本がその場しのぎの発言を嫌うことを知っている。気まずくとも忌憚《きたん》のない意見を告げるほうがいい。

堂本は、ううん、と咳払《せきばら》いをした。

「結論は出ているではないか」

「一点だけ、心残りがあります」

「言ってくれ」

「戦争をせずとも、いずれ日本は追い詰められるということです」

石油の供給が断たれた現状、近い将来資源不足になるのは目に見えている。対米開戦を先延ばしにしたところで、ジリ貧は明らかだった。ならば一縷《いちる》の望みにかけて、急戦を仕掛けるという手もあり得るように思えた。

堂本はホープを指の近くまで灰にしてから捨てた。

「つくづく、英語教師にしておくには惜しいな」

細い両目が麻田を射た。

「今からでも軍令部に呼びたいくらいだ。兵学校を卒業していないのが残念だよ」

「恐れ入ります」

皮肉かもしれないが、ひとまず賛辞と取ることにした。

「麻田君には息子がいたな。名前は、良一だったか？」

「……はい」

前触れなく話題が変わった。自分の身辺などとうに調査済みだとわかっていても、教えていない息子の名を口にされると気味が悪い。

「二つの選択肢のうち、どちらかを選んでほしい。まずは甲。こちらを選べば、良一君は確実に片足を失う」

「どういった状況ですか」

不快感を押し殺しながら、麻田は言った。

「仮定の話だ。次に乙。乙を選べば、八割の確率で両足を失うものの、二割の確率で無傷のまま助かる。さあ、この条件ならどちらを選ぶかね？」

「そんなもの……」

「真面目《まじめ》に想像してほしい」

堂本は口早に付け足した。気持ちのいい内容ではないが、仕方なく想像してみる。良一の柔らかい太腿《ふともも》に、刃物が食い込む。その顔は恐怖に歪《ゆが》み、涙を流している。これはただの空論だ。仮定に過ぎない。

そう言い聞かせても、脳裏によぎった良一の泣き顔は消えない。お父さん、と呼ぶ声まで聞こえてきそうだった。一方は、確実に片足を失う道。もう一方は、両足を失う危険をはらみつつ、無傷で済む可能性が残された道。

どちらを選ぶ。どちらを――。

「乙を選びます」

脂汗を拭《ぬぐ》いながら、麻田は答えた。

「理由は？」

「二割であっても、両足が無事で助かる可能性があるならそちらを選びます」

堂本は顔色を変えず、手のなかでホープを弄《もてあそ》んでいた。

「趣味の悪い質問をして、済まなかった。私が言いたかったのは、現今の我が国がそのような状況に置かれているということだ」

麻田は眉をひそめる。

「物資が入ってこない以上、手をこまねいていれば間違いなく国力は低下する。一方、アメリカとの戦争に打って出れば、大敗する可能性は高いものの、こちらに有利な条件を勝ち取れる可能性もわずかに残っている。政治家や軍はこの二者択一を迫られている」

堂本の問いの趣旨が、ようやく麻田にも理解できた。
先ほどの選択肢に照らし合わせてみれば、膠着《こうちやく》状態の維持が甲、対米開戦が乙ということにな
る。麻田は乙を選んだ。堂本は、政府や軍の首脳がそれと同じ選択をするであろうことを見越し
ている。
——開戦は仮定の話ではない。時間の問題だ。
堂本がそう語ったのは昨年十一月だった。まさか、その頃から現在の事態を予見していたとい
うのだろうか。
「この辺にしておこうか。近いうちにまた話そう」
開戦談義は終わった。堂本は音もなく立ち上がる。結局、弄んでいたホープには火をつけない
まま懐《ふところ》にしまった。
「最近、煙草が手に入らないんだよ。ずいぶん前に買い置きしておいたものを、少しずつ吸って
いるんだがね」
——海軍士官でもそうなのか。
麻田も近頃、物不足が加速していると感じていた。以前に比べて、ガラパンの商店に並ぶ売り
物が少なくなった。ミヤからの手紙にも内地の日用品不足が記されていた。堂本が苦笑する。
「どこに行っても、希望《ホープ》は品薄らしい」
独り言のようにつぶやき、部屋を出て行った。
その夜、麻田は酒肴《しゆこう》を断った。自分だけが料亭でうまいものを食べているようで、罪の意識を
感じたためだ。ただしこの頃は、酒肴もずいぶんと量が減っているようであった。

九月に入ってすぐのこと。麻田はサイパン支庁に出勤した直後、噂好きの同僚から声をかけられた。

「麻田君、フィリップ・セイルズって知っている？」

「ええ。一度話したことがあります」

何食わぬ顔で応じる。

「昨日、殺されたらしいね」

麻田は絶句した。あまりに意想外で、しばらく口を開けたまま相手を見ていた。

アスリートの居宅を訪れたのはほんの十日前である。この島で二十年近く暮らし、島の人々からも慕われていた。そのフィリップがなぜ。いや、それよりも。事実関係の確認が急務だ。宇城中佐からはフィリップの素性調査を命じられている。真に調査対象が殺されたのだとすれば、緊急事態であった。

「本当ですか」

どうにか動揺を隠して、麻田は言った。

「警務課から聞いたから間違いない」

同僚は自信ありげな態度だった。警務係は今年五月、警務課に改称している。

「自宅で遺体が見つかったけど、犯人はわからないって。でもどうしてだろうね。いい人だったけど」

後半はほとんど耳に入らなかった。麻田はすぐさま警務課へ向かい、武藤の姿を捜したが不在であった。近くにいた巡査に尋ねると、アスリートへ行っている、という答えだった。この状況下でアスリートへ行く理由は一つしかない。

庁舎を出て、熱い日差しを浴びながら停留場へ足を運ぶ。バスが来る時刻はしばらく先である。もどかしい思いで辺りを見回していると、郵便局の前に赤い自動車が停《と》まっていた。配達員をつかまえて行き先を聞くと、南だという。同乗を願い出たところ、アスリートまで助手席に乗せてもらえることとなった。

郵便車は未舗装路を飛ばす。道すがら、麻田は世間話の体でフィリップが殺された件を話してみた。ハンドルを握る中年の配達員は「そうなんですか」と驚いた。

「痛ましいですな。私も何度か、先生の塾に出たことがありますよ」

「いつ頃ですか」

反射的に麻田は問うていた。

「かなり前だなあ。五、六年前かな」

配達員の話によれば、当時は月に一、二回の頻度で私塾が開催されていたという。支庁舎の会議室で、午後六時から二、三時間という決まりだったらしい。

「はじめに先生が壇上に立って、会話例を教えてくださる。ハウアーユー、サンキュー、マイネームイズ、とかね。参加者同士での会話もやりました。自由に会話をして、そこに先生が順々に入って、わからない単語なんか教えてくれる」

「出席者は何名程度ですか」

「結構多かったかな。一回で四十か、五十くらいはいた」

「謝礼は取っていなかったそうですね」

「ええ。自主的に、魚とか持ってくる人はいたけど」

「日本人が多かったですか」

「そうね。でも、島民もいましたよ。私もそうだけど、タダで英語が勉強できる機会なんてそうないからさ、やっぱり興味はあるよね。講義がない日でも、先生の家に行って教わっている人もいたみたい」

ハンドルを切りながら、配達員はぼそりと言う。

「最近は、先生も肩身が狭かったかもしれないねえ」

「米国人の血が入っているからですか」

「まあね。アスリートに引っ越したのも、ガラパンで揉《も》めたからでしょう?」

初耳である。フィリップが転居したのは、現役を退いたからだとばかり思っていた。

「そうなんですか?」

「知らなかったかい」

配達員は「噂だけど」と前置きしたうえで語りだした。

「二年前、警察が先生にスパイの疑いをかけたらしいんだよ」

顔色こそ変えなかったが、麻田の鼓動は高鳴っていた。

「軍ではなく警察ですね?」

「そうだよ」

敵国のスパイに警戒しているのは軍部だけではない。警察組織を管掌《かんしょう》する内務省警保局もまた、内外の諜報活動に目を光らせていた。

ただし麻田は、軍と警察がスパイ摘発のため力を合わせている情景を見たことがない。サイパンであれば海軍と警務課ということになるが、各々が独自に調査を行っているのが現状だった。海軍と陸軍の不仲といい、人間は縄張り争いをしなければ生きていけない生き物なのかもしれない。

「警察には根拠があったんですか」

「ない、ない。少し前からアメリカへの当たりが強くなっているだろう。その余波だね。先生は否定したけど、警察の連中は決めてかかっていた。無実の先生を何度も呼び出して、挙句の果てに家の周りをうろうろするようになったんだよ」

「監視ですか」

「そう。娘さんと一緒に住んでいたけど、さすがに悪いからって、それがきっかけで別々に住むことになった。公学校で働いている娘さんはガラパンに残って、先生はアスリートに引っ越す羽目になった。本当にひどい話だよ。やつらだって南洋庁の職員なのに、元職員の先生を……」

配達員は急に口をつぐんだ。助手席にいる男もまた、南洋庁職員だということを思い出したのかもしれない。

「私のことなら、お気になさらず」

「……とにかく、そういうことみたいよ。先生個人に恨みを持つ人はいなかったと思うけど、今は米英文化とみれば叩《たた》くから。こんなことなら、亡くなる前に挨拶の一つでもすればよかった」

配達員が嘆いた。

殺されたのが事実なら、犯人の動機は米英への敵視にあるのだろうか。しかしアメリカが憎いからと言って、その国の血が流れる人間を殺すだろうか？　それによって何が得られて、何が守られるというのか？　あるいは、やはりフィリップはアメリカの諜報員であり、それが殺された原因なのか？

郵便車の行く手には暗雲が立ち込めている。一雨来そうだった。

アスリートの郵便局で車を降り、徒歩で丘を上った。途中で雨が降り出したため、麻田はフィリップの自宅まで走った。雨の勢いは瞬く間に強まり、溜《た》め池に浸《つ》かったかのように全身が濡《ぬ》れた。

小屋の軒下に飛び込むと、扉は開け放されていた。屋内から話し声が聞こえる。

「失礼します」

麻田は足を踏み入れた。わずかに腐った肉の臭《にお》いがして、思わず鼻を押さえた。しかし覚悟していた遺体はそこにない。代わりに、制服を着た二人の男が板敷きの部屋にいた。床には血の乾いた跡が広がっており、男たちはそれを踏まないように立っている。血痕《けっこん》の赤黒さが生々しかった。

足音に気付いた武藤が、ぎょっとした顔で振り返った。

「あんたか。驚かせないでくれ」

どうやら不審者とでも思ったらしい。濡れ鼠《ねずみ》の姿では無理もなかった。もう一人の男、シズオがゆっくりと振り向く。

「麻田さん。どうかされましたか」

「……フィリップ・セイルズが殺されたのは事実ですか」

「いちいち、首を突っ込むね」

武藤は呆れたような表情だが、それでも追い出そうとはしない。日頃から北廓で接待している賜物《たまもの》である。手帳を引っ張り出し、大声で読み上げた。

「遺体が発見されたのは昨日の午後四時。野菜を届けに来た小作人の島民が見つけて、雇用主に報告。警務課立ち会いの下、昨日のうちに遺体を運び出した。現場検証が十分できなかったため、我々が朝から来ている」

武藤が手帳から顔を上げ、首を傾《かし》げた。

「これでいいかい」

「死因は?」

「下腹部に太いナイフが刺さったままだった。そこから失血して死んだ。何度か刺した跡があったが、自分であんなことができるとは思えない。殺されたんだろう」

口調こそ淡々としているが、武藤の顔色は優れない。楽園の警察官には、殺人事件は荷が重いようだ。一方、シズオは冷静さを保っていた。軍人めいた機械的な所作で辺りを検分している。

「犯人は見つかっていないそうですね」

「現状では、ね」

その言い方にはどこか含みがあった。

「というと?」

「凶器が残されていた。ナイフの取手部分に彫刻が施されている。おそらく一点物だから、自動的に持ち主が犯人ということになる。事件当日の動きと合わせて調べれば、殺人犯はいずれ見つかる」

武藤の考えに矛盾はないが、いやに楽観的ではあった。やはり凶悪事件の捜査に慣れていないのかもしれない。

フィリップの死はいずれ宇城へ報告するが、それだけでは任務を果たしたことにならない。彼が米国のスパイであるかどうかを見極めることが麻田の使命だ。殺されたのならば、死の理由を探る必要があった。

麻田は調査の鍵となる人物――ローザ・セイルズを捜したが、姿が見当たらない。

「フィリップ氏には養女がいるはずですが」

「奥にいる」

武藤が顎《あご》で示した先には半開きの扉があった。先日訪れた際は閉ざされていたはずだ。麻田は武藤に断ってから、扉の奥へと足を踏み入れた。

「失礼します」

そこは、寝室と書斎を兼ねた部屋だった。部屋の隅には畳まれた一組の布団。鉄木のテーブルと椅子、それに壁を覆う書棚。

扉に背を向け、部屋の中央に一人の女性が立っている。木綿の簡単衣《かんたんぎ》を着た彼女は足音に振り向こうともしない。悲しみを抑え込むように、両手を握りしめ、うつむいている。対面するのは数か月ぶりだった。

「ご無沙汰《ぶさた》しています」

麻田の声にも答えはなかった。

「この度は、お悔やみ申し上げます」

やはり反応はない。ローザは必死で悲しみを封じ込めていた。声を漏らせば、そのまま感情が溢《あふ》れ出ると知っている。だから、わずかな返答すらできない。

長い沈黙の後で、ようやくぽつりと言った。

「何が悔しいんですか?」

その声に悲痛さはなかった。

「……ずっとおかしな日本語だと思っていました。亡くなったことをそれほど悔やむなら、生前からもっと会えばよかったのに。もっと話せばよかったのに。死んでから後悔を伝えるなんて、おかしいと思いませんか」

麻田は無言で待った。ローザは理性的な回答を求めてはいない。ただ、胸のうちを吐き出す相手がほしいだけだ。そして今、その役目を果たすことができるのは自分だけだった。雨の勢いが弱まり、地面を叩く音が遠ざかった頃、ようやくローザは振り向いた。

「麻田さんが来たのは仕事のためですか」

武藤たちの耳を気にしたのか、ローザは「仕事」の内容を明言しなかった。麻田は後ろ手に扉を閉める。

「そんなところです」

「放《ほう》っておいてもらえますか」

断固とした口調だった。麻田はつい後ずさりたくなるのを堪える。

「御父上を殺した犯人を、捕まえたくありませんか」

ローザの目が見開かれる。

「知っているの？」

「これから調べます。犯人の正体を知りたいのは、あなたも同じでしょう。我々の目的は一致している。警察に任せておくのはいささか心許《こころもと》ない」

麻田は「よければ」と一歩近づいた。

「協力しませんか。手を組んだほうが成功の見込みは高い」

ローザは視線を逸《そ》らした。戸惑いを隠そうともしない姿は無防備で、ひりつくような駆け引きをした相手とは思えなかった。養父の死に接して、動揺しているのは明らかだ。それでもローザは毅然《きぜん》と告げる。

「あなたが手の内を明かしてくれるという保証はない」

「お互い様です。それを理解したうえで、手を組むことを提案している」

「海軍のために働いているだけでしょう」

「ええ。私は海軍の命で動き、あなたは自分自身のために動く。それでいいではありませんか。それとも、警務課が殺人犯を確実に見つけてくれると思いますか。自分の手で、捕まえてやりたいとは思いませんか」

生前のフィリップを最もよく知るのは養女のローザだ。彼が死んだ理由を調べるには、彼女の助力が不可欠だった。しかしローザは緩やかに首を振る。

「まだ考えられません」

「迷っている間に、犯人は証拠を隠滅する可能性がある。動くなら早いほうがいい。逃がせば、永遠に見つからないかもしれない」

「うるさい！」

叫び声が室内にこだました。麻田は言い募るのを止《や》め、口を閉じる。やがてローザは大声を出したことを恥じるように顔を伏せ、目元を手で覆った。

「……今はお答えできません。必要と判断すれば私から連絡します。それで結構ですか」

「無論です」

無理強いするつもりはなかった。陸軍と通じているローザを刺激するのは、海軍の犬である麻田にとって本意ではない。それに、今のローザは冷静に話せる状態ではない。落ち着く時間が必要だった。

「昼なら支庁の庶務係、夜なら官舎を訪ねてください。一階の西から二番目の部屋です」

麻田は書斎を去った。居間に戻ると、二人の警察官はまだ検分をしている。麻田の姿を認めると、武藤が顔を上げた。

「あんた、あの女と知り合いだっけ？」

「心中事件の聞き取りで。シズオ巡警にも同席してもらいました」

武藤は「ああ」と応じた。忘れていたらしい。今年春に起こった心中事件の真相は、警務課には話していない。彼らはローザが陸軍の協力者であることも、現場に残された毒魚が偽装工作であることも知らない。

「道中で聞いたのですが。警務課がフィリップ・セイルズ氏を監視していたという話は、事実ですか？」

武藤の顔からすっと感情が消えた。両目が細められ、頬に緊張が走る。この男もこういう顔ができるのか、と麻田は妙に感心した。

「事実だ」

答えは簡潔だった。

「フィリップ氏がアメリカと通じているから、ですか」

「そうだ」

「証拠はないのでしょう?」

「俺が判断することではない。本庁課長の指示だ」

各支庁の警務課を束ねるのは、南洋庁内務部警務課である。本庁警務課長からの命令とあれば、一支庁の警部補である武藤に逆らう余地はない。

「アスリートに転居してからも、監視は続けていたのですか」

「中断する理由がない」

「監視していたのなら、犯人も目撃しているのではないですか。それとも見逃したのですか。犯人を即時検挙できないのは怠慢では?」

麻田はあえて、挑発的な物言いを選んだ。揺さぶりをかけることで感情的になり、口が軽くなるのを期待していた。

「二十四時間見ていたわけではない。我々もそこまで暇ではない」

「昨日、監視していたのは誰なんです」

「教える必要はない」

いつものように料亭ではしゃぐ武藤はいなかった。その反応こそが、彼らにとってフィリップ監視という任務がいかに重要かを物語っている。シズオは追従するように、麻田を睨んでいた。

「現場を荒らすのなら、帰ってくれ」

「そうさせていただきます。改めて話を聞かせてください」

「話すことがあれば、な」

武藤は動物を追い払うように手を振った。麻田は礼を言い、小屋を後にする。雨は小降りになっていた。傘はない。多少濡れるのを承知で、早歩きで市街地まで向かうことにする。

麻田は頭のなかで、事件現場で得られた情報を整理する。歓迎されたとは言い難いが、いくつかの事柄は確認できた。

フィリップが刺殺されたとみられること。彼が警務課の監視下にあったこと。殺人犯が見つかっていないこと。そしてこの件に関しては、武藤たちの協力を得るのが難しいであろうこと。

丘を下る途中で飛行場が見えた。そこには、以前来た時にはなかった戦闘機があった。麻田から見える位置に四機。アルミニウム合金の鳥は静かな雨に打たれながら、ひっそりとたたずんでいた。

麻田は足を止めることなく、その場を行き過ぎた。あまり凝視していると、今度は自分がスパイだと疑われそうだ。

フィリップ・セイルズ殺害事件は、瞬く間にサイパン全土に知れ渡った。麻田はすぐさま宇城に電報を打ったが、これといった指示はなかった。遺体はじき、ガラパン近郊の墓地に埋葬された。サイパンには至る場所に島民の墓地がある。

庁舎や食堂、商店に潜んで市井の声を集めた。事実を知った多くの者は、南洋庁に長年尽くし、住民たちから「先生」と慕われていたセイルズの命を奪った犯人に憤《いきどお》った。ローザへの同情の声も少なくなかった。

一方で、少数ながら冷笑的な態度をとる者もいた。

――アメリカの人だからねえ。

――この時世だから。

――そういう危険もあると、覚悟のうえで住んでいたんでしょう?

南部仏印に進駐して以後、国民の対米感情は悪化の一途をたどっている。それは南洋群島も例外ではなかった。セイルズに米国人の血が流れていることを理由に、その死を致し方ないものと片付ける風潮はあった。

警務課の態度はそっけないものだった。これまで多少の無茶にも応じてきた武藤だが、こと、フィリップへの監視については語ろうとしない。語れない、というのが正確なようだった。縦割りの組織で、武藤はただ警務課長から指示された通りに動く他ないのが実情なのだろう。それは他の警察官たちも同様だった。

調査にこれといった進展はなく、ローザからの連絡もないまま二週間が過ぎた。焦りばかりが募るなかで、その報はもたらされた。

正午前、書類仕事をこなしていた麻田のもとに、久々に武藤が現れた。このところ、武藤のほうから声を掛けてくることなどなかった。

「昼飯でも行かないか」

武藤は感情のない顔でそう言った。

ガラパン三丁目にあるなじみの食堂に入り、二人とも蕎麦《そば》を頼んだ。天ぷらを付けようとしたが、油不足で販売中止になっていた。

注文を待つ間、武藤が早々と切り出した。

「セイルズを殺した犯人が捕まった」

一瞬、卓上の時が止まった。

予想はしていた。わざわざ武藤が己を呼び出すからには、例の事件に絡んだ話だろうと推測していた。だが、すでに犯人が捕まっているとは思わなかった。

「誰です」

「中園清六だ」

えっ、と声が漏れるのを呑《の》み込む。

中園といえば在郷軍人分会の予備少尉である。演習の詳細を島民に話してしまった迂闊《うかつ》な男であり、そのせいでアメリカへの情報流出が懸念されている。

「凶器の持ち主は中園だった。セイルズを殺したのは中園だ」

運ばれてきた蕎麦を、武藤はすぐ食べ始める。麻田は箸《はし》を持つ気にもなれなかった。

「それだけで逮捕したんですか」

「身柄を確保した。処分は在勤武官と相談して決めるらしい」

中園は予備少尉である。軍人の処分を決めるのは軍人だ。おそらく宇城や堂本にはすでに連絡がなされているのであろう。

「中園本人は、何と?」

「否認している。だが、最初はどんなやつでも否認する」

「動機はあるのですか」

「そんなものはいらん。セイルズの腹に刺さっていたナイフは、中園の持ち物だった。だからやつを捕らえた。本庁はそれで納得している」

ずずっ、と蕎麦を啜《すす》る音が耳障りだった。

「しかし……」

「やつは軍機を漏洩《ろうえい》したんだろう? セイルズに咎《とが》められて逆恨みしたとか、いくらでも動機は想定できる」

武藤は勢いよく蕎麦を平らげていく。自分から誘っておきながら、この話を早急に終わらせたい意思が透けて見える。

麻田は強烈な違和感を覚えていた。フィリップを殺した犯人が、先日失態を犯したばかりの中園というのは出来過ぎている。合わない鍵で無理やりこじ開けたような、手触りの悪さがあった。

あっという間に丼《どんぶり》を空にした武藤は席を立った。

「この事件はこれで終わりだ。以後は嗅《か》ぎ回ってくれるな」

「待ってください。今夜、改めて……」

「今回は駄目だ」

取りつく島がない。武藤は小銭を卓上に残して、先に店を出た。彼が食事代を支払うのは初めてだった。麻田は温《ぬる》い蕎麦を前に、呆然《ぼうぜん》とするしかなかった。

その日の夕刻、早速堂本に呼び出された。いつものように支庁舎の前で待ち構えていた田口一等水兵に「千代松」へと連れられた。

「一体、どうなっている」

堂本の声音には叱責《しっせき》というより、困惑の色が滲んでいた。珍しいことだった。

「申し訳ありません。私も昼に知りました」

「中園とはまだ面談していないが、徹頭徹尾、自分はやっていない、という主張を繰り返しているらしい。もっともだ。明確な動機が見当たらない。中園自身は事件の数日前にナイフを紛失したと証言している」

「事実なのでしょうか」

「判断がつかない。君の見立ては?」

「いささか無理があるかと」

フィリップが殺されること自体は、時勢を踏まえればあり得ない話ではない。だが中園はアメリカへの敵対心が強いわけではない。アメリカの血が入っているからといってフィリップを殺す性向の男とは思えない。

麻田はそこまで語ってから「ただ、気になるのは」と付け加えた。

「凶器が中園の私物だという事実です」

堂本が首肯する。

「問題はそこだ。警務課はナイフという物証を楯《たて》に、主張を曲げない」

コロール島では、宇城中佐と本庁警務課長が本件について打ち合わせをしたという。中園の犯行に疑いを持つ宇城にも、警務課長は頑として譲らなかったそうだ。その態度が更なる疑念を招く。

南洋群島は「海軍の国」である。南洋庁に属する警務課は海軍と別組織であるものの、在勤武官である宇城中佐の意向を無視することはできない。その警務課が、この件に関しては一切の意見を聞き入れようとしなかった。

「不自然だ」

堂本はホープを抜き取り、またも手のなかで弄ぶ。

「警務課は何かを秘匿している。フィリップ・セイルズについて、麻田君が収集した情報を教えてほしい」

麻田は昨月からの調査内容をまとめて報告した。堂本が反応したのは、警務課による監視のくだりであった。

「事件当日の監視状況は？」

「いまだつかめておりません……これは想像ですが」

麻田は手元の情報から組み立てた仮説を具申する。

「警務課は監視を通じて本当の犯人を知っているのかもしれません。しかし、何らかの事情でその人物を逮捕することはできない。だから、あえて中園に罪を被《かぶ》せた。こういった筋書きはあり得るかと」

堂本は顎を撫《な》でる。

「その場合、疑問点が三つある。一つ、警務課が逮捕できない人物とは誰か。二つ、なぜセイルズを殺したのか。三つ、なぜ代役が中園少尉なのか。罪を着せるなら適役が他にいる」

堂本が言う通り、犯人の代役として動機のない中園に罪を被せるのは合理的でない。反米を主張する者はサイパン全島にごまんといる。

「それに、中園少尉の証言を信じるなら、ナイフを紛失したのは事件の数日前だ。犯行後に警務課が偽装工作を行ったとすれば辻褄《つじつま》が合わない」

「少佐の仰る通りです。失礼しました」

麻田は意見を撤回した。

「犯人はあらかじめ、中園少尉に罪を被せるつもりで凶器を盗んだのでしょうか」

「そう考えるべきだろうな。警務課が逮捕できず、セイルズを殺す動機があり、かつ中園に罪を着せたい人物……心当たりがあるか？」

「今のところはありません」

堂本は苛立《いらだ》たしげに、指先で卓を叩いていた。

「麻田君。当面、本件解決のために動いてくれるか。宇城中佐も軍令部や海軍省にどう報告したものか、考えあぐねている。私は支庁の警務課に働きかける。君は現場から情報を集めてほしい」

「承知しました」

麻田は脳裏に複雑な勢力図を思い描く。海軍、警務課、南洋庁。内地と沖縄、アメリカ人、島民たち。各人が複数の所属を持ち、利害関係が入り乱れている。絡まった糸をほぐし、一筋の光を見出《みいだ》すのは骨が折れそうだった。

ローザ・セイルズから接触があったのは、その翌日であった。

良一への手紙を書いていた夜、外から窓を叩く音がした。それだけで麻田は誰が来たか勘づいた。ガラス窓を開けると、果たしてローザがそこに立っていた。見慣れた簡単衣を着た彼女は、どこかばつの悪そうな顔をしている。

「そこで待っていてください。迎えに行くので」

麻田は官舎を出て、ローザのいる裏手へ回り込んだ。途中、誰もいないことを確認してから部屋へと誘う。

「ようやく来てくれましたか」

麻田は相好を崩してみせたが、座布団に座るローザは硬い面持ちのままだった。

「協力することを決めたわけではありません。ただ、意見を聞きたくて」

「何でも結構ですよ」

できる限り穏やかに言った。ローザは躊躇《ちゅうちょ》するように厚い唇を噛《か》み、やがて口を開いた。

「警務課で話を聞きました。父を殺したのは中園という予備少尉だと」

「どう思われましたか」

「……わかりません」

言葉とは裏腹に、その顔には不信感が広がっている。

「麻田さんはどういう考えですか？」

「まだ何とも言えません」

「応対した警務課の人は、確定したような言い方でした」

「中園少尉は凶器の持ち主に過ぎません。背後関係が見えない以上、断定するのは早計です。御父上は、中園少尉を前から知っていましたか？」

「確証はないですが、たぶん面識はないと思います」

フィリップは中園と面識がなかった。ならば、中園犯人説はますます疑わしい。麻田は更に踏み込んでみることにした。フィリップの身元を探る良い機会でもある。

「御父上が米国スパイか否か、手掛かりはありませんか」

直球の質問に気分を害するかと思ったが、ローザは淡々としていた。

「わかりません。本当に知らないんです」

「個人的な所感でもいいのですが」

「……父のすべてを知っているわけではありませんが、スパイではなかったと思います。どちらかと言えば、父の精神はチャモロに近かった。今さらアメリカに与《くみ》する理由がありません」

口調は力強かった。それがローザの本音なのだろう。

フィリップは善良な一市民であり、個人的な恨みを買っているようには見えない。中園もやはり犯人とは思えない。麻田は腕を組み、唸った。早くも手詰まりである。

「遺品を確認させてもらえませんか」

その提案にローザが口元を歪めた。遺族として快いことではないだろう。麻田は冷静に諭す。

「中園少尉が犯人かどうか、検証しようにも今は方途がありません。手掛かりが残されているとしたら、遺品しかないのです。もし見られたくないものがあれば、除いていただいても構いません」

ローザは考え込んでいたが、じき、ため息を吐いた。

「わかりました。不審な点があれば、すぐに追い出しますから」

翌週、麻田はフィリップ宅を訪ねた。乗り合いバスでアスリートへ赴き、農場を行き過ぎて、丘を上った。小屋の扉を開けると、先着していたローザが振り向いた。居間の床には血痕がはっきりと残されている。

「よろしくお願いします」

「どうぞ」

ローザは言葉少なに、書斎へと麻田を案内する。

室内の様子は前回訪れた時と同じであった。壁一面の書棚に迎えられた麻田は、一通り背表紙を見渡す。英語と日本語がほとんどで、スペイン語やドイツ語らしき資料も見受けられる。

「好きに見てもらって構いません。部屋はすべて、あの日のままです」

ローザの声は平坦で、無理に感情を殺しているようだった。

麻田が最初に確認したのは書簡だった。南洋群島で過ごした年数に比して、その数は驚くほど少ない。素直にそう告げると、ローザは言った。

「父はサイパンの外にほとんど知人がいませんでしたから」

書簡は半数以上が英文だった。日付は五年以上前で、送り主はグアムやアメリカ本国である。他愛ない内容ばかりで、諜報活動に関与している形跡はない。書簡からこれといった情報は得られなかった。

その後も手帳やノートの類《たぐい》を見たが、書き込まれているのは何気ない予定であったり、私塾での講義メモであったりした。生徒からの質問や自身の解説が細かく記録されており、元英語教師の麻田が舌を巻く完成度であった。

「御父上は教育者であれば大成したでしょうね」

賞賛のつもりだったが、ローザはつまらなそうに鼻を鳴らした。

「そもそも、父は大成することを望んでいなかったですがね」

麻田たちは広げた資料を確認したのち、丁寧に元あった場所へ戻した。ここまでわかったのは、フィリップがいかに実直に生きてきたか。それだけである。

「あとは……」

壁一面の書棚には書籍が詰めこまれている。

「これもすべて確認しますか？」

麻田は「ええ」と端的に答える。少なくとも、目の前にある手掛かりを調べ尽くさない限り、十分に調査したとは言えない。ローザは冊数の多さにいささか躊躇っていたが、覚悟を決めたように書棚の前に立った。

作業は手分けして行うことにした。棚の両側から、麻田とローザ各々が一冊ずつ書籍を開いていく。書き込みがないか、メモが挟まっていないか、どのような内容か。そういった事柄を細かく確認し、少しでも気になることがあれば記録する。

書籍は辞書や図鑑、伝記、随筆、小説、詩集など多岐にわたった。昼過ぎに始まった地道な作業は、日没になっても終わらなかった。疲れを覚えた麻田は肩を揉んだ。

「続きは明日にしましょうか」

「明日は授業です。その次の日も」

ローザには、公学校の教員補としての仕事がある。麻田はすかさず申し出た。

「以後は私に任せてもらえませんか」

庶務係の仕事はどうとでも都合がつく。単独で動くことは可能だった。ローザは怪訝《けげん》そうな顔をしていたが、やがて「仕方ないですね」と応じた。

「午後には様子を見に来ます。おかしなことをした形跡があれば、法院に訴え出ます」

「結構です」

麻田はガラパンの官舎へ帰り、翌日、一人で出直した。周辺の多くの民家がそうであるように、扉の鍵はかかっていなかった。

書斎で一人作業を続けているうちに、フィリップと対話しているような気分になってくる。麻田が読んだことのある本があると妙に嬉しくなったし、まったく知らない、だが興味深い本を見つけると楽しくなった。日本文化を紹介する本にはびっしりと書き込みがなされており、熱心な勉強の痕跡が見られた。

読書歴はその人物そのものである。いつしか麻田は、書籍を通じてフィリップ・セイルズという人間を理解しようとしていた。

作業を始めて一時間が経った頃、麻田は『Noa Noa《ノァノァ》』と題された英文の本を手に取った。

著者はポール・ゴーギャン。フランス人の画家である。ゴーギャンは生涯で二度、仏領タヒチに長期滞在している。本書は一度目のタヒチ滞在を記録したもので、現地の妻と過ごす日々や、タヒチの文化について記されている。

麻田はこの本の日本語訳を岩波文庫で読んだことがあった。同じ太平洋にある島での滞在記とあってか、南洋群島では比較的読まれている本である。

本を開くと、数枚の折りたたまれた紙片が挟まれていた。

変色の具合からも、相当年数が経過しているとみられる。麻田は何気なく紙片を取り出し、広げてみた。読書メモはこれまでにも挟まれていたが、それとは性質が異なると一目で理解できた。

――Amphibious operation（水陸両用作戦）

一際大きな文字で、そう記されていた。

麻田は首を傾げる。『ノアノア』とは関係なさそうだ。筆跡も、他の書籍への書き込みと異なる。その下には記名があった。

――Eric E. Hudson

脳内で火花が散った。

エリック・ハドソン中佐。二十年近く前に来島し、酒の飲み過ぎで死んでしまった海軍士官だと、生前のフィリップが話していた。酔って、自分がスパイであることを明かしてしまった男。その男の名がなぜ。

そもそも、この紙片には何が記されているのか。興奮を鎮めながら素早く目を通す。紙片は、報告書の草稿のようだった。ところどころ読み取れない文章や理解できない箇所があったが、概《おおむ》ね理解することができた。

グアムやフィリピン、ハワイ準州といった米領と、マーシャル諸島、カロリン諸島、パラオ諸島等の日本統治領との位置関係。日本の推定兵力。サイパン島内の施設や、沿岸の観察記録。頻出するAdvanced Base Force（前進基地部隊）という言葉。

——これは。

麻田は身震いを抑えることができなかった。

ここには、日本を敵国と想定したアメリカ海軍の作戦案が記されている。ハドソン中佐が来島した際の資料であるなら、二十年前と古い。だがそれでも、海軍内部の作戦計画は機密中の機密である。

鼓動が高鳴り、身体の芯《しん》が熱を持ってくる。

フィリップの秘密の一端に触れている、という確信があった。この紙片の存在を、ローザは知っているだろうか。いや、知らないはずだ。彼女もフィリップの書籍に触れるのは初めてのようだった。養父のすべてを知っているわけではない、とも言っていた。

この草稿があるからと言って、即座にフィリップがスパイだったと断じることはできない。だが、彼にも秘密があったのは確かだ。心から日本に忠実であったなら、この草稿を隠すような真似はしなかったはずである。

予想外の、重要な収穫だった。

機密を手にした時に海軍の犬としてやるべきことは一つ。報告である。

——しかし……。

興奮と同時に、麻田の胸中には迷いが生じていた。

——誰に報告すればいい？

堂本少佐と宇城中佐の顔が交互によぎる。

通常なら、まず堂本に知らせるのが筋だ。だが、宇城は堂本がアメリカのスパイではないかと疑っている。万が一その疑念が正しかった場合、この草稿は堂本の手によって闇《やみ》に葬られる。宇城に伺いを立てれば、こう返ってくるはずだ。

――堂本少佐には伝えるな。

しかし麻田には、堂本が米国の手先であるとはどうしても考えられなかった。

サイパンに赴任して以来、堂本は米英の協力者を潰すことに熱意を傾けてきた。とりわけアメリカのスパイ網壊滅には意欲的であり、麻田はそのために働いてきたと言っても過言ではない。本当に堂本がアメリカ側の人間なら、そんな真似をするだろうか？

麻田は両手で草稿をつかんだまま、立ち尽くした。

堂本を選ぶか。宇城を選ぶか。

深呼吸をしてから、麻田は持参した鞄《かばん》に草稿をしまった。

――フィリップ殺しの真相を突き止めるのが先決だ。

それが暫定的《ざんていてき》な結論だった。問題を先送りしているに過ぎないことはわかっている。だが、今の麻田には判断できなかった。判断を下せる時までは己が預かっておく。それしか手はない。

その後も作業を続けたが、麻田は上の空であった。夕刻、ローザが様子を見に来た頃にようやくすべての書籍を調べ終えた。ローザには「手掛かりは見つからなかった」と伝えた。彼女は麻田の憔悴《しょうすい》した態度を、作業で疲れたせいだと受け取ったようだった。

家の片づけをするというローザを残し、ガラパンへ帰っている最中も考えた。

フィリップが草稿を手に入れたのは、ハドソン中佐の遺品整理の際と考えるのが自然だろう。

内容から、彼もこれが機密情報だと理解していたはずである。

わからないのは、フィリップがなぜこの草稿を自分で保管していたのかだった。アメリカと通じているのであれば、他の遺品と一緒にアメリカ海軍へ返せばいい。かと言って、日本側へ提供するでもない。

フィリップが草稿を隠し持っていたのは、なぜか。

夕日が南洋の木々を照らしている。その向こうには四機の戦闘機が見える。そう遠くない未来、この鳥たちが米領へと飛び立つ日が来るのだろうか。

右手に持った鞄は、いつもより重く感じられた。


二日後の朝、官舎の表口から出た麻田を田口一等水兵が待ち構えていた。草稿の処遇に思い悩んでいた矢先だったので、その顔を見ただけでぎょっとする。

「おはようございます」

麻田の挨拶に田口は会釈だけを返し、「警務課までお願いします」と言った。

あまりに予想外の返答だったため、思わず田口を見やる。当の本人は素知らぬ顔で先を歩いていく。

堂本――ひいては在勤武官たちと警務課の関係は、良好とは言い難かった。海軍軍令部の所属である在勤武官と、内務省警保局が管掌する警察組織系統の警務課では、何もかも勝手が違う。各々で独自にスパイを摘発していることは、麻田も知っている。

それだけに、海軍の堂本が警務課へ来るよう命じたことには違和感があった。

田口が案内したのは執務室ではなかった。支庁舎に隣接する、薄暗い棟に足を踏み入れる。そこには被疑者たちの取り調べを行う部屋があった。

「失礼します」

扉に向かって田口が言うと、「入れ」と応答があった。紛れもなく堂本の声である。室内では、格子窓から入る光を背に、背広を着た痩身の男が椅子に座していた。机を挟んで手前の椅子は空席だ。

「麻田君。朝から悪いな」

申し訳なさなどまったく感じさせない態度で、堂本は足を組む。

「すまないが、立っていてくれるか。もう一つ椅子を運び込むと、途端に狭くなる」

「立っているのは構いませんが……」

最後まで質問を聞き届けることなく、堂本は答えた。

「直接、中園から話を聞く。君も同席してくれ」

予備士官である中園の処分を決めるのは軍部である。本来なら憲兵――少なくとも海軍士官が担当すべき仕事だ。そこに一般職員である麻田がいること自体、普通なら認められないはずだった。

「心配いらない。宇城中佐の了解は取った」

「しかし」

「名目上は調査の補助を担当することになっている。ここは南洋庁の庁内であり、君は南洋庁の職員だ。何の問題もない」

だからわざわざ、南洋庁警務課を取り調べの場所に選んだのか。ようやくここに呼ばれた意味を理解したが、流石にやり口が強引である。そうまでして麻田を同席させたい理由があるとは思えなかった。

田口はいつの間にか部屋から消えていた。堂本は悠然と足を組み換える。

「警務課の連中がすぐに中園を引き渡さないので、閉口したよ」

「堂本少佐」

「なんだ」

「この場に私は必要ですか」

堂本は無言で微笑した。いつもの冷たい目に、薄い笑み。

「中園はセイルズを殺した犯人かもしれないし、罪を被せられた無実の男かもしれない。いずれにせよ、彼が軍機を流出したことと関係があると見ている。そして中園の軍機流出を突き止めたのは麻田君だ。現場のことは君が誰より知っている。違うか？」

「……仰る通りです」

「気になることがあれば質問しろ。遠慮は無用だ」

麻田は観念した。どのみち、ここまで来て引き返すことなどできない。おそらく警務課からは怪しまれるだろうが、仕方ない。開き直って好機と捉《とら》えることにした。

やがて、島民の巡警に連れられて一人の男が部屋に入ってきた。憔悴しきった様子で、うつむき、引きずるような足取りであった。拘束具《こうそくぐ》の類はないものの、見えない鎖で縛られているかのようだ。男を椅子に座らせると、巡警は言葉少なに部屋を去った。扉が閉まる直前、廊下で直立する田口の横顔が見えた。

麻田は改めて、連れてこられた男を観察する。薄汚れた襦袢《じゅばん》に、灰色のズボン。髭《ひげ》はしばらく剃《そ》っていないのか伸び放題である。顔にはてらてらと脂が浮き、不穏な気配を放っている。

男の情報は頭に入っていた。中園清六、海軍予備少尉。年齢は五十一歳。サイパンに渡ったのは七年前。在郷軍人分会では古株で、副会長を務めていた。妻は島民。演習の機密情報を流出した相手は島民の知人で、その親類が米領グアムに住んでいる。

「ひと月ぶりか」

堂本は十ほども年上の予備少尉に、冷たい視線を送った。

「中園少尉。君がフィリップ・セイルズを殺したのか」

斜め後ろに立つ麻田は外見上平然としていたが、内心では驚いていた。あまりに単刀直入な訊《き》き方である。駆け引きも何もあったものではない。中園は恨めしそうな目で堂本を睨んだ。

「……小生ではありません」

地鳴りのような声が返ってきた。

「では、誰がやった？」

「知りません」

「セイルズ氏との面識は？」

中園はわずかに間を空けて答える。

「一度だけ、彼の講義を受けたことがあります。向こうは覚えていないと思いますが」

「なぜ受けようと思ったのかね」

「興味本位です」

「英語に興味があったのか？　米国に近付くため？」

「違います！」

摑《つか》みかからんばかりの勢いで中園が怒号を上げる。堂本は、あえて挑発的な言辞を弄することで中園の本音を引き出そうとしているのかもしれない。

「君が軍機を漏洩したことは事実だ」

「その点は私の失態であります。しかし故意ではありませんでした。知人の親類がグアムに在住していることも知らされていなかったのです。私が米国と内通しているという話はデタラメです」

「それはひと月前に聞いた。すんなり認めるスパイはいない」

堂本は同情のかけらも見せずに切り捨てた。

「話を戻そう。ナイフの紛失に気付いたのは、いつだ？」

「事件の三日ほど前に。普段は抽斗《ひきだし》のなかに保管しているのですが、手入れのためにたまたま机の上に出しておりました。そのまま数日過ごしていたのですが、外出から帰ってくるとなくなっておりました。妻が片付けたのだろうと思い、さほど気にも留めておりませんでした」

同じことをすでに警務課で話しているのか、中園の答えは素早く的確だった。

「なぜ、ナイフなど所持していた」

「工芸品です。手先の器用な島民が柄に細工をした代物ですよ。地方課の依頼もあって、島に来てからそういった工芸品をずいぶん集めてきました」

堂本が麻田に視線を寄越《よこ》した。麻田はかすかに頷く。

確かに中園は、南洋庁内務部地方課との間に付き合いがあった。地方課では島民文化を紹介する物産陳列所を運営しており、そこで展示する物品の収集に協力していたらしい。地方課の吉川を通じて裏は取っていた。

「普通、持ち物がなくなって気にも留めない、ということはないだろう」

「蒐集物《しゅうしゅうぶつ》はおびただしい数に上ります。ナイフだけでも十数本。机の上に置いておいた工芸品が一つ見当たらない程度なら、そのうち何処《どこ》かから出てくるだろうと思うのは不自然なことでしょうか」

堂本は腕を組んで黙った。麻田はその背後で考える。ここで中園を責めるのは簡単だが、ナイフの所在にこだわっても進展しそうにない。

「セイルズ氏が殺された当日は、何をしていた」

「午前中は隣組の集まりで、配給やら、訓練の話をしておりました。昼食は自宅で済ませて、午後は浜辺に出て貝など取っておりました。夜六時には家に戻りました」

「午後は一人か?」

「ええ。しかし、ガラパン近辺からアスリートまでの往復には時間が……」

「昼から夕方まで、五、六時間あったのなら十分だろう。理由にならない」

中園はまたうなだれた。

ここまで、中園の話に矛盾はない。だが無実だと断じられる根拠もない。物証である凶器が彼の所持品である以上、容疑を解くことは容易ではなかった。ただ、麻田には一つだけ気になる点があった。

「よろしいですか」

おずおずと口を挟んだ麻田に、二人の視線が集まる。中園は怪訝そうな顔をしていた。名乗りもせず、取り調べに同席している男を不審に思っているのだろう。

「矛盾というほどではないのですが、気になる点が」

「言ってみろ」

「返り血です」

麻田は板敷きの床に残されていた血痕を思い出していた。

「セイルズ氏の死因は大量出血と見られています。現に、床には血だまりの跡がありました。それだけ大量の血が出ていれば、当然犯人も返り血を浴びています。凶器はナイフですから、至近距離にいたはずです」

「そうだろうな」

堂本は無表情で相槌を打つ。

「しかし当日、中園さんの衣類に返り血は付着していなかったのではないでしょうか。流石に血《ち》塗《まみ》れでバスに乗ったり、町を歩いていたら怪しまれる」

仮に中園が犯人だとすれば、昼過ぎから夕方までの間にガラパンからアスリートへ行き、殺人を実行し、またガラパンまで戻ってきたことになる。徒歩では時間的に間に合わないため、町中を通り、バスや車に乗ったことになる。

「私の衣類に血など付いていなかった。妻が証言します！」

中園が身を乗り出したが、堂本の反応は冷淡だった。

「麻田君らしくもない。殺した現場で着替えたのだろう」

「むろん、その可能性もあります」

麻田がすんなり認めたので、中園はまたぐったりと首を垂れた。

「しかし、そうだと仮定するとどうしても違和感があるのです。つまり、着替えを持参して犯行に及ぶほど用意周到な中園少尉が、自分のものだとすぐわかるような凶器を使用し、しかも現場に残している。不合理です」

現場を見た時から、血痕のことは気になっていた。派手に血を浴びた犯人が、いかにフィリップの自宅から脱出したのか。その疑問が念頭にあったため、中園のナイフが見つかった、と聞いて違和感を抱いたのだ。

堂本は無言で頷き、ホープをくわえ、今回は火をつけた。味わうようにゆっくりと煙を吸い、吐く。中園は期待の籠った目をしている。紙巻き煙草が半分燃えたところで、ようやく堂本は言った。

「一理ある」

すかさず、中園が麻田を見た。机に手をついて頭を下げる。

「あ、ありがとうございます」

助けたつもりはなかった。麻田の発言に理屈が通っているというだけで、中園の潔白が証明されたわけではない。それでも中園は幾度も感謝を口にした。堂本に命じられて部屋を退出する間も、執拗に礼を言っていた。

中園が巡警に連れだされた後、部屋には二人だけが残った。

「やはり、君を同席させたのは正しかった」

堂本は空席を見つめたまま、言った。

「恐縮です」

「その調子だと、真の犯人の見当もついているのではないか？」

根拠はないが、考えはあった。

「憶測ですが」

「言ってみろ」

麻田は咳払いをする。

「改めて前提の確認ですが、スパイ容疑をかけられていたセイルズ氏の自宅は、警務課の監視下に置かれていました。事件があった日だけ偶然監視されていなかったと考えるのは、犯人にとって都合がよすぎます。やはり事件当日も、警務課はセイルズ氏を監視していたと考えるべきでしょう」

監視が行われていた頻度や人数は、麻田にはわからない。だが、見落としがあるような監視ではそもそも意味がない。少なくともフィリップの行動を把握できる程度には、見張っていたはずである。

「そのうえで、堂本少佐は本当の犯人について以前このように仰いました。警務課が逮捕できず、セイルズを殺す動機があり、かつ中園に罪を着せたい人物」

「覚えている」

「まず第一の条件ですが、考え得るのは警務課内部の人間です」

警務課にとって都合の悪い犯人。それは、警察官である。

警察官が殺人を犯したと知れれば、警務課の面子《メンツ》は丸潰れだ。南洋群島での信頼は失墜する。それだけではない。警務課の責任者たちは内務部警保局から何らかの処罰を受けることになるかもしれない。

そう考えると、警察がこの事件に早く幕を引きたがっていることも納得できる。

――この事件はこれで終わりだ。以後は嗅ぎ回ってくれるな。

武藤警部補はそう言っていた。

「そこまでは私も考えた。しかし第二と第三の条件に適合する警察官がいるか？」

「一人だけいるのです」

麻田の顔に影がさす。

「彼は、誰よりも忠実に皇民であろうとした。彼にとって、アメリカの血が入り、敵性語である英語を教えるセイルズ氏は許せない存在だった。また、軍機を漏洩させた中園少尉も罰を受けるべきだと考えた」

「その人物の名は？」

堂本の問いかけに、麻田は暗い面持ちで答えた。

農場を訪れるのは八月以来だった。

厩舎《きゅうしゃ》から牛の臭いが漂う。サトウキビ畑の青さが目に浸《し》みる。竹籠のなかで出番を待つ軍鶏たちが鳴いていた。

アスリートにある農場の隅には、すでに男たちが集っていた。闘鶏の開始を待っている間、思い思いの方法で時間を潰している。煙草を吸う者。雑談を交わす者。ぼんやりと空を見上げる者。ゴザにあぐらをかいている男がいた。奇《く》しくも、かつてフィリップが座っていたのとほぼ同じ場所である。所在なげに足を揺すり、厩舎のほうを見ていた。闘鶏に来るのは初めてなのだろうか。制服を着ていない彼は普段と別人のように見える。

麻田は男の姿を認めると、背後から近づき、肩越しに声を掛けた。

「フィリップ・セイルズはいませんよ」

男はゆっくりと振り向いた。そこにいるのが麻田であることに驚く素振りはなく、表情は変わらない。麻田は黙ったままの男の隣に腰を下ろした。最前列であり、軍鶏たちの闘いが一等よく見える場所である。

亡くなったフィリップを騙《かた》って手紙を出したのは数日前。闘鶏が開催される日時を指定し、アスリートの農場に来るよう持ち掛けた。実名を使わなかったのは麻田の仕業だという証拠を残さないため。加えて、フィリップの名を使えば絶対に反応するという確信があった。殺した人間の名に無頓着《むとんちゃく》でいられるほど人は鈍感にできていない。

果たして、彼はここに来た。

「警察は辞めたのですね」

手紙を出す前に、麻田は警務課を訪れていた。その場にいた巡警に居所を尋ねたところ、つい先日辞めた、という答えが返ってきた。

「事件当日は、あなたが監視をしていたそうですね」

男の肩がかすかに震える。

「本当のことを話してくれませんか。シズオさん」

彼は麻田のほうを見ようとしない。固く引き結ばれていた口元がほどける。

「……なぜ、ここに呼び出したのですか」

素肌にシャツを羽織ったシズオが、ぽつりと言った。

「セイルズ氏ならどこを指定するかと考えたまでです。氏が闘鶏を好んでいたのはご存じでしょう」

本心を言えば、ここを選んだ理由は他にもあった。

ガラパンのように人目が多い場所は避けたいが、そうかと言って誰もいない場所も不安だった。シズオが逆上して過激な行動に出る恐れもあったからだ。それを抑止するためには、周囲に多少人がいたほうがいい。その点、町はずれの農場は都合がよかった。

シズオがまた口を開く。

「私が事件当日に監視していたという話は、誰から聞いたのですか」

「……言えません」

その情報を警務課から引き出したのは堂本少佐である。

堂本は巧みに、サイパン支庁の警務課長へ圧力をかけた。麻田が話した推察を元に、中園犯人説に疑念を示しつつ、暗に当日の監視状況を尋ねた。

——予備少尉とは言え、海軍士官を警察が罰するなどあってはならんと思わないか？

——仮に間違いであれば、誤認で済む話とは思えんがね。

——後々発覚すれば君も代償を払うことになるだろう。

所詮、南洋群島は「海軍の国」である。力関係では堂本のほうが上だ。警務課長は苦渋の決断として、事件当日、フィリップ宅の見張りに当たっていたのがシズオであることを明かした。

「武藤警部補はあなたをとても心配していた。憧《あこが》れていた巡警の仕事を辞めて、これからどうするつもりなのかと」

シズオは鼻白んだ顔つきで、籠のなかの軍鶏たちを見ていた。

「……そこまで仰るなら、辞めさせなければいいのに」

その一言だけはひどく冷たく響いた。警務課で彼が置かれた立場が、透けて見えるようだった。

「話してもらえませんか。あの日、あなたが見たこと、あなたがしたことを」

かつてシズオがフィリップを評した言葉を思い出す。

——ローザはともかく、彼女の父親は唾棄《だき》すべき人物であります。

——彼は米英の手先として、この島に送り込まれたに違いありません。

もっと早く気が付くべきだった。シズオは前々から、フィリップへの憎悪を隠そうともしていなかったのだから。

闘鶏の見物客が増えてきた。二十人ほどの男たちが、「選手」の登場を待っている。

「これも庶務係の調査ですか」

「いえ。一人の人間として、知りたいのです」

やがて島民のボーイたちが軍鶏を運んできた。竹籠に入れられたまま、輪になった観客たちの中央に二羽の軍鶏が現れる。

一方は、白く大柄な軍鶏だった。農場の軍鶏たちのなかでも一際立派な体格をしている。もう一方は、黒く小柄な個体である。ただし、その蹴爪には糸で剃刀《かみそり》が縛りつけられてあった。

前回と同じ進行役の男が間に立った。いつの間にかやってきた胴元が、見物客たちに標準語で口上を述べている。

「さあさ、よく見て。白い軍鶏は厩舎一の巨人、五戦負け知らずの歴戦の戦士だ。対する黒い雄《おん》鶏《どり》はこれが初めての試合。小柄だけどこいつには凶器を持たせている。この刃が閃《ひらめ》いた瞬間、何が起こるかはご想像の通り。さあ皆さん、ようく見極めてちょうだい」

客たちはざわついている。どうやら初めての趣向のようだった。

胴元は二つの籠を持って男たちの間を練り歩く。名前を書いた札と賭け金を袋に入れ、一緒に籠へ入れる仕組みだった。籠を覗いたところ、白の軍鶏のほうが圧倒的に人気である。前例のない勝負では、手堅く賭けたくなるのが人情のようだ。

「賭けましょうか」

シズオが言った。

「何を賭けますか」

「麻田さんが望むものを。そちらも賭けてください」

「望みは？」

「二度と接触しないと約束してください」

麻田は頷いた。札が配られ、鉛筆で名前を書く。シズオが問う。

「どちらにしますか」

「黒」

「ちょうどいい。私は白を選びたい」

麻田は黒い軍鶏に、シズオは白い軍鶏に、それぞれ賭けた。袋に入れたのは札だけだったが、胴元は他の客に気を取られて気付いていない。賭け金の回収を終えた胴元はどこかへ去って行った。

進行役の男が前に進み出る。ボーイたちによって二つの竹籠が前へと引き出される。二羽の軍鶏は好戦的な鳴き声を上げていた。

「ちばれよ、お前」

早くも見物客の一人が白い軍鶏への声援を送っている。声を掛けられている側は聞いているのかいないのか、爪で地面を蹴《け》り、砂埃《すなぼこり》を立てている。大柄な体軀だけでなく、堂々とした振る舞いも王者にふさわしい。

一方の黒い軍鶏は、落ち着きなく籠のなかを歩きまわっている。短い鳴き声を連発しながら、剃刀のついた蹴爪をせかせかと動かしていた。体格は相手より二回りほど小さい。進行役が何か伝えると、ボーイたちが竹籠を抱えた。この籠から放たれた瞬間、闘いが始まる。口々に話していた見物客たちが、すっと静まった。隣でシズオが唾を飲んだ。

大きく腕を広げていた進行役が、万歳の格好をする。

「でぃっか！」

合図と同時に竹籠から放たれた二羽の軍鶏が、距離を詰める。白い軍鶏は悠々と、黒い軍鶏はどたばたとした足取りで接近する。こっこっこっ、と鳴く黒い軍鶏が、尖った嘴で相手の胸の辺りを突く。攻撃をいなすように、白い軍鶏は首を巡らせる。

「やれ！　行け！」

男たちは口々に叫び、鶏たちを焚《た》きつける。周囲は喧騒に包まれていた。その熱に煽《あお》られるように、二羽の応酬は興奮の度を増していく。

ふいに、二羽の間に距離が生まれ、白い軍鶏がすかさず蹴爪で飛び掛かった。ここが正念場とばかりに、二度、三度と宙を舞い、羽根を撒《ま》き散らす。黒い軍鶏はなす術《すべ》なくやられていた。ふふっ、と息が漏れる声が聞こえた。見れば、シズオの口元が緩んでいた。

熱狂が頂点に達した時だった。

ほんの一瞬、二羽の間に距離が生まれた。その機に初めて、黒い軍鶏が飛び掛かった。剃刀の刃が白い軍鶏の胸を切り裂き、血が噴き出す。羽毛が赤く染まり、血液が土の上に滴り落ちた。

「あっ!」

誰かが叫び声を上げた。

白い軍鶏はその一撃で戦意を喪失した。奇声を上げて方向転換すると、小柄な黒い軍鶏に背中を向けて走り出した。逃げようとする鶏をボーイが抱え上げる。傷ついた白い軍鶏は半狂乱になってもがいていた。

「そこまで」

進行役が試合終了を告げた。

結果は明らかだ。見物客たちが落胆の吐息を漏らす。見れば、シズオは呆気にとられた顔で黒い軍鶏を見ていた。竹籠に囚《とら》われた勝者は、相変わらず落ち着きのない様子で歩きまわっている。剃刀の刃が血に濡れていた。

賭けに勝った数少ない見物人が、胴元の待つ場所に足を運ぶ。胴元は倍になった賭け金を返却しながら、「次の試合もどうです」と愛想よく誘っていた。

——うまいもんだ。

麻田は素直に感心する。

胴元は客たちの心理を読み切っていた。

蹴爪に結びつけられた刃物が持つ威力は、体格差を優にしのぐ。他の見物客もそれはわかっていたはずだ。それでも、多くの客は白い個体に賭けた。

麻田が黒を選んだのは、剃刀を持っていたことに加え、圧倒的に不人気だったからである。賭けは胴元が儲けるために存在する。つまり胴元としては、負けるほうに人気が集まってくれないと困る。麻田は胴元の腕を信じ、黒に賭けた。

「黒が勝ちましたね」

麻田がつぶやくと、シズオは黙って頷いた。

「もう少し、人のいない場所に行きましょう」

そう言ったシズオの顔はどこか清々《すがすが》しい。きっと隠し続けることに苦しさを覚えていたのだろう。堂本の犬であることを家族にすら秘匿している麻田には、その気持ちがよくわかった。

「すべて話してもらえますね」

シズオは「はい」とだけ応じ、腰を上げた。

シズオ・トーレスはチャランカノアに近い集落で生まれ育った。

当時、すでに日本による南洋群島統治は始まっていた。シズオの父親は集落の酋長で、日本の貿易商と付き合いがあった。その貿易商は油脂の原料となるコプラ（椰子の胚乳《はいにゅう》）を扱っており、集落の人々は椰子の実の収穫を手伝った縁で彼と知り合った。

日本に傾倒した父は、生まれたばかりの息子の命名を彼に依頼した。貿易商は一晩悩んだ末に、「シズオ」の名を考えた。父は意味も知らないまま「よい名だ」と喜び、その名前を与えた。

貿易商は数年経つとサイパンに来島しなくなったが、父の日本人に対する信頼は変わらなかった。

物心ついた頃から、シズオは「日本人になれ」と教えられてきた。

「この島を治めているのは日本人だ。日本のおかげでこの島は整備され、豊かになり、教育も受けることができる。お前はよく感謝して、できるだけ日本人として生きなさい。それが恩返しになる」

父は事あるごとにそんなことを話した。

シズオは父の期待に応《こた》えるため、公学校で懸命に日本語を学んだ。同級生の誰よりも早く挨拶を覚え、毎朝欠かさず彩帆神社に足を運んだ。宮城遥拝《きゅうじょうようはい》を忘れず、訓導の言いつけは必ず守った。発音がおかしいと言われれば、止められるまで復唱した。遅刻や早退、欠席など論外であった。

すべては日本のため、立派な皇民になるためである。

努力の甲斐《かい》あって、成績は優秀だった。父は褒めてくれた。

「一人前の日本人となり、級友たちを導くように」

シズオは父の教えを素直に受け入れた。それは、酋長の息子として当然の務めであった。

連続で優等の評価を与えられたシズオは級長に任命された。一人呼び出され、教員から竹で作った笞《むち》を与えられた。

「お前はこれから、級長として他の児童らを先導する立場となる。自ら勉学に励みつつ、同級生児童の行いをよく見て、適切に指導するように。言ってもわからん者にはこれを使っても構わん」

シズオは押しいただくように笞を受け取った。

翌日から、シズオは授業中も教室内で立ち歩くことを許された。級友たちを監視するためである。居眠りしている者、イタズラをしている者、その他たるんだ態度だと判断した者は、容赦なく叱責した。しかし声を出すと教員の授業を邪魔してしまうことに気付き、黙って児童を笞で打つようになった。手の甲や首の後ろを打たれた級友は叫び声を上げ、恨めしそうな目でシズオを見た。だが、視線など気にならない。

シズオには善行を施しているという自負があった。笞で打たれた瞬間は痛いかもしれない。級長である自分を恨むかもしれない。しかし、後々になってこちらが正しかったのだと悟るはずだ。

そのうち、シズオは教室で孤立するようになった。寂しかったが、仕方のないことだ。指導者は孤独である。父もそう言っていた。それに、島民の集団で仲間がいないということは、それだけ日本人に近づいている証拠ではないか。そんな風に自分を慰めた。

孤立の深まりに反比例して成績は上昇した。やはり己は選ばれた人間だという自負が増し、級友への攻撃性が高まり、更なる孤立を呼んだ。学校の外で遊ぶ友達はいなくなり、更に勉学へと没頭した。

次第に、級友たちの視線は蔑《さげす》みを帯びるようになっていた。必死になって笞で叩けば叩くほど、浴びせられる視線は冷たくなる。成績が優秀だからか。皆、嫉妬《しっと》しているのか。しかし一学年上のローザ・セイルズは、成績優秀だが人望もあり、周囲は彼女への賞賛を惜しまない。彼女は指導者としての務めを果たしているとは思えない。それなのに、なぜローザは憧れの対象となり、自分は軽蔑《けいべつ》されているのか。

辛《つら》いとは思わなかった。思わないようにしていた。

三年の修業期間を終える頃には、もはや、日本人になることしか眼中になかった。幼いシズオの心はまだ見ぬ日本に囚われていた。日本人にさえなれば、尊敬される。日本人にさえなれば、報われる。

本科を卒業したシズオは、さらに二年間の補習科に通った。そこでも優れた成績を収めたため、日本への留学を許された。この時ほど鼻が高かったことはない。留学。それはチャモロのなかでも、一握りの存在にしか許されない特権だ。

ついに、本物の皇民への一歩を踏み出せる。天皇陛下の近くに行ける。シズオは鼻息荒く、東京へと乗り込んだ。

だが東京での二年間は、シズオの自尊心を徹底的に破壊した。

行く先々で浴びる、化け物でも見るかのような視線。侮蔑《ぶべつ》と恐れが入り混じった表情。日本語などわからないだろうと高を括《くく》った人々の、悪口雑言《あっこうぞうごん》。シズオは伏し目がちになり、足元ばかりを見て歩くようになった。

――自分は、日本人になれない。

その事実を突きつけられ、身動きが取れなくなった。これまでの人生は何だったのか。自分は今後、何を頼りに生きていけばいいのか。父も、母も、教員も、誰も教えてはくれなかった。

サイパンに戻ったシズオは途方に暮れた。いずれ父の後を継いで酋長になることは決まっていたが、シズオはまだ十代だ。父からは、当面別の仕事で経験を積むよう指示された。だが、仕事の当てはなかった。

そんなシズオに声を掛けたのが、サイパン支庁警務係だった。

規則にうるさく正義感の強いシズオに、警察官としての素質を見出した先輩が巡警に推挙してくれた。優秀な成績と、酋長の息子という家柄のおかげで、あっけなく巡警としての採用が決まった。

シズオは警察官に向いていた。

違法行為を摘発し、取り締まる仕事は級長としての誇りを思い出させてくれた。隠れて飲酒する島民。姦通《かんつう》の罪を犯す男たち。密《ひそ》かに民家に立ち入る盗人《ぬすっと》。そういった連中を前にする時、シズオは絶対的な正義の側に立つことができる。悪いのは罪人であり、それを取り締まる己には一片の落ち度もない。

正義の執行は快感だった。

同時に、自分はチャモロ人だと直視させられることも多かった。日本人は就職したての若者でも巡査から始まるが、島民はどれだけ頑張っても巡警のままで巡査にはなれない。理由はたった一つ。日本人ではないからだ。

東京で異物として過ごし、巡警から昇進できない自分は決して日本人にはなれない。それでも、いやだからこそ、少しでも日本人に近づきたかった。外見は変えられずとも、心だけは天皇陛下の赤子でありたかった。

シズオは島に住む人々の違法行為を、がむしゃらに摘発した。内地から来た警察官が、事件の少なさから「楽園」と呼んでいたサイパンで、シズオは些細《ささい》な違反すら見逃さなかった。巡邏《じゅんら》と称して、本来なら立ち入り禁止の場所にも踏み込んだ。南洋興発の工場であっても、島民の民家であっても平気で立ち入った。正義は己にあるのだから、その程度のことは許されると信じていた。その甲斐あって、摘発件数は巡警のなかで常に一位だった。警務係のなかでも一目置かれていると自任していた。日本人の警部は真顔でこう言ったことがある。

「巡警にしておくのは、もったいないかもしれんなぁ」

うち震えるほど嬉しかった。もっと頑張れば、この警部のように考える者が増えるかもしれない。そうなれば、自分は島民初の巡査、場合によっては更なる出世も望めるのではないか。もはや、それは日本人になるのと同義だ。

更に張り切って仕事をこなすシズオは、二年前、ある風評を耳にした。

――フィリップ・セイルズはアメリカのスパイである。

フィリップの存在は幼少期から知っていた。サイパンでは有名な知識人であり、一年上のローザの養父。

前々から気に食わない存在だった。アメリカの血が混ざっているにもかかわらず平然と日本の統治領で暮らし、住民たちからなぜか信望を集めている。本来なら、酋長の息子であり、誰よりも大日本帝国に忠実な己こそが尊敬されてしかるべきなのに。アメリカ人と島民の混血児である彼に、人々の敬意が集まる理由がわからなかった。

フィリップは英語を教える私塾を開いているようだが、シズオは異国の言葉など学ぼうと思ったことはない。他国の文化を受け入れることは、日本文化を捨てることにつながると考えていた。許せない愚行である。むしろ、アメリカ人こそが日本の文化に合わせるのが筋ではないか。

そんなことを普段から思っていたシズオにとって、「アメリカのスパイ」という風評は腑に落ちるものだった。なるほど。だから熱心に英語など教えて、米国文化を浸透させようとしていたのか……。

その後、風評を耳にした警視の指示で、警部補級の面々がフィリップの身元調査を行った。スパイであるという根拠は得られなかったが、内地にある内務省からの命で、フィリップは警察の監視下に置くこととなった。

シズオには納得の展開だった。やつはアメリカのスパイでなければならない。そして、スパイは処断される必要がある。

フィリップは、ガラパンで養女のローザと二人暮らしをしていた。その自宅を巡警や巡査が交替で見張る。四六時中見張りをつけているわけではないが、所在は確認できるようにしていた。やがて、フィリップは単独で転居した。転居先が飛行場のあるアスリートだったことが、余計に疑惑を深めた。

しかしスパイの証拠は、一年経っても、二年経っても見つからなかった。内務省は指示を出したまま放置しており、警務課も無断で取りやめることはできず、惰性で監視を続けていた。

そんな状況でも、シズオはフィリップがアメリカと通じているのだと信じ続けていた。八月、アメリカは対日石油禁輸を断行した。悪化しつつあった対米感情は、急激に断絶へと傾いた。

シズオには、誰が悪者であり、誰が日本の敵であるか、はっきりとわかっていた。フィリップ・セイルズだ。彼の内偵行動によって日本の情報はアメリカへ筒抜けとなっている。このサイパンも危険だ。一刻も早く彼のスパイ行為を止めなければ、取り返しのつかないことになる。しかし物証はない。内務省も動かない。他の警察官たちも呆《ほう》けたような顔で指示を待っている。できるのは、己しかいない。

フィリップを殺すためのこじつけだとは思わなかった。彼が自らの意思でこの島を去っていれば、手荒な真似をする必要もなかったのだ。日本を守るためには仕方ない。内地では積極的に米英を排斥《はいせき》している。本当の日本人であれば、きっとこうするのが正しいはずなのだ。

シズオは、日本人よりも日本人らしく生きるつもりだった。

ただ、そのために捕まるのはやるせない。ちょうどもう一人、シズオには許せない人物がいた。中園清六である。彼は海軍予備少尉でありながら、機密を米領に住む島民へ漏らしてしまったという。しかし一向に罰が下る様子はない。

どうせなら、中園に罰を受けさせるべきである。軍も警察も彼を罰しないなら自分がやる。罪人に罰を下すことは、日本のためになる。

中園の自宅に忍び込むのは容易だった。普段から、無断で民家に立ち入るのは慣れている。鍵のかかっていない家に侵入し、机の上に置かれていたナイフを持ち去った。後は決行するだけだった。

シズオが見張り番の日、フィリップは夕刻に市街地から自宅へ戻ってきた。茂みに潜んでいたシズオは、一目散に彼が住む小屋を目指した。辺りに人影はない。声も掛けずに正面の扉を開け、室内へと足を踏み入れる。

板敷きの居間で寛いでいたフィリップが、目を剝《む》いた。

「警察か」

白い制服でそれとわかったのだろう。シズオは否定せず「立て」と命じた。おずおずとフィリップが立ち上がる。

「一体、何を……」

「お前はアメリカのスパイか」

フィリップは盛大にため息を吐き、首を横に振った。

「違う。何度言ったらわかってくれるんだ」

「嘘をつくな。お前が情報を渡しているんだろう。アメリカは日本を敵視している。お前の渡した情報が、日本を不利な立場へ陥れるのだ」

「意味がわからない」

「お前は即刻、消えるべき人間だ」

シズオは懐《ふところ》に隠していたナイフを取り出した。刃が夕刻の日差しを反射してきらめく。フィリップは刃物を目にしても落ち着いていた。

「脅されても、事実は曲げられない」

「曲げる必要はない。正直に認めればいいだけだ」

沈黙が訪れた。互いに相手が退かないことを理解していた。

「何と戦っているんだ？」

ふいに、フィリップがそう言った。決まっている。日本の敵こそが、己の敵である。

「私は米英と戦っている」

その時、飛行場の方角から爆音が轟《とどろ》いた。戦闘機が飛び立ったのだ。同情するような目をしたフィリップが、何かを答えた。声は騒音にかき消されて聞こえない。だが、唇の動きで何と言ったかはわかった。

——あなたは、日本人ではない。

目の前で光が炸裂《さくれつ》した。

気が付いた時にはもう動き出していた。ナイフの刃先を相手に向け、両手で握りしめて突っ込む。フィリップは逃げようと身体をよじったが間に合わず、刃は脇腹に沈んだ。刺された痛みに絶叫したはずだが、やはり何も聞こえない。

倒れたフィリップを、シズオは幾度も刺した。やるからには殺さなければ意味がない。スパイは消さなければならない。

やがて、床に血だまりができた。赤黒い水面に己の顔が映っている。我に返った時には、フィリップはもう絶命していた。ぐったりと横たわる顔からは生気が消え、脈を取るまでもなかった。

中園のナイフの柄が下腹部から突き出ている。これでいい。

いつしか、戦闘機の騒音は消えていた。

シズオは血に濡れた制服を脱いで、下着姿になった。流石にこのままでは帰れない。夜になるまで待ち、闇夜に紛れてガラパンへ戻るつもりだった。アスリートから一晩かかるかもしれないが、歩いて帰れない距離ではない。

吸い寄せられるように、シズオは奥にある書斎へと足を踏み入れる。もしかすると、ここにフィリップがスパイだという証拠が隠されているかもしれない。日没まで時間を潰すついでに、室内を物色することにした。

書棚にある『Noa Noa』という本が目についた。

英語の本であった。間に数枚の紙片が挟まれていたが、そちらにも英文が並んでいる。フィリップが残したメモか何かだろう。英語を解さないシズオは小さく首を振って、本を書棚に戻した。取り立てて収穫のないまま夜が訪れた。シズオは計画通り、血に濡れた制服を抱えてガラパンまで歩いた。月の光だけが頼りだった。長い夜道を歩いている間、シズオが考えていたことはたった一つ。

これで、日本人になれただろうか？

少しでも長く味わうためだろうか、堂本はホープの煙を細々と吐いた。

「哀れだな」

その目に嘲笑《ちようしよう》の色はない。普段なら小馬鹿にするような台詞《せりふ》を口にしてもおかしくない場面である。だが堂本は心の底から、シズオに同情しているようだった。

「皇民の心を持った島民か。土台、日本人を目指したのが無茶だ」

堂本の言葉につい反感を抱く。言うべきか迷いつつ、麻田は口を開いた。

「しかし、そうさせたのは日本人です」

堂本は答えない。ホープの灰が落ち、「千代松」の天井に煙がわだかまる。

「今後の身の振り方は？」

「当面、出身の集落で過ごすようです。いずれ父親を継いで酋長になると言っていました」

「家柄に恵まれた人間は、逃げ道があっていいな」

堂本は自虐的にも見える笑みを浮かべた。麻田は「まったく」と応じる。だが内心では違うことを思っていた。

――果たして、彼に逃げ道はあるのだろうか。

身も心も日本に捧《ささ》げたシズオに、この先島民を率いることができるだろうか。日本への忠誠を強要し、煙たがられる姿が目に見えるようだった。日本がサイパンを占領して三十年も経っていない。日本への恩義などない、という島民も多いはずだった。

それだけではない。彼は今後死ぬまで、殺人の記憶と共に生きていかねばならないのだ。

警務課は宇城や堂本――ひいては海軍の圧力に屈した。証拠不十分で中園少尉を釈放したのである。名目上は捜査中ということになっているが、警務課は本当の犯人を知っていながら隠している。つまり自首しない限り、シズオの罪は明るみに出ない。

それは、彼がたった一人で罪を背負っていくことを意味する。いつか誰かに暴かれるかもしれない。復讐《ふくしゆう》されるかもしれない。際限のない恐怖に付きまとわれながら、シズオは生涯を送ることになる。心の平穏を得られる日が果たして来るだろうか。

麻田にはせいぜい、シズオが自ら罪を告白するよう祈ることしかできない。それが、彼が救われる唯一の手段であった。

「宇城中佐の耳には入れておく。だが、麻田君からも直《じか》に話すといい。近いうちにコロールへ行くのだろう?」

「来週、渡る予定です」

麻田は宇城との二度目の面会で、事件の顚末《てんまつ》を報告することになっている。

「結局、どう話すつもりなんだ。フィリップ・セイルズはアメリカのスパイか否か。結論なしで帰してくれるほど甘くないことは、よくわかっているだろう?」

その問いに対する答えは用意していた。

「堂本少佐と同意見です。彼はスパイではありません」

「なぜそう言える?」

あえての質問であることは理解していた。直感的に、という答えでは宇城は納得してくれない。論拠が必要だった。

「セイルズ氏が亡くなった日から今日まで、アメリカ側から在勤武官府、あるいは海軍省や軍令部への接触はありましたか」

「いいや」

「でしたら、それが答えかと存じます」

スパイの所持品には諜報活動の記録が残されていると考えるのが妥当だ。たとえば、ローザの手元には陸軍に送った電報の控えがある。それほど明確な証拠ではないが、麻田も愛用の手帳に調査の記録を残している。

まして、フィリップは殺人という不慮の事態で死んだのである。仮にフィリップが協力者であったとしたら、アメリカは何らかの手段で遺品回収を試みるはずであった。かつて、ハドソン中佐が死んだ時のように。

しかし麻田が知る限り、アメリカが南洋庁や拓務省に接触した形跡はない。遺品は今もローザの管理下にあるが、彼女の元にもそうした連絡は来ていないという。

「アメリカ側が事件そのものを知らないだけかもしれん」

「まさか。そこまで鈍感でないことは、宇城中佐もよくご存じでしょう」

中園の知人がそうであるように、サイパンには米領グアム出身の島民も滞在している。玉垣賢作のように情報を提供していた例もある。サイパンで滅多に起こらない殺人事件が、アメリカの耳に入っていないはずがない。

十分だ、とでも言いたげに堂本が頷いた。

「皮肉だな。彼は殺されたことで、ようやく潔白を証明できた」

麻田は沈黙をもって、同意に替えた。

「このことは養女に伝えたのか」

「はい。協力を受けた手前、結論を伝えるのが筋かと」

堂本が片眉を上げた。

「義理堅いのは結構だが、相手は陸軍の手先だ。余計なことは言うな」

「はい。シズオの行き過ぎた思い込みによる殺害である、と。それだけを伝えました」

麻田の報告を聞いたローザは、悲しげに眉をひそめ「そうですか」と言っただけだった。まるで最初から予見していたかのような反応で、麻田のほうが肩透かしを食ったほどである。幼い頃からの顔見知りであるローザには、以前からシズオに対して感じるところがあったのかもしれない。

「復讐の火種にならないかね？」

「そのような女性ではありません」

「それなら結構。だが麻田君はやはり、彼女に肩入れしているようだ」

「観察してきた結果から、推察したまでです」

ローザは私怨《しえん》のために罪を犯すほど愚かではない。激しく対峙《たいじ》した過去の経験が、そう告げていた。

「ひとまず、この件は始末がついたな」

感慨にふける堂本と対照的に、麻田の精神は緊張を維持していた。鞄にはフィリップ宅で回収した、ハドソン中佐の草稿が入っている。そこには、水陸両用作戦と名付けられた構想が記されていた。

――この草稿を堂本に渡すべきか、否か。

この期に及んで、麻田は結論を出しかねていた。

堂本がアメリカと通じている気配は、微塵《みじん》も見られない。だからと言ってスパイであることを否定もできない。堂本に関しては判断材料を集める以前の問題であり、「千代松」で会っている時間の他、どこで何をしているのかすら判然としない。

しかし安易に尾行もできない。素人の尾行を堂本がやすやすと許すとは思えないし、仮に麻田の尾行が発覚しようものなら、容赦なく切り捨てられるだろう。宇城は知らぬふりを決め込むはずだ。

よくて失職、悪ければ――。

その先は想像もしたくなかった。

詰まるところ、麻田に与えられた程度の権限では、堂本の身辺調査そのものが極めて困難であった。できることと言えば、ちょっとした言動の端々を手掛かりに、堂本の真意を推し量るくらいである。そして今のところ、堂本が本心で語る見込みのある話題は一つしかない。

麻田は「堂本少佐」と改めて呼びかけた。

「例の質問への回答ですが」

「答えが出たか？」

細い目に光が宿る。麻田は咳払いをしてから、切り出した。

「やはり米英と開戦すべきではありません。長期でも短期でも、勝ち目はありません」

「では、緩やかな死を選ぶか？」

「それも否です」

堂本が首を傾げる。

――結論を言え。

麻田は唾を飲んだ。

「最悪の事態を避けるには、即時撤退しか残されていません」

海軍士官を相手に、大それたことを言っているという自覚はあった。だが、活路はそこにしか残されていない。並の士官なら激高し、軍刀を抜いてもおかしくない場面である。だが目の前の男なら、聞き届けるはずだと確信していた。

案の定、堂本は「正気か？」と言っただけだった。

「常識外れは承知です。ですが大陸の兵を引き上げ、仏印からも撤退する。そこまでやれば米英の対日感情も回復し、石油も再び入ってくる。これ以外、状況を打開する選択肢はありません」

「圧倒的に不利な条件を呑まされるぞ。それに将官たちが納得しない」

「大敗を避けるには小敗に甘んじることも必要かと」

外地から撤退すべきだというとんでもない説を口にしているにもかかわらず、不思議と気後れはしなかった。堂本に愛想やごまかしが通じないことを知っているからだ。正面から堂々と自説を述べる他、この男に認められる術はない。

サイパンに赴任したばかりの頃なら、あらゆる意味で現在のような発言はできなかった。当時はただぼんやりと、戦争になるかもしれない、と思っていただけだ。日本が敗北する絵など思い浮かべたこともなかった。

だが、今は違う。

あらゆる情報が、日本の敗退を予言している。官僚や軍人でなくとも、雑誌や新聞をめくればアメリカとの国力差はわかる。石油が差し止められた時点で勝利の芽は摘まれたと理解するべきだった。

「満洲《まんしゆう》を放棄するよう求められればどうする？」

「致し方ありません」

「南洋群島も？」

「左様です」

——果たして、答えになっているだろうか。

麻田は堂本の反応を待った。注意深く観察していると、堂本はほんの一瞬、悲しげに眉根を寄せた。最後の望みが断ち切られたような切なさが溢れている。だが、すぐに無表情に戻った。

「それを、誰が決断する？」

「誰が……と言いますと」

「陸軍か？　海軍か？　近衛《このえ》首相か？　この戦争に勝ち目はない、絶対に日米開戦だけは許容できないと、いったい誰が決断する？」

麻田は沈黙した。率直に言えば、己の知ったことではなかった。戦争回避のため即時撤退すべきだと公に発言すれば、臆病者《おくびょうもの》の誹《そし》りは免れず、今後の対米交渉で発生する不利益はすべてその人物、あるいは組織の責任ということになるだろう。

不名誉を被りたくない気持ちは麻田にも理解できる。ただ、誰かが実行しない限り、アメリカとの開戦も、敗北することも避けられない。

「堂本少佐は、どうお考えで？」

麻田は明確に反問した。いい加減、堂本の内心を聞きたかった。だが代わりに告げられたのは、まったく無関係の言葉だった。

「……九月を過ぎれば、しばらく見られなくなる」

「何のことでしょう」

「南洋桜だ」

サイパンの至る場所で見られる鳳凰木《ほうおうぼく》は、南洋桜とも呼ばれる。春から秋にかけて、燃えるような赤い花を咲かせる木だった。九月に入ってからは、花を見る頻度が減っているように思える。

「私はあの花が好きでね。内地の桜より、南洋桜のほうが好きなくらいだよ」

堂本はうっとりとするような顔で言った。

むしろ、麻田は南洋桜を見るたび不穏な気分になる。鮮血のように強烈な赤色には、人をどうにかする魔力が宿っているようだった。同時に、堂本にはよく似合うとも思った。彼の冷たい目の底には、絶えず炎が燃えている。

堂本は、花びらより小さな火を灰皿で揉み消した。

「死ぬ時は、満開の南洋桜の下で死にたいものだ」

そう言って儚《はかな》い笑みを浮かべた。

その時、麻田は直感した。

堂本は死を覚悟している。怜悧《れいり》な視線に、軍人として命を全うする意志が宿っている。他国と通じている裏切り者であれば、死は覚悟できないはずだ。

――この人はアメリカのスパイではない。

とっさに鞄を引き寄せた。ハドソン中佐の草稿には米軍の戦略構想が記されている。堂本に託せば、未来を変えてくれるかもしれない。まだ間に合う。この人なら、違う道へと日本を誘導することができる。

だが鞄を開く直前、麻田は動きを止めた。

ある考えに囚われたせいだ。草稿がフィリップ宅にあったことの意味。スパイの疑惑をかけられてきた過去。それらが一本の線でつながった。

「なんだ?」

膝の上に鞄を置いた麻田を、怪訝そうに堂本が見下ろす。ぎこちない所作で首を動かした麻田は、精一杯の愛想笑いを作った。

「……いえ。鞄が倒れそうだったので」

「そうか」

堂本は頓着することなく座敷から去っていった。その後、一人きりの部屋で麻田は瞑目《めいもく》した。

――そういうことか。

スパイではないフィリップが、なぜハドソン中佐の草稿を自ら保管していたのか。今ならわかる。彼にとって、この草稿は切り札だったのだ。窮地に追い詰められた時、交換条件として出すための。自分はアメリカ海軍に関する重要機密を所持している、欲しければ身の安全を保障しろ――そんな取引を想定していたのだろう。常にスパイの疑惑にさらされてきたフィリップが、最後に身を守るための手段だった。

そして、今の麻田も同じことを考えている。

もしも任務に失敗すれば。あるいは堂本や宇城の不興を買えば。どんな命運を辿《たど》るかわからない。その時、たった一つでも差し出せるものがあれば、多少なりとも救われるかもしれない。

そんな淡い期待が麻田の決心を後押しした。この草稿は命綱にしておけ、と。

その日、酒肴は出なかった。たっぷりと時間を置いてから、「千代松」を後にした。

官舎への道中は暗かった。南興の経営不振を裏付けるように、社員と思《おぼ》しき男たちを北廓で見かけることが少なくなった。通りが寂《さび》れるとともに料亭も一つまた一つと灯火を消し、女たちも消えていく。

近く、防空演習がはじまると聞いていた。今は電灯をつけている家々も、戦争がはじまれば消灯し、さらに暗い夜が訪れるだろう。漆黒の闇。日本人たちはそのなかでうごめきながら、米英を相手に戦うこととなる。

はじまる前から勝ち目がないとわかっている戦をするのだ。

――早く内地へ帰りたい。

このところ、麻田の脳裏はその一念で占められていた。

内地へ帰って、家族の団欒《だんらん》を楽しみたい。妻子をサイパンへ呼ぶことは、とうに諦《あきら》めていた。危険な目に遭《あ》わせたくなかったし、自分の仕事が普通でないことを知られたくなかった。

ミヤや良一との手紙の往復はもう三十数回に上る。書簡を入れておく文箱《ふばこ》が一杯になったので、新しいものを手に入れた。二つ目の文箱が一杯になるまでには内地へ帰り、横浜で暮らしを再開したかった。堂本のような死への覚悟は、最初からない。

ふとした瞬間に横浜での日常を思い出すことが増えた。

台所で奇妙な自作の歌を口ずさむミヤ。書斎に忍びこんでわかりもしない本を読んでいる良一。今日の料理には醬油《しょうゆ》を入れ過ぎたと愚痴をこぼすミヤ。家の前の石段に座って父の帰りを待っている良一。鏡台を覗いて化粧を確認しているミヤ。友達と喧嘩をして泣きながら帰ってきた良一――。

油断すると、何気ない光景の切れ端が蘇ってくる。そのたびに麻田は緩みかけた涙腺《るいせん》を引き締める。過去を懐かしんでばかりでは仕事にならない。そもそも己は、家族を養うためにこの地へ来たのだった。

しかし、こみあげる思いに蓋《ふた》をすることは難しい。甘い記憶は閉じこめたはずの隙間《すきま》から幾度でも這《は》い出してくる。

麻田は路傍で足を止め、目尻《めじり》を伝う涙を指先で拭った。

サイパンで死者が出ようが、海軍と陸軍が対立しようが、日本が対米開戦の選択をしようが、本当はどうでもいい。ただ、ミヤに、良一に、会いたい。この腕で抱きしめ、温もりを感じたい。それは贅沢《ぜいたく》な願いだろうか。

ふいに、上空から鈍い音が聞こえてきた。

音は次第に大きくなり、やがて鼓膜をつんざくほどの轟音《ごうおん》と化した。道行く人の大半が空を見上げる。麻田も倣うように、視線を上へと向けた。

巨大な鳥が一羽、飛んでいた。

アスリートを発《た》った軍用機が北方へと飛び去っていく。騒音が地上に降り注ぐ。行き先は知らない。ただ、通行人たちは呆然とその姿を見送っていた。

消えゆく轟音は、島が発する断末魔の悲鳴に聞こえた。

＊

第二次世界大戦において、アメリカ軍の展開した「水陸両用作戦」は日本軍を大いに苦しめた。アメリカ軍は海兵隊を洋上から島嶼《とうしょ》へと上陸させ、サイパンを含むミクロネシアの島々を占領しながら戦線を進めた。陸海空軍を密接に連携させた作戦の前に、日本軍は敗北を喫した。

戦争の帰趨《きすう》を決したとも言える「水陸両用作戦」の実情について、開戦前の日本軍がどこまでつかんでいたかは不明である。

第四章　花

十二月八日の朝、麻田は戦闘機の爆音で目を覚ました。

部屋の窓を開け、空を見上げれば、機影が遠ざかっていくところだった。演習だろうか。寝覚めは快適とは言いがたいが、ちょうど早朝から用がある。いつもより早めに官舎を出た。

ガラパン近郊のキャッサバ農家が、頻繁に国外へ電報を打っているという噂《うわさ》を聞きつけていた。朝からガラパン一帯で情報を集め、それから支庁舎に登庁する予定であった。

路上の風景は一見して、この島に来た頃《ころ》と変わらない。

牛車《カレータ》を引いた島民が、地味な銘仙《めいせん》の女が、自転車に乗ったランニングシャツの男が、土埃《つちぼこり》の舞う通りを行き交っている。何の変哲もない師走《しわす》のサイパンの朝。だが彼ら彼女らの顔に、澱《おり》のような疲労感が滲《にじ》んでいるのを麻田は見逃さない。

すでにアメリカの対日石油禁輸から四か月が経過している。

本土に比べれば、南洋群島はましだという。多くの農家が芋類や野菜を育てているし、漁業も盛んとあって、食料は自給自足で事足りる。八百屋で五銭出せば、百匁《もんめ》（三七五グラム）のバナナを買うことができた。

それでも、燃料だけは如何《いかん》ともしがたい。たまにグアムで密《ひそ》かに買った燃料を持ち込む島民もいるようだが、基本的に南洋群島は日本の委任統治領である。米英が大っぴらに石油を引き渡すはずがなかった。燃料の価格が高くなり、マッチや煙草《たばこ》は欠品が増えた。真綿で首を締められるように、徐々に生活は苦しくなっていく。

いっそ派手に戦争して、勝ってくれれば。明言しないが、軍部にそうした淡い期待を抱いている者もいるようだった。

十二月に入ってからの一週間で、不穏な気配は急速に密度を増していた。東條英機《とうじようひでき》が首相となってからしばらくは対米交渉が再開するのではないかという期待もあったが、その機運も潰《つい》えた。麻田には、軍部中枢で何が起こっているのか知る術《すべ》はない。だが、いずれ日本は戦争に突入するであろうという予感だけはあった。一年前に堂本が予言した通りだ。

国民のなかにはその時を待ち望んでいる者すらいる。とりわけ日清《にっしん》戦争で勝利を味わっている世代は、開戦に意欲的だった。サイパンにも、資源を独占し敵意を向けてくる米英など掃討せよ、とはばかることなく公言する者がいる。

そんななかでも、麻田の意見は変わらなかった。国力差のあるアメリカを相手に戦争するのは勝ち目がない。しかしジリ貧は避けねばならない。選ぶべき道は外地からの即時撤退しかないが、その道が選ばれないことも理解していた。

今更、引き返せない。それが多くの軍関係者の本音であろう。

いかに危惧《きぐ》したところで、開戦を止めることなどできない。顔なじみの豆腐屋と挨拶《あいさつ》を交わし、さりげなく調査対象者のことを聞き出しながらも、麻田は内心でひどく憂鬱《ゆううつ》だった。日本という船が、地獄へ舳先《へさき》を向けている気がしてならない。

——勝てるはずがない。

この情勢を変えることは、もはや天皇陛下ですら難しいかもしれない。それほどに、世論は開戦に傾いている。〈ぜいたくは敵だ〉〈お前は日本人か〉といった張り紙が、すでに町中のそこここで見られる。隣組は活発に活動し、避難訓練や灯火管制は忠実に実行されている。

あと一押し。ほんの一押しするだけで、車は坂道を転げ落ちていく。

大通りを歩いている最中、突然、喘息発作《ぜんそくほっさ》に襲われた。

身体《からだ》をくの字に折り、激しく咳《せ》き込む。苦しげな麻田を通行人たちは遠巻きに眺めていた。なかには心配そうに近づいてくる者もいたが、麻田は手で制した。エフェドリンを飲んで発作が収まるのを待つしかない。サイパンに来てから快癒《かいゆ》していた喘息が、このところ再発している。薬は鞄《かばん》に常備するようになった。

午前七時。

麻田は電機店の店頭に人だかりができているのを発見した。ひっそりと近づく。本来野次馬趣味はないが、堂本の犬として働き始めてからというもの、耳目を集める話題には敏感になった。

店頭の人々はラジオに耳を傾けているらしい。突然、そのなかの一人が「万歳、万歳」と叫び出した。いやな予感がする。

スピーカーから、男の几帳面《きちょうめん》な声が流れてくる。

「臨時ニュースを申し上げます、臨時ニュースを申し上げます。大本営陸海軍部、十二月八日午前六時発表。帝国陸海軍は、本八日未明、西太平洋においてアメリカ、イギリス軍と戦闘状態に入《い》れり。帝国陸海軍は、本八日未明……」

――とうとう、か。

腕や足から力が抜けていく。

絶望はない。どちらかと言えば、諦念《ていねん》に近かった。来るべき時が来た。それだけのことである。ただ、もう少し先になるだろうという期待を抱いていた。せめてこの仕事に区切りがつき、内地に帰ってからであってほしかった。

麻田の願いは、ひび割れたラジオの音声によって断ち切られた。

通りには軍艦マーチを歌いながら歩く男たちがいた。ゲートルをつけて行進する青年団の連中がいた。そうかと思えば、苦汁を舐《な》めるがごとき表情で足早に過ぎ去る者もいる。どう捉《とら》えればいいのか図りかねるような、困惑顔の婦女もいた。

反応は人それぞれだが、誰《だれ》もが、開戦に対して無関心ではいられなかった。

どこか現実味を欠いていた「対米英開戦」の一語が、質量を伴い迫ってくる。何者も、そこから目を逸《そ》らすことができない。無理やり醸成される勝利のムード。本心から信じる者と、心のどこかに疑念を宿す者。

麻田は額の脂汗を拭《ぬぐ》った。内地よりはるかに温暖だが、一応は冬である。普段なら、立っているだけで汗をかくことはない。

任務を遂行しなければならないと頭ではわかっていても、もう身体が言うことを聞かなかった。調査対象者の通う商店や、顔見知りと言われる退役軍人から話を聞く必要がある。だが情報収集どころではない。

島にはどこか虚《うつ》ろな雰囲気が漂っていた。空想だと思っていた物語が現実になったかのような戸惑い、あるいは白昼夢を見ているような浮遊感。そういったものが染みわたるように伝播《でんぱ》していく。

麻田は踵《きびす》を返し、支庁舎へ向かった。

庁舎には、ラジオを聞いた職員たちがすでに出勤していた。彼らは仕事そっちのけで会話をしている。

「米国も無謀だよな……勝てるはずがない」

「グアム、ハワイも日本領とする好機だ」

「アメリカは多少骨がありそうだが、イギリスは早晩ドイツが落とすだろう？」

彼らは不安を打ち消すように、声高に話し合っている。だが注意して聞くまでもなく、その話には何ら中身がなかった。

麻田は居心地の悪さを覚え、再び外に出た。行く当てはない。人気のないガラパン公学校の方角へと足を向ける。

――堂本少佐はどうしているだろう。

無性に堂本と話がしたかった。麻田が抱える言い知れない不安を理解してくれるのは、この島では彼しかいない。だが、普段堂本がどこでどう過ごしているのか、知り合ってから一年が経《た》つ今でもわからない。

堂本と会うには、二日後の「千代松」での定期報告を待つしかなかった。

その二日が、麻田にはひどく長いものに思えた。

開戦が告知されてからも、麻田はそれまでと変わらず情報を集めた。

八日未明にハワイ準州ホノルルの真珠湾《しんじゅわん》に奇襲攻撃をかけた日本海軍は、アメリカ海軍の戦艦を次々に大破、撃沈。圧倒的な戦果を収めた。同日、日本陸軍が英領マレー半島上陸に成功していたこともわかった。

ただ、ラジオや新聞で報じられる戦況は今一つ具体性に欠けていた。勝っているのか、負けているのか。一概には判断できないが、それは戦争がはじまって間もないせいであり、じきに旗色は鮮明になってくるだろうと思われた。

巷《ちまた》に溢《あふ》れている程度の戦況など堂本はとうに把握しているだろうが、それでも麻田は仕事の手を止めなかった。意想外の新情報が手に入るかもしれないし、何より、麻田自身がこの戦争の行方を知りたかった。ひとまず最初の一撃には成功したらしいが、甚大《じんだい》な国力差を引っ繰り返すことができるとは限らない。麻田は悲観的な見方を崩さなかった。

八日の夜から灯火管制が徹底され、漆黒の夜が訪れた。「千代松」を含む一部の料亭は開いているようだが、それも派手な営業はできないようだった。

約束の期日。

夕刻を待って、麻田は「千代松」に飛び込んだ。いつもなら子飼いの田口一等水兵が支庁舎まで出迎えに来るところだが、今日はいない。馴染《なじ》みの座敷に通され、ほとんど真っ暗な室内であぐらをかいて待つ。

その間、麻田は今後の方針について考えた。これまでは島の住民たちから情報を収集すること、そして他国のスパイや密告者をあぶり出すことが主な仕事だった。大きな意味でその使命は変わらないだろうが、開戦した以上、悠長に事を進めている場合ではない。急を要する命令が下るかもしれない。

麻田は今か今かと身構えながら、座敷で一人待った。

しかし、いつまで経っても堂本は現れなかった。一時間が過ぎ、二時間が過ぎても、聞き慣れた足音は聞こえてこない。約束を無断ですっぽかされたことは一度もなかった。堂本に急用ができれば、必ず田口あたりを使いに立てて、麻田に連絡を寄越《よこ》すはずだった。

何かのっぴきならない事態が出来《しゅつたい》したのか。何しろ、米英と開戦した二日後である。海軍少佐である堂本に急な指令が下されたとしても不思議はない。だが堂本に限っては、連絡一つないという状況が不自然だった。

麻田はそこからさらに一時間待ったが、堂本も田口も姿を見せない。ついに襖《ふすま》が開いたと思えば、顔を覗《のぞ》かせたのは渋い顔をした女将《おかみ》だった。

「今日は来ないんですか？」

尋ねたいのは麻田のほうだ。「わかりません」と応じると、女将は眉《まゆ》をひそめた。

「もう閉めたいんですけど。いいですか」

仕方なく座敷を後にした麻田は、官舎へと続く夜道をとぼとぼと歩いた。麻田は眉間《みけん》に皺《しわ》を寄せ、最後に堂本と会った時のことを思い出していた。

二週間前、場所はやはり「千代松」だった。麻田はキャッサバ農家に関する噂を報告し、堂本からは身辺を調査するよう命じられた。それ以外にも細々とした報告はあったが、特筆すべき内容はなかったはずだ。堂本の態度にも、常と変わった様子はなかった。

強いて言えば、南部仏印進駐があった夏以降、堂本は少しずつ覇気を失っている。そしてその日もやはり、堂本は遠い目で襖の模様を眺めている時間が長かった。

最も顕著なのは目の色であった。

背筋が凍るような、冷たい視線。麻田が堂本に忠誠を誓うことになったのは、立場の違いや金銭的な動機だけでなく、あの視線のせいでもあった。本能的にはそれが最大の要因だと言ってもいい。真冬の海のように冷え冷えとした視線で射抜かれると、麻田は脳天が痺《しび》れるような緊張を覚える。

だが、夏から秋、冬へと季節が変わるにつれて、堂本の眼力が徐々に衰えているのを感じていた。そもそも、麻田のほうを見なくなった。報告の最中も襖や壁をぼんやりと眺めていることが多く、たまに麻田の目を見ても、以前のような冴《さ》えはなかった。時折言動の端々《はしばし》に冷厳さはあったものの、会うたびに覇気が薄れていった。

米英の情報網を壊滅させることに執心していた堂本が、急速に興味を失っているように思えた。習慣にも変化があった。十月頃から、堂本は煙草を吸わないようになった。自主的に禁煙しているのか、煙草が手に入らないせいかはわからない。ただ、民間に流通する煙草の数は激減した。配給制になり、サイパンでも農作物や酒との交換で闇《やみ》取引されることが増えた。喫煙の代わりに、堂本はよく口髭《くちひげ》をいじるようになった。伸ばした髭の端を指先でねじってはほどく。その癖は、まるで拗《す》ねた子どものようだった。

それでも麻田は忠誠を解こうとは思わなかった。一年間その下で仕事をしてきた経験から、堂本少佐は並の士官とは違うと確信していた。戦争が近付く状況で、在勤武官補の堂本には他に考えるべきことがいくらでもある。だから一配下の報告に対して上の空になるのは仕方ない、と自分に言い聞かせた。

だが、今日の無断欠席はさすがに行き過ぎている。

――何が起こっている？

宇城中佐に吹き込まれたある疑惑が、にわかに頭をもたげる。堂本がアメリカのスパイであるというものだ。麻田はそれが無根拠な噂に過ぎないと信じている。だが、こう考えれば堂本が姿を見せないことも理解できる。

堂本はアメリカと内通しており、開戦を機に本格的に寝返った。戦争に突入すればスパイはさらなる危険に晒《さら》される。最悪の事態になる前に、潜入先から引き上げてアメリカへと渡った。

考えながら、麻田は苦笑した。

――まさかな。

気が付けば、官舎のすぐ近くまで来ていた。

背後で葉擦《はず》れの音がする。振り返れば夜闇のなかに女性が立っている。目を凝らすと、簡単衣《かんたんぎ》をまとったローザ・セイルズが立っていた。

「こんばんは」

ローザは当たり障りのない挨拶を発した。

「……私に何か？」

「少し話せますか」

麻田は素早く考えを巡らせた。外で話してもいいが、夜の屋外は他人の存在に気付きにくい。ローザの話は、おそらく人に聞かれたくない類《たぐい》の内容だろう。盗み聞きを警戒するならむしろ屋内のほうがいい。それに、三時間も座敷で堂本を待ったせいでいささか疲弊していた。

視線を走らせ、職員の目がないことを確認してからローザを手招きした。一言も発さないまま自室へと案内する。電灯は消し、ランプの火をつけた。

ローザが官舎に来るのは二度目だ。前回は九月、中園少尉が逮捕された直後だった。座布団の上に座ったローザは、前置きなしで本題に入った。

「堂本少佐に関する噂を耳にしました」

思わず、動揺が顔に出た。ローザが納得したように頷《うなず》く。

「心当たりがあるようですね」

「どうでしょう」

「麻田さんらしくもない……手短に話します。堂本少佐は昨日から行方をくらましています。夏島で問題視されているようです」

夏島と言えば南洋群島における海軍の本拠地である。井上中将を長官に戴《いただ》いた、第四艦隊司令部が置かれている。

「なぜあなたがそれを？」

「私の仕事は、海軍の動向を探ることです。島内の情勢はともかく、海軍内部の事情ならあなたよりずっと詳しいつもりです」

言われてみれば、もっともである。麻田は海軍少佐の下で働いてきたが、調査の矛先はもっぱら島内の住民たちに向けられてきた。そのためいまだに海軍の内部事情には詳しくない。一方、陸軍の指示で動くローザは海軍の動きを調べてきた。

「昨日、少佐は夏島へ呼ばれていましたが姿を見せなかった。サイパンの住居も、もぬけの殻だったようです。一昨日《おととい》の時点ではサイパンにいたようですが」

「事実ですか」

つい尋ねていた。あの用意周到な堂本が、突発的に姿を消すなどということがあり得るだろうか。ローザは気分を害したように目を細めた。

「私は好意で、手持ちの情報をお伝えしているだけです。疑うのであれば結構」

「わかった。失礼しました。続きをお願いします」

ローザは軽く鼻を鳴らす。

「当初は軍も何かの間違いだろうと考えていたようです。士官の失踪《しっそう》なんてまずあることではない。ましてここはそう大きくない島です。逃げるにしても、逃げ場がない。森のなかに紛れるのがせいぜいでしょう」

「船は？」

一昨日から今日にかけて、船がサイパンを出港したのは一度だけ。今日の夕刻、軍の御用船である「鎌倉丸《かまくらまる》」が出港したはずだった。昨日潜伏した堂本が、今日の「鎌倉丸」に密《ひそ》かに乗船したかもしれない。

しかしローザは首を横に振った。

「乗船する人を水兵たちが見張っていましたが、そのなかに堂本少佐はいなかった。他の手段で島から出ることはできません。航空機は海軍が運用しているし、自力で泳いで出るのは論外」

「堂本少佐はまだこの島にいるということですか」

つまり――。

「そうなります」

ローザは口を閉じた。もう話すつもりはないようだった。おそらく、ここまでが彼女の知っているすべてなのだろう。

麻田は腕を組み、聞いたばかりの話を反芻《はんすう》する。昨日、突然姿を消した堂本。脱走は重罪だ。二度と元の地位には戻れないだろう。しかも島から脱出した気配はない。たとえ森の奥深くに潜伏したとしても、「海軍の国」にいる限り、いずれは見つかる。堂本がそこまで向こう見ずな行動に出る意味がわからない。あるいは、本人の意志とは別に連れ去られたか。

どれだけ考えても、堂々巡りだった。手掛かりが少なすぎる。

「ひとまず、あなたには感謝します。ここから先は自分で調べます」

ランプの光を顔の右半分に浴びたローザは、麻田の言葉にふっと笑った。

「役に立てたのならよかった。これで多少は、借りを返せました？」

ローザが指しているのは、夏にあった殺人事件のことだろう。養父の死に関する真相を麻田が解明し、一部を彼女に伝えた。麻田は「貸し」にしたつもりはなかったが、ローザは勝手に「借り」だと思っていたらしい。

だからわざわざ官舎まで来たのか、と納得する。

「麻田さんは今後、どうしますか」

ローザの口ぶりは、世間話でもするようなくだけた調子に変わった。曖昧《あいまい》な質問である。麻田は首を傾《かし》げた。

「質問の意図がわかりかねます」

「堂本少佐がいなくなったのだから、あなたは自由の身なんですよ。これから南洋庁職員として職務を全うしますか？　それとも内地に戻りますか？」

――そういう意味か。

麻田は驚いた。ローザに言われるまで、己が自由の身になった、などと考えていなかったからだ。飼い犬は首輪を外されて野良犬になった。勝手にどこかへ走り去ろうが、別の家に住みつこうが、後は犬の自由だ。飼い主はもういない。

即答せずにいると、ローザが目を見開いた。

「まさか、まだ続けるつもりですか」

呆《あき》れたように盛大なため息を吐《つ》く。

「何のために？　あなたは南洋庁職員だけど軍人ではない。本来は諜報《ちょうほう》活動なんかに携わる必要はないんです。もう報告する主もいないんですよ」

彼女の言うことはもっともである。

拓務省の野村に仕事を紹介された時から、「堂本少佐の手足となって情報収集に励んでほしい」と言われていた。その堂本少佐が消えてしまったのだから、野村への義理立てをする必要もない。仕事を失うのは惜しいが、戦争がはじまった今、このサイパンも平穏である保証はなかった。何より、早くミヤと良一に会いたい。

一年前の麻田なら迷わず内地へ帰っていた。しかし今は、逃げることに躊躇《ちゅうちょ》する己がいた。

「……身の振り方は自分で決めます」

そう答えるのが精一杯だった。

「私は隙《すき》をついて、陸軍と縁を切るつもりです」

「可能ですか？」

「司令部の目はシンガポールに向いている。もはや海軍の内情調査など、二の次ですよ。私のことももほとんど忘れています」

ラジオの情報によれば、軍部はハワイだけでなく、香港《ホンコン》その他の外地にも続々と爆撃を仕掛けているという。陸軍も南方で海軍の動向をちまちま収集している場合ではないだろう。

しばしの沈黙を挟んで、ローザは立ち上がった。

「そろそろお暇《いとま》します。遅くに失礼しました」

送って行こう、と申し出る気分にはなれなかった。

その後、麻田は眠れぬ夜を過ごした。

すぐにでも、ミヤや良一が待つ内地へ帰りたい。それが偽りない本音だった。

だが――。

麻田の瞼《まぶた》の裏には、背広を着た堂本の姿がこびりついている。

当初はただ怯《おび》え、仰ぎ見る存在だった。だが月日を経るにつれ、彼は彼なりの掟《おきて》に基づいて行動しているとわかった。つかみどころのない男ではあるが、決して悪人ではない。米英との開戦を一年前に予言する先見の明と、麻田の常識外れな直言を否定しない度量の広さもある。

その堂本が失踪した。

このまま内地に帰れば、堂本の行方はわからず仕舞いだろう。きっと南洋での奇妙な記憶として風化する。それでいいのか？

一晩悩んだが、結局は家族への思慕が勝った。せめて堂本の行方を知ったうえで内地へ戻りたかったが、それは個人的な葛藤《かっとう》であり、帰りを待っている妻や子への言い訳にはならない。

加えて、サイパンでスパイとして過ごしたことで、麻田にはこの戦争の帰結が予測できるようになっていた。日本はおそらく戦争に勝てない。グアムやマレーと近い南洋群島にも、いずれ米英の兵隊がやってくる。このサイパン島も戦火に見舞われる可能性が高いのだ。

早朝、窓から差す日を見つめながら決意した。

——内地へ帰る。

麻田は南洋庁サイパン支庁を辞するため、退職願をしたためた。


支庁舎へ出勤した麻田は、一目散に庶務係長のもとへ向かった。

麻田が「よろしいですか」と告げると、五十がらみの係長は目だけで頷いた。連れだって屋外に出る。係長は人気のない裏手へと麻田を連れていった。師走だというのに日差しは春のようだった。

立ち止まるなり、麻田は退職願を差し出した。

「お世話になりました」

係長は腕を組み、書面を一瞥《いちべつ》した。黙って首を横に振る。

「受け取れない」

麻田は愕然《がくぜん》とした。

「なぜです。堂本少佐が姿を消されたことはご存じですか？」

「無論だ」

堂本の失踪はもはや公然の秘密だった。サイパン支庁でも知らぬ者はいない。

「ならば、構わないでしょう」

「来週水曜に後任の在勤武官補が来島する」

その一言で、麻田は悟った。

何ということはない。これまで麻田の飼い主は堂本だと思っていたが、思い違いだったのだ。麻田を飼っているのは海軍軍令部という組織であり、堂本はその世話係に過ぎなかった。堂本がいなくなれば、代わりが来るまでだ。

「そんな」

「後任は山辺盈《やまべみつる》海軍少佐だ」

係長は新しい世話係について淡々と語る。山辺少佐は飛行機で午後三時頃に来島し、軍の車でアスリートからガラパンの海軍クラブまで移動するという。

「ちょうどいい。麻田君、来週挨拶に行ってくれるか。山辺少佐にサイパンの内情をお伝えするよう、頼まれている。やってくれるな？」

命じられればやる他なかった。だが麻田には問いたいことが山ほどある。堂本の行方はわかっているのか？　山辺とは何者なのか？　自分はいつになれば、この役目から解放されるのか？

「係長。待ってください」

「勘弁してくれ。私だって何も聞かされていないんだ」

言い捨てると、さっさと庁舎内へ戻ってしまった。係長の言い分に嘘《うそ》はないのだろう。堂本の頃から一貫して、彼はただの連絡役だった。

麻田は一歩も動けなかった。絶望が鎖となって、両手足を縛りつけていた。犬となった己は、内地から遠く離れたこの場所で生きていくしかない。その事実が、麻田の意識を麻痺《まひ》させていた。

傍らの生垣にはハイビスカスが咲き誇っている。麻田の目にそれは、地獄に咲く血の色の花に見えた。


翌週、麻田は海沿いの海軍クラブへと足を運んだ。守衛役の水兵は田口とは別の男であった。一年前、サイパンに赴任した日のことを自然と思い出す。

内心では絶望を引きずっていたが、いつまでも立ち竦《すく》んでいるわけにはいかない。表面上は家族への思慕を忘れ、再び職務に打ちこむことにした。大人しくしていれば、いずれ脱出の好機が訪れるかもしれない。

クラブの談話室で待っていると、じき、外から乗用車のエンジン音が聞こえてきた。窓から窺《うかが》うと、敷地内に九五式小型乗用車が入ってくるところだった。やがて、二人の兵卒を連れた軍装の男が入ってきた。堅肥りの体型で、仁王像のように両目を見開いている。室内にいた麻田と目が合うなり「おお」と破顔した。

「君がかの麻田君か」

「南洋庁サイパン支庁庶務係書記の麻田健吾です。よろしくお願い申し上げます」

麻田は直立して頭を下げる。かの、という前置きが気になったがひとまず措《お》いておく。男は鷹《おう》揚《よう》に頷いた。

「山辺だ。よろしく頼む」

一見して、豪放磊落《ごうほうらいらく》な印象を受ける。年齢こそ同年代だが、冷厳で緻密《ちみつ》な堂本とは対照的だった。山辺少佐は旅の疲れも見せず、一人用のソファに腰かけるなり「掛けてくれ」と大声を張り上げた。二人の兵卒はその背後に控えている。麻田は言われるがまま、正面の長椅子《ながいす》に座った。

「早速だが、前任者の行方について聞かせてほしい」

「……はい？」

戸惑いながら、麻田はかろうじて聞き返した。ここに呼ばれたのは、サイパンの内情を伝えるためではなかったのか。それに、自分が堂本少佐の行方を知っているわけがない。山辺はわざとらしくのけぞった。

「失礼、質問が前後したな。順を追って説明しよう」

一つ咳払いをしてから、山辺は語りはじめる。

「昨年十一月、南洋庁職員として赴任した麻田君は、サイパン島在勤武官補だった堂本頼三少佐の命令を受け、密かに防諜活動に従事してきた。そうだな？」

海軍士官を相手に隠し立てする必要もない。「はい」と即答した。

「サイパンに優秀な諜者がいるという噂は、南洋を越えて、軍令部にまで届いている。米英との内通者を次々に摘発し、我が国の防諜に一役買っているとな。コロールの宇城中佐も麻田君の手腕は高く評価している」

「恐れ入ります」

どう応じるべきか迷ったが、ひとまず恐縮してみせた。

「改めて言う必要もないだろうが、本年十二月九日、堂本少佐が失踪した」

山辺の声はさらに大きくなっていく。

「ただでさえ、無断で姿をくらますこと自体が脱走とみなされる。しかも米英との戦闘が開始した翌日であり、敵前逃亡と言う他ない、極めて卑怯《ひきょう》な行為だ。大日本帝国軍人として、あるまじき行動である」

麻田は下唇を嚙《か》む。まだ卑怯な行為だと決まったわけではない。仮に敵前逃亡が目的ならば、あの堂本ならもっとうまくやるだろう。突如姿を消せば大騒動になることは目に見えていたはずだ。せめてもの抵抗として、相槌《あいづち》は打たなかった。

「堂本少佐はただちに在勤武官補の任を解かれ、急遽《きゅうきょ》、私が後任を務めることになった。私の任務は引き続きサイパン島の情勢を把握し、帝国海軍の勝利に資すること。そして」

山辺は麻田に顔を近づけ、急に声を潜めた。

「堂本を連行することだ」

風向きが怪しくなってきたことを悟る。反射的に出入口の扉を見やると、いつの間にかそこにも兵卒が立っていた。

「海軍のなかでも堂本は秘密主義だった。陰気で無口な男だった」

「……堂本少佐をご存じなのですか」

「多少はな。彼は海大の一期先輩だ。次席で卒業していったよ」

山辺は手を叩《たた》いた。

「さあ、ここからだ。堂本は失踪したが、まだサイパンに留《とど》まっている可能性が濃い。この島のどこかにいるはずだ。しかし、たった一人で長期間潜伏できるものだろうか？　本気で失踪するつもりなら、あらかじめ準備をしておくものではないか？」

芝居がかった台詞《せりふ》回しで、山辺は言う。

「腐っても海大次席、一時は将来を嘱望《しょくぼう》されていた男だ。思い立っていきなり逃げるほど馬鹿ではない。逃げるからには、それを支援する者が必ずいる。彼には妻も子もいない。心を許している部下もいない。しかし協力者のなかに一人だけ、堂本から絶大な信頼を勝ち取っていた者がいる」

回りくどい言い方だが意味するところは明白であった。

「麻田君。君のことだ」

背中に冷や汗が流れるのを感じた。懸命に考える。どう立ち回れば、この状況から抜け出すことができるか。麻田は山辺の視線を正面から受け止めた。軍人らしい殺気に満ちているが、堂本の射るような鋭さに比べればまだましだ。

「私が堂本少佐の失踪に加担しているとお考えで？」

「そうであるなら、話してほしい」

「私は何も知りません」

「知っている人間でもそう答えるだろう」

――まずい。

この初対面の少佐は――そしておそらく宇城中佐をはじめとする海軍関係者は――麻田が堂本

の失踪に関《かか》わっていると信じている。当然、根も葉もない誤解だ。己はあくまで「犬」であり、脱走を手伝ったりその計画を聞かされた記憶はない。むしろ真相を知りたいのは麻田のほうである。

重い沈黙が落ちた。ふう、と山辺がため息を吐く。

「悪いが、鞄を調べさせてもらえるかな」

麻田は傍らに革の鞄を置いていた。拒否はできない。下手に動けば、相手の疑念を深めることになる。それに大したものは入っていない。切り札にしているハドソン中佐の草稿は、官舎の自室に隠してある。

「存分に」

「では、そうさせてもらおう」

呼応するように、背後に控えていた兵卒の一人が歩み寄ってきた。麻田は自ら革鞄を手渡す。丁重に受け取った兵卒が、鞄を手に部屋を退出する。扉の開閉音がした後、部屋はまたも息苦しさで満たされた。

「まずいなあ、麻田君」

額に手を当て、山辺が嘆いてみせる。

「話してくれないと、ここから帰すことができない」

山辺の台詞は口先だけの脅しではないと察せられた。彼らは本当に、自白するまで麻田を家に帰さないつもりなのだ。だからといって偽証するわけにはいかない。堂本の失踪について知らなかったのは、麻田とて同じことだった。

「私は事実をお話ししています。何も知らない、と」

「困るなあ。嘘をついては」

「嘘ではありません。私は堂本少佐から何も……」

「堂本少佐と呼ぶな。堂本でいい」

その一言は、地の底から鳴り響くような声だった。研がれた斧《おの》にも似た双眸《そうぼう》に睨《にら》まれ、寒気が走る。これが山辺少佐の本性なのか。答えずにいると、山辺はまた盛大にため息を吐いた。

「麻田君は、あの男のことを何も知らないのだろう。騙《だま》されているのだ。かわいそうに」

山辺の嘆き節は神経を逆撫《さかな》でしたが、話の内容には興味を引かれた。堂本に騙されている？自分が？

麻田の目の色が変わったことに気付いたのか、山辺は身を乗り出してきた。

「堂本が米国に留学していたことは？」

「存じております」

すでに宇城から聞いている。堂本は海大卒業後、スタンフォード大学に留学し、米国での諜報活動に勤《いそ》しんでいた。だが活動が露見し、国外追放の憂き目にあった。そのせいで米国における海軍の情報網は壊滅したという。そうしたことを手短に話すと、山辺は満足げに頷いた。

「なるほど、よく知っている。だが重要な点が抜けているな」

「……米国のスパイとかいう話ですか」

「なんだ、聞いていたのか」

拍子抜けしたような山辺の態度が、どこまで演技なのかわからない。彼は懐《ふところ》から銘柄不詳の紙巻き煙草を取り出し、口にくわえた。もったいつけるような動作で火をつけると、麻田の顔に向かって煙を吹きかける。反射的に顔をしかめた。

「いいかね。堂本頼三は米国の手先である。これは軍令部として一致した見解だ」

「根拠はありますか」

「根拠だと?」

「堂本さんはアメリカの情報網壊滅に、異様なほど執着していました。事実、数々の協力者を摘発した。アメリカの手先だとすれば辻褄《つじつま》が合いません」

山辺は唇を歪《ゆが》め、あからさまに不快を表明した。

「全部仕込まれていたとすれば、どうだ?」

発言の意味が呑《の》み込めない。何を仕込むというのか。

「どういうことでしょうか」

「一高、東大。御立派な経歴だ。もう少し優秀だと思っていたがな」

山辺は独り言のようにつぶやいた。

——安い挑発だ。

麻田が一高や東大を出ていることなど、履歴書を見ればわかる。堂本は中学の成績や、学生時代短歌に熱中していたことまで言ってみせた。話せば話すほど、堂本との格の違いが露《あら》わになる。

「たとえば、そうだな。麻田君は昨年、鰹《かつお》漁師たちがグアム近海での密漁と引き換えに、米国に情報提供していた事実を突き止めてくれたな」

玉垣賢作や金照組合の件である。サイパンに赴任して間もない頃、初めて手掛けた仕事だった。

「半年ほど前には、予備少尉が島民に機密情報を流したことも明らかにした。その他にも多くの防諜上の実績が麻田君によるものだと聞いている。だが、こうした手柄がすべて自作自演だったとしたら?」

皮肉たっぷりの笑みが、山辺の顔に浮かぶ。

「堂本が米国スパイなのであれば、難しくはない。鰹漁師を誘導して、グアムの米軍と引き合わせる。予備少尉をそそのかして、情報を流出させる。そして、さも知らなかったような顔で彼らを摘発する。こうすれば、有能な情報士官の出来上がりだ」

麻田はすんでのところで失笑を堪《こら》えた。

山辺の推論は明らかに矛盾している。玉垣たちが米国と内通したのは、堂本の赴任前である。それに、誘導したところで予備少尉が口を滑らせるかどうかも不確実すぎる。仕掛けるならもっと巧妙にやるべきだ。

我慢の限界だった。あえて言葉を選ばず、麻田は反論する。

「恐れ入りますが、山辺少佐の御推察は人間の機微を無視していらっしゃる」

山辺は笑みを消し、不快そうに咳《せき》ばらいをした。

「麻田君。君は利用されたんだ。堂本が職務に忠実な在勤武官補であった、という実績作りのために。お陰で軍令部もすっかり騙されていた。宇城中佐の主張にはろくに耳も貸していなかった。だが、此度《このたび》の失踪でようやく思い知った。やはりあの男は米国の走狗《そうく》だったとね」

にわかに徒労感が襲いかかる。どれだけ反論しても山辺の意見が覆る気配はない。はじめから、堂本はアメリカと通じているという結論ありきなのだ。元より話が通じる相手ではなかった。

山辺は兵卒に灰皿を持ってこさせ、吸殻を捨てた。

「そういうわけだ。君が信じていた堂本頼三は、すべて虚像だった。どう言いくるめられたか知らないが、彼に協力することは大日本帝国に仇《あだ》なすことと同義だ。早く堂本の行方を教えてほしい」

「何度もお答えしています。私は知らない」

「……残念だ」

山辺はソファから立ち上がった。

「我々は、民間人に暴力を振るわない。銃口を向ける相手は米英の兵士たちであって、日本人ではないからな。だから、力ずくで君に事実を吐かせるような真似《まね》はしない。しかし協力してもらえるまで、この部屋からは出せない」

「ですから……」

「そう言えば」

山辺は眼球がこぼれ落ちそうなほど瞼を開き、顔を覗き込んできた。

「麻田君は、喘息持ちらしいね」

その一言にはっとした。己の迂闊《うかつ》さにようやく気が付く。

先ほど取り上げられた鞄には、喘息発作を抑えるエフェドリンが入っている。もし発作が来たら、なす術がない。

「鞄を返してください」

「駄目だ。存分に、と言ったのは麻田君だろう」

「発作が来たら、呼吸ができなくなります」

「事実を話してくれれば鞄は返す。それだけだ」

山辺は靴音を響かせ、扉へと近づいていく。兵卒がぴたりと後ろについている。

「一人になって考えをまとめるといい。監視はつけさせてもらうがね」

「待ってください、山辺少佐」

「話す気になったら、彼に告げてくれ」

扉の前に立っていた兵卒を残して、山辺は去った。途端に室内が静寂に包まれる。耳が痛くなるほどの静けさだった。

——どうする。

自問したが、状況を打開する策は一向に思いつかない。部屋を出る手立てはなく、エフェドリンも手元にない。唯一、冷静さを失っていないことだけが救いだった。突破口を求め、立ったままの兵卒に話しかけてみる。

「名前は？」

二十代前半と思《おぼ》しき青年は、視線を麻田に向けたが無言のままだった。正面に立ち、無理に微笑を作ってみせる。

「こんなことをしても無駄だ。私は何も知らない」

兵卒は直立したまま目を逸らさない。

頭をよぎったのは、堂本の命を受けて動いていた田口のことだった。彼は今、どうしているのだろう。自分と同じように、堂本の配下とみなされて酷《ひど》い目に遭《あ》ってはいないか。

「田口茂一等水兵を知っているかな？」

「…………」

「彼と話がしたい。居所がわかるなら呼んでもらえないか」

「…………」

反応はなかった。このままでは埒《らち》が明かない。

長椅子に戻って考え込んでいると、ふいに、喉《のど》の辺りから不快感が込み上げてきた。ごほっ、と一度咳をしたら、もうおしまいだ。鎖でつながれたように、次々と咳の衝動が襲いかかってくる。

発作がはじまれば、自分の意思では止められない。獣の咆哮《ほうこう》じみた激しい咳が麻田の口から吐き出された。身体を折り、床を見つめて幾度も咳をする。やがて血の味が口のなかに広がる。胸が痛い。今にも肺が裏返りそうだった。

──薬を。エフェドリンをくれ。

兵卒のほうを振り返り、助けを求めようとする。しかし咳の勢いが強すぎるせいで、言葉を発することすらできない。青年兵卒はにやついた笑みを浮かべて、苦しむ麻田を見やるだけだった。

「苦しいか？」

その質問に答えることすらできない。首を縦に振るのが精一杯だった。

──頼む。早く薬を。

座位を保つことすらできず、長椅子に横たわる。横向きになっても発作が収まる気配は訪れない。これほどしつこく、激しい発作は久しぶりだった。心身が拒否反応を起こしているのだろうか。

あばた面の兵卒は黙って見ているだけだった。その顔には、嗜虐的《しぎゃくてき》な薄笑いが貼《は》りついている。

「安心しろ。ここには軍医が常駐している。本当に死にそうになったら、呼んでやるさ」

咳は鎮まらない。次第に麻田は吐き気を催してきた。

「頼む……手洗いに……」

麻田は咳の合間に、しきりに手洗い場へ連れて行くよう訴えた。目で盥《たらい》や桶《おけ》を探したが、そんなものが都合よく談話室にあるはずもなかった。

焼けるように喉が熱い。酸っぱい液体が口まで上がってくる。

とうとう耐えきれなくなった。絨毯《じゆうたん》敷きの床に、麻田は嘔吐《おうと》した。


いつまでこの部屋にいるのだろう。

長椅子で仰向《あおむ》けに横たわり、暗闇を見つめながら、麻田は己の命運を呪《のろ》った。

もっと頑丈な身体に生まれていれば、これほど苦しめられることはなかった。やはり、この病は人生につきまとう宿痾《しゆくあ》だ。そもそも喘息でなければ、就職に苦労することもなかったし、横浜で教師を続けられていた。南の島に来る必要も、海軍の軍人たちと関わり合いになることもなかった。

灯火管制のため談話室の照明は消されている。壁掛け時計の文字盤が読めないため時刻はわからないが、真夜中であることは間違いない。

夕食は与えられていないが、空腹は感じなかった。代わりに全身が怠《だる》い。麻田は浅い眠りと覚《かく》醒《せい》の狭間《はざま》でたゆたっていた。

数時間前、喘息発作に苦しみ嘔吐した時は、これで部屋を出られるのではないかとかすかに期待した。だが、じきにやってきた島民の清掃夫が絨毯を清掃しただけで、麻田は一歩もこの部屋から出られなかった。嘔吐物の臭《にお》いはまだ室内に残っている。

監視も続いていた。真っ暗な部屋のなか、扉の前に兵卒が入れ替わりながら立っている。さして練度が高いとも思えないし、あくびの声から眠気を我慢しているのは明らかだが、兵卒を押しのけて逃げるほどの勇気はない。逃げたところで組み伏せられるだろう。用を足す時も、窓のない個室の前までついてくる。部屋の窓ははめ殺しで開かないようになっており、目を盗んで脱出することはできない。

朝になれば、山辺少佐かその代役が来るのだろう。そしてまた同じことを繰り返し質問される。

堂本はどこへ行った？

いい加減な答えでごまかすことも、可能ではある。堂本は北部の森へ逃げたとでも言えば、彼らは満足するだろう。だが、答えたからと言って麻田の身が無事である保証はないのだ。用済みと判断されれば、現役士官の失踪を手伝った人間にどんな罰が下されるかわからない。最悪、この島を生きて出られないかもしれない。

――万事休す。

そんな言葉を振り払い、どうにか助かる道筋を考える。ミヤと良一の顔が自然と浮かぶ。もう一年以上、妻子と会っていない。こんな場所で無為に野垂れ死んでいる場合ではなかった。

山辺少佐や軍令部の狙いは、堂本の行方を突き止めることだ。目的が達成されれば、おのずと麻田は解放されるはずである。誰かが堂本を見つけ出し、海軍に突き出してくれればいい。

しかし、誰が？

ローザは、夏島でも問題になっている、と言った。当の海軍は血眼《ちまなこ》で捜しているはずだが、その他に、いったい誰が堂本を捜索してくれるというのか。他力本願を期待できる相手はいない。何度考えても、たどりつく結論は同じだった。やれるのは一人だけ。麻田自身が、この島のどこかにいるはずの堂本を見つけ出すしかない。

気力を振り絞って上体を起こす。

行動を起こすなら、夜のうちしかない。朝になれば山辺たちが来る。その前にここを抜け出し、自らの手で堂本を捜す。やらなければ、この部屋に閉じ込められ、罪を被《かぶ》せられるだけだ。

一応の策はある。成功する保証はないが試みるしかなかった。

おもむろに、麻田は咳《せ》き込んでみせる。喘息発作のふりだが、見抜かれない自信はあった。普通の人間は、その咳が本物か偽物かの区別などつかない。喘息と長年付き合ってきた麻田の演技は完璧《かんぺき》だと自負している。

扉の手前で身じろぎする気配がした。この激しい咳を、監視役の兵卒も間違いなく聞いている。

「あの……すみません……」

いかにも苦しげに、麻田は訴えた。

「また吐きそうで……手洗い場に……」

暗闇のなかで人影が動く。近づいてきた兵卒は「立て」と言った。大人しく長椅子から立った麻田は彼の後をついていく。談話室の扉が開かれ、同じように暗い廊下へ出た。ここまでは滞《とどこお》りなく進んでいる。さすがに、部屋で二度吐かれるのは御免なのだろう。

廊下は一寸先が見えないほどの暗闇であった。兵卒が手にする携帯ランプの光だけが頼りだ。手洗い場は、談話室より正面玄関に近い。

到着する直前、麻田は再び激しく咳き込んだ。

「吐きそうだ……洗面台で……」

個室に入らず、手前の洗面台で吐きたい。身振りでそう示すと、兵卒は動物でも追い払うように手を振った。麻田は頭を下げ、洗面台にしがみつく。吐く真似をしていると、「汚いな」とつぶやきが聞こえた。

個室ではなく洗面台を選んだのは、これから起こることを兵卒に目撃させるためだ。

麻田は嘔吐の真似をしながら、一際大きな声で唸《うな》ってみせた。盛りのついた猫のように叫んだ麻田は、顔を赤黒く染め、そのまま卒倒した。もちろん演技だが、年季の入った喘息患者の演技を、暗闇のなかでそれと見破るのは至難の業だ。

手洗い場の床に伸びたまま動かなくなった麻田に、兵卒が近づいてきた。携帯ランプの光がまぶしい。

「おい……生きてるのか？」

恐る恐る、といった手つきで麻田の肩を揺らす。口の端から盛大に涎《よだれ》を垂らした麻田は、顔をしかめてうめいた。

――早く、行け。

内心でそう祈る。兵卒は逡巡《しゅんじゅん》しているようだったが、やがて「くそ」と言い残し、走り去っていった。光が遠ざかるのを確認して、麻田は素早く立ち上がる。目の前に広がるのは闇だった。手を伸ばし、壁を伝いながら、玄関広間を目指して一目散に駆ける。

企《たくら》みは成功した。

監視役の兵卒はどこに行こうが傍《そば》を離れようとしない。ただ、考え得る唯一の例外があった。麻田が死に瀕《ひん》している時である。

取り調べ中の相手が死んでしまえば、二度と事情を聴くことはできない。もしも兵卒がみすみす麻田を死なせたとなれば、大きな過失になることは間違いない。必ず、この建物にいると言っていた軍医、あるいは山辺少佐を呼ぶはずだった。その瞬間だけは、兵卒の視線が麻田から離れる。脱走の機会はそこしかない。

海軍クラブには幾度か足を運んでいる。手洗い場と廊下、玄関広間の位置関係はとうに頭に入っていた。早足で玄関広間に辿《たど》りついた時、二階へ続く階段から人の声がした。隠れようにも、障害物が見当たらない。慌ててその場にしゃがみこむ。

携帯ランプの光に照らされ、二人分の人影が玄関広間に現れた。

「本当に死にそうなのか？」

山辺の声だ。舌打ちが出そうになる。呼んだ相手が軍医なら時間を稼げたかもしれないが、山辺はその場で麻田の捜索を指示するだろう。

「はい。顔を赤くして、呼びかけにも応答しませんでした」

「弱ったふりをしているだけかもしれん」

幸い、闇のなかでうずくまる麻田に気が付く様子はなく、山辺たちは手洗い場へと急行した。鼓動が高鳴る。

麻田は二人が消えた方向を窺いながら、観音開きの扉を押し開けようとした。だが開かない。鍵《かぎ》がかかっている。暗闇のなかでは施錠の状態を確認することすらできない。焦りが頭を真っ白にする。

「どこだ！」

遠くから山辺の怒号が響いてきた。

――もう気付かれたのか。

麻田は正面から出ることを諦め、辺りの窓を手当たり次第に探った。玄関広間の構造を頭に思い浮かべる。窓があったはずの位置に手を伸ばすと、錠が指先に触れた。真鍮《しんちゅう》のクレセント錠である。解錠し、窓を押し開けると、きい、と蝶番《ちょうつがい》が鳴った。

「玄関か！」

山辺の怒声とともに靴音が近づいてくる。麻田は躊躇する間もなく外へ出た。

窓の外は芝生の中庭だった。月明かりがあるため、屋内よりは視界が利く。見たところ人影はない。麻田は全力で駆けた。海軍クラブの周囲は低い塀で囲まれている。正面には守衛がいるため、塀を乗り越えるほうが無難だと判断した。

「麻田ぁ！　斬《き》るぞ！」

背後から山辺の絶叫が響いた。どれほどの距離があるか見当もつかないが、ともかく全力で足を動かす。コンクリートの塀に飛びつき、施された貝の意匠に足をかけて、向こう側へ飛び降りる。姿勢を崩し、背中からまともに落ちた。呼吸ができないほどの痛みが走るが、無理やり起き上がる。

目の前に広がるのは砂浜だった。海軍クラブは海岸沿いに建っている。逃げるあてなどなかったが、とにかく右に逃げる。迷っている暇はない。こうしている間にも、海軍の連中が追いかけてくる。

麻田は無我夢中で走った。ガラパンの建物を縫うように進み、とにかく山のほうへと向かった。開けた海沿いより、木々の茂る山のほうが逃げやすいと考えた。息が切れても、足の筋肉が悲鳴を上げても、走ることを止《や》めなかった。運動と縁遠い麻田にとって、これほど必死に走ったのは生まれて初めてだった。

いつしか、山辺の怒声も兵卒の足音も聞こえなくなった。だが油断はできない。今この瞬間から、堂本の行方を突き止めるまで麻田は逃亡者の身である。安易に町へ出ることも、人と会うことも許されない。

灯火管制で、町中には通行人一人いなかった。お陰で誰にも目撃されることなく、闇に紛れることができた。

戦争が始まったことに初めて感謝した。


空が白んできた早朝、麻田はラプガオにいた。

助けを求める相手として最初に思い浮かんだのが、ローザ・セイルズだった。麻田が「海軍の犬」であることを知っている、ほぼ唯一の民間人である。それに、もし彼女が養父の死に関してまだ「借り」が残っていると考えているなら、手助けしてくれるかもしれない。

まず手に入れたいのは薬と飲食物だった。いつ喘息発作が起こるかわからないし、昨日の昼から飲まず食わずである。

満身創痍《まんしんそうい》でラプガオの集落に到着した麻田は、ローザの住む小屋まで来た。相変わらず縁側は開け放されたままである。大声を出して周囲に存在が知れるのは避けたかった。仕方なく、無断で縁側から小屋に上がる。

家探しをした経験から、板敷きの部屋が寝室であろうことはわかっていた。幾度か戸を叩くと、女性の声が室内から返ってきた。チャモロの言葉らしく意味は理解できない。ただ、声音はローザのものだった。

「麻田です。開けてくれませんか」

「……麻田さん？」

怪訝《けげん》そうな応答が返ってきた。引き戸がわずかに開く。隙間からローザの目がこちらを覗いていた。

「また勝手に入ってきたんですか」

「事情がある。少し話したい」

ローザはしばし、やつれた麻田の顔を見ていた。夜を徹してガラパンから逃げてきたせいで、麻田の見た目は平時と比べ物にならないほどみすぼらしい。髪は乱れ、顔は土埃にまみれている。白いシャツも泥で汚れていた。

ローザはちゃぶ台の置かれた居間のほうへ、顎をしゃくった。

「ひとまず信じます。そこへ座って」

「ありがとう。悪いが、水を……」

そこから先は咳が出て話せなかった。演技ではない。発作が来たのだ。外に出たローザが、水を満たした碗《わん》を持って戻ってきた。一口水を含むと収まった。軽い発作で済んだことに安堵《あんど》する。

「風邪《かぜ》ですか？」

心配げなローザに「持病です」と答える。

居間に落ち着いた麻田は、この小屋に至るまでの経緯をかいつまんで説明した。山辺少佐が後任の在勤武官補になったこと。山辺が堂本の行方を追っていること。取り調べを受け、軟禁されたこと。喘息発作についても話した。

ローザはしきりに黒髪をかきあげていた。

「堂本少佐の居所を突き止めるまで、海軍から逃げ回るつもりですか」

「そうなります」

「無理ですよ。この島は水兵だらけです」

そんなことは麻田も承知している。南洋群島で最も栄えた島であるサイパンには、多くの海軍関係者がいる。アスリートの飛行場だけでなく、港の周辺にも海軍の関連施設を建造している。

しかし海軍クラブに残っていれば、どんな目に遭わされたかわからない。暴力を振るわないという山辺の言葉は方便に過ぎない。喘息患者に薬を与えないという行為も、相手を人間扱いしていないという点では変わらない。

「脱出した以上はやり遂げるしかない」

悲壮感の漂う麻田の横顔に、ローザは「それで？」と問う。

「ここに来たのは、ただ休憩するためではないですよね？」

麻田は察しのよさに感謝しつつ、薬と食べ物を求めた。

ローザが自宅に保管していたパパイヤを提供してくれたので、食べ物のほうはすぐに解決した。

みずみずしい果肉を頬張《ほおば》った麻田は、そのうまさに驚いた。人心地つくと、全身の疲れがどっとのしかかってくる。

「エフェドリンは持っていないから、買いに行くしかありません」

「すまない。代金は後で払います」

「お金の話ではなく……開店を待たないといけないので、手に入るのは昼前になります。構いませんか」

麻田は頷く。拒否権があるはずもない。それまでどこに隠れていようか思案していると、ローザが言った。

「昼まで私の家で休んでください。徹夜で走ってきたのでしょう」

「……いいんですか」

「他に待つ場所がありますか？」

今度は首を横に振る。

「助かります。ありがとう」

まっすぐな目で礼を言う麻田から、ローザは視線を逸らした。

「あなたが信用に値する人間だから、助けているのではありません。麻田さんは仕事のために他人をごまかすし、重要なことを隠すし、平気で騙そうとする。現在陥っている状況を何というか知っていますか。因果応報です」

サイパンで生まれ育ったのに、そんな言葉までよく知っている。かつて、炎上する若尾本邸を眺めながら、麻田の父も似たようなことを言っていた。

――因果ずら。

そう。すべては因果なのだ。よい行いをすればよい帰結が、悪い行いをすれば悪い帰結が待っている。家財を貯《た》めこんだ若尾家は焼き討ちに遭った。金のためにスパイとなった麻田は追われる身となった。そして、野放図に領土を拡大しようと企んだこの国は――。

麻田は苦笑した。

「そうですよ。私が疑われているのは、私がスパイだからです」

「だから他人事《ひとごと》とは思えない」

ローザの言葉には切実さがこもっていた。陸軍の指示に従い働いてきた彼女も、いずれ自分の身に災いが降りかかるのではないかと危惧《きぐ》している。他人を騙し、暗躍してきた人間が、穏やかに死ねると思うのは傲慢《ごうまん》だとでも言いたげだった。

「危険なことに巻き込んで、申し訳ない」

麻田は素直に頭を下げた。ローザが一瞥する。

「陸軍に目をつけられた時から、危険なことには巻き込まれています」

ローザはあるかなきかの笑みを唇の端に浮かべた。


ローザが薬を買うために外出している間、寝室を貸してもらうことになった。「縁側の戸を閉めていると余計に怪しまれる」というローザの意見に従い、あえて縁側は開け放しておく。代わりに、寝室の引き戸には室内から心張り棒を支《か》い、外から開かないようにしておいた。防備としては心許《こころもと》ないが、ないよりはましだ。

板敷きの床に寝そべった麻田は、昏倒《こんとう》するように眠りに落ちた。

眠っている間は夢も見なかった。筋肉痛と怠さのせいで幾度か覚醒したが、そのたびにここがローザの自宅であることを思い出し、安堵してまた寝入った。

はっきりと目が覚めたのは、激しく戸を叩く音のせいだった。何時間寝ていたのかすら定かでない。

「麻田さん！　起きて！」

なかば寝ぼけている麻田の耳に、ローザの叫び声が届く。反射的に心張り棒を外して引き戸を開けた。息を切らし、目を見開いたローザが立っていた。

「エフェドリンは品切れでしたが、これを」

右手にガラス瓶を握らされる。ラベルには「喘息エキス」と記されていた。幾度か服用した覚えがある。ちゃんと効き目はあったはずだ。

「ありがとう。本当に迷惑を……」

麻田の謝辞を遮り、ローザは「早く行ってください」と言った。

「ガラパンの町中で、水兵が麻田さんを捜し回っています。喘息の薬を購入した者がいないか、薬局に聞き込みをしている。そのうちここにも水兵が来ます。見つかる前に逃げてください」

急《せ》き立てられるように麻田は靴を履き、縁側から降りた。薬瓶を無理やりスラックスのポケットにねじ込む。いささか腹は減っているが、呑気《のんき》に食事をしている余裕はない。

去りかけた麻田は振り向き、見送るローザに改めて礼を伝えた。

「世話になりました。本当にありがとう」

「もし私が陸軍に追われたら、必ず助けてください」

「約束します」

軽く手を振り、麻田は集落の外れへと駆け去った。

束《つか》の間《ま》の休息は終わった。長い逃走の再開である。次はどこへ向かうべきか。人気のない密林に隠れ、岩場で雨風をしのいでやり過ごすか。しかし潜伏しているだけでは事態は打開しない。どうにかして、堂本少佐を見つけ出さねばならない。

集落の外れは、ほとんど手入れのされていない雑木林だった。木々の間を縫い、雑草を踏みしだきながら進む。とにかく人の気配がしないほうへ。

しかしすぐに、麻田の足は止まった。かすかに人の声が聞こえたのだ。話している内容までは聞き取れないが、確かに男の声がした。カマチリの木の太い幹に隠れ、声がしたほうを観察する。

茂みの合間から二人の男が見えた。五メートルほど離れた場所を、軍装の青年兵卒が並んで歩いている。背中にどっと汗が噴き出す。

――もう来たのか。

麻田は踵を返し、逆方向に足を踏み出す。足音を殺していたつもりが、慌てていたせいで低木の茂みに足を突っ込んだ。がさっ、という葉擦れの音が辺りに響く。呼応するように兵卒たちが振り向き、近づいてくる。

「誰かいるのか」

「答えなさい」

考えている暇はない。なりふり構わず、麻田は駆けだした。

「待て！」

「麻田ぁ！」

怒号が追ってくる。灌木《かんぼく》をかわし、窪《くぼ》みを飛び越える。下草に引っかかり、泥に足を滑らせながらも、必死で駆ける。ここで捕まれば終わりだ。連れ戻され、再び尋問にかけられる。今度こそ、山辺たちは麻田が堂本の協力者だと確信するだろう。そうなれば、汚名を雪《そそ》ぐことは二度とできない。

後方から聞こえる足音が小さくなった。二人だった人影が一人になっている。

――しまった。

挟み撃ちにされる。そう思うと同時に、横合いの木陰から男が飛び出してきた。背後から飛びかかり、うつぶせに組み伏せられる。麻田はその手から逃れようとするが、訓練を積んでいる若き水兵に敵《かな》うはずもない。強い力で両腕の自由を奪われ、頬を小石交じりの地面に擦《こす》りつけられる。

「放せ！」

麻田がどれだけ叫んでも、もがいても、びくともしない。やがてもう一人の水兵も追いついた。軍帽の下から、陰険な目つきで麻田を見ている。

「こいつ、役人のくせに……」

「応援を呼べ！　いつまた逃げるかわからん！」

のしかかっている男が叫んだ。叱《しか》られたと思ったのか、もう一人の水兵はつまらなそうな顔をしながらも、雑木林の向こうへ走り去っていった。

麻田はこれから己の身に起こることを考えていた。海軍の施設に連行されるのは間違いない。海軍クラブの談話室に閉じ込めるような、生易しい処置ではないだろう。犯罪者たちが入る獄舎か、あるいは軍用船で夏島に連れていかれるかもしれない。二度と脱走などできないよう厳しい監視下に置かれる。その先の取り調べについては想像もしたくない。

では、連行される前に隙を衝《つ》いて逃げることができるか？

当然、答えは否だ。これから応援の手勢もやってくる。一人の貧弱な男の周囲を、何人もの屈強な兵卒が固めるのだ。逃げる隙などあるはずがない。

今度こそ、終わりだ。麻田は無事では帰れないことを覚悟した。せめて、一目でいいからミヤと良一の顔を見たかった――。

「立ってください」

麻田の思考はきびきびとした言葉に遮断された。

背中に感じていた重みがすっと消える。両手が解放され、自由に動く。ゆっくりとその場に手をついた麻田は、首を巡らせる。つい先刻、己を取り押さえた兵卒に見下ろされていた。逆光でわかりにくいが、その顔には見覚えがある。

「もうすぐ戻ってくる。早く」

田口茂一等水兵は、表情のない顔でそう言った。

「ラプガオにいる兵卒は、私とあの同僚だけです」

田口の手引きで、麻田はラプガオの南に隣接するアスパロモへと移動していた。行く手にはサイパン島最高峰、タッポーチョ山がそびえる。標高は五百メートルにも満たないが、島の至る場所からその山容を見ることができた。

密林を進みながら、田口は息も切らさず話し続ける。

「ほとんどの兵卒はガラパン周辺を捜索しています。しかしあなたがローザ・セイルズの自宅に逃げるだろうことは予測がつきました。ですから、わざわざラプガオに来たのです。これほど容易に見つかるとは思っていませんでしたが」

「いいのか？　私と一緒にいて」

「同僚には、逃げられてしまったと後で話しておきます。途中まで追いかけたが、見失ったということにします」

そんな証言をすれば、失態の責任を問われるのではないか。頭に浮かんだ疑問を、麻田は打ち消した。田口はそこまで覚悟しているのだ。尋ねるだけ野暮だった。

「田口君は……どこまで……知っているんだ？」

泥まみれのシャツを着た麻田は、息継ぎの合間に言葉を発する。

「千代松で話されたことは、基本的に知っています。あの女が陸軍のスパイであることも、麻田さんがあの女に肩入れしていることも。私の役目は、堂本少佐のために扉一枚隔てた場所で待機することですから」

確かに、堂本が呼べば田口はいつでも現れた。それはつまり、堂本の発する言葉に対して常に耳を澄ませているということである。海軍クラブでローザの協力者、ミゲルを捕らえた時もそうだった。

堂本に報告したのと同じ情報を、田口は持っている。ならば話は早い。

「別に、肩入れは……していない」

「どちらでも結構です」

「田口君は……疑われなかったのか」

堂本の手駒《てごま》として働いていた己は山辺の取り調べを受け、一方で堂本の忠実な部下だった田口は自由に動いている。似たような境遇にもかかわらず、なぜ扱いに差がつくのか。田口はわずかに躊躇しながら言った。

「麻田さんのお陰でさほど疑われませんでした」

「どういう意味だ」

「宇城中佐が、失踪の手引きをしたのは麻田健吾に違いないと報告したためです。軍令部の矛先はあなた一人に向いています」

狸《たぬき》に似た宇城の顔を思い出し、思わず奥歯を嚙みしめる。

宇城は元々、堂本が米国の協力者ではないかと疑っていた。堂本の挙動を探るよう命じられていた麻田は、九月、宇城に「米国と内通している可能性は低い」と報告した。宇城は落胆した様子だったが、それが麻田の偽らざる見解だった。

まさかこれは、自分の望んでいた内容を報告しなかった麻田に対する、宇城の報復なのだろうか。身体の芯《しん》が怒りで熱くなる。

「私は何も知らない」

「そうでしょうね」

田口はさらりと応じた。

「信じてくれるのか」

「麻田さんを信じている訳ではありません」

ローザからも似たようなことを言われたが、不快感はない。助けてくれるなら理由は問わない。

田口は名も知らぬ灌木の枝を手で払った。

「堂本少佐は、御自身の身の安全のために他人を巻き添えにするようなお方ではない。そのことはよく理解しております。だから、此度の失踪も単独で考え、単独で実行なさったはずです」

田口の横顔に浮かんでいるのは、堂本への敬意だった。

麻田は声に出さず共感した。堂本少佐は親切とは言いがたい。命令の意図を懇切丁寧に説明してくれたことは一度もないし、熱い激励の言葉をかけられたこともない。威圧感を覚えることばかりだった。

だが、その言動には目下の者への気遣いがあった。そして功あれば褒めたたえ、しくじれば叱《しっ》責《せき》した。当然のことのようだが、堂本の判断は極めて公平だった。その公平な視点に惹《ひ》かれていたことを、麻田は認めはじめている。

開けた野原に出た。早足で横断しながら、田口は語り続ける。

「堂本少佐がどこにいるか、知りたいのは私も同じです。ですが軍令部に任せても見つかる保証はない。それならば、麻田さんと組んで捜索したほうがよほど有益であると判断しました」

要は、軍令部も田口も麻田も、目指す場所は同じなのだ。

堂本少佐の発見。皆がその一点に向けて走っている。それなのに、追っ手の側で勝手に仲間割れしているのは滑稽《こっけい》としか言いようがなかった。

野原を渡り切り、再び密林に入る。麻田は期待の籠《こも》った視線に気付き、首を振った。

「申し訳ないが心当たりはない」

「何かありませんか。麻田さんが失踪の手引きをしたとは思いませんが、あなたが堂本少佐に信頼されていたのは確かなのです。麻田さんにだけわかるような伝言を、どこかに残していたのでは？」

買いかぶり過ぎだ、と一蹴《いっしゅう》するのは容易だが、それは同時に思考停止を意味する。無駄に終わるのを承知で、麻田はこの一年余の堂本の言動を振り返った。

行方を推測する前に、そもそも堂本はなぜ姿を消したのかが疑問だった。米国のスパイだから、という軍令部の見解はいったん措いておく。他に失踪する動機があるとすれば、何か。あの男の本心には何が潜んでいたのか。

「……堂本少佐は、以前から米英との戦争を危ぶんでいた」

田口が「そうですね」と答える。

「親米派と呼ばれる将官のなかにも、米英との戦争に反対する方々がいると聞きました。井上司令官もそうだと言われています」

「だから、厄介払いのために第四艦隊へ送られたのか？」

田口は無言だったが、限りなく肯定に近い沈黙だった。

「ともかく、堂本少佐は親米派に連なる考えの持ち主だったと仮定しよう。具体的に、戦争を回避するための行動を起こしていただろうか」

「少佐のお立場では、難しいと思われます」

その点は、部外者の麻田にも想像がつく。佐官が開戦の判断に関与することは、事実上不可能と言っていい。開戦という最重要事項に対しては、大将あるいは中将級でなければ意見具申すらできないだろう。

「わかっている。だが、その程度で諦める人だろうか」

堂本は、少佐の階級を理由に抵抗することを止め、粛々とサイパンで仕事をこなすだけの男には見えなかった。きっと信念に沿った行動をとるはずだ。たとえ、成就する希望が極めて小さくとも。

そう考えれば麻田の仕事の意味もおぼろげながら見えてくる。

堂本少佐は米英の協力者を排除することに血道を上げてきた。あれは彼なりの、戦争回避策だったのかもしれない。日本側の情報が入るのを可能な限り堰《せ》き止め、少しでも開戦を遅らせようとしたのではないか。

いかにも、情報士官である堂本が考えそうな策だ。人は正体がわからないものを恐れる。そのことは、一年余の活動で思い知っていた。

――そうだとしても……。

堂本の思想をたどっても、やはり、開戦翌日に姿を消した意図は読めない。目論見《もくろみ》が達成できず、どうでもよくなってしまったのだろうか。

「この辺りが限度でしょう」

急に、田口が足を止めた。数歩進んでいた麻田が振り返る。

「……どうした？」

「そろそろ戻らなければ怪しまれます。麻田健吾は東の方向へと逃げて行った。今から引き返し、そのように証言します。目立った足跡は消していくつもりなのでご心配なく」

一緒に行動できるのはここまで、ということか。

麻田を取り逃がした田口には、試練が待っているだろう。部隊で厳しく叱責され、事によっては麻田と同罪とみなされるかもしれない。それは当人にもわかっているはずだ。だが、田口自身は毅然《きぜん》とした表情を崩さない。

「これからどうするつもりだ？」

思わず、麻田は尋ねていた。

「どうする、とは」

「軍隊に戻って、米国の兵士と戦うのか？」

「そのために入隊しました」

平然と答える青年に、麻田は躊躇を覚えながらも言った。

「田口君が戦うことを、堂本少佐が望んでいると思うか？」

密林に漂う湿った空気が、肌にまとわりつく。

足元には花が咲いていた。鮮やかな桃色の花が下草から顔を覗かせている。二人のやり取りを見守るように、静かにたたずんでいる。

「本心をお伝えします」

田口が乾いた唇を動かす。

「私は、堂本少佐に死んでいてほしい」

風が吹いた。首を振るように、桃色の花が揺れた。

「尊敬する上官であっても、戦争がはじまった直後に姿を消すなど、日本軍人としてあり得ないことです。軍人は私たち一兵卒から大将まで、敵前逃亡は言うに及ばず、捕虜として生還することも許されません」

麻田は唾《つば》を飲んだ。

九年前、空閑昇《くがのぼる》という陸軍少佐が自殺したことを思い出していた。空閑少佐は上海《シャンハイ》事変で大隊長を務めていたが、国民革命軍の捕虜となり日本へ生還した。部下たちの多くが戦死するなか、生き延びた空閑への風当たりは壮絶だった。知人たちから自決を勧められ、夫人の起居する自宅には一般人が怒鳴り込んできた。

日本側へ身柄が引き渡されてから十二日後、空閑は拳銃《けんじゅう》自殺を決行した。捕虜として生き延びたことを非難していた世論は一転、自決を美談として称賛した。

田口は顔色を変えずに言う。

「戦争がはじまれば、軍人は死ぬまで戦う義務があります。万が一、相手に殺されなかったとしても自ら死を選ぶ。そうしなければ、遺された家族に迷惑がかかります。だから堂本少佐にも死んでいてほしいのです。仮に戦争を恐れ、暗い穴ぐらで震えるような真似をしていれば、私は心の底から軽蔑《けいべつ》します」

麻田は疲労の滲む息を吐いた。

「私は軍人になれない」

「あなたに軍人の何がわかるのですか」

わからない。わかりたくもない。

田口は挨拶もなく、来た道を駆け戻っていく。たくましい脚で雑草を踏み、あっという間に茂みの彼方《かなた》へと消えた。鳥の鳴き声と葉擦れの音だけが残された。

麻田は再び南へと歩き出す。田口が先刻言った通りの受け答えをしてくれれば、多少は時間を稼げる。自由に動ける間に、堂本の居所を突き止めなければならない。

しかし、あまりにも手掛かりがなかった。海軍の人海戦術で、しらみつぶしに島を捜すほうがよほど早いとすら思えてきた。虫を叩き潰《つぶ》し、乾いた泥を払いながら、麻田は考える。どこかに突破口はないか。

先刻の田口と同じように考えている海軍関係者は多いだろう。特に世間の反応を気にする幹部は、開戦直後の失踪という望まれざる行動に出た堂本に「死んでいてくれ」と願っているはずである。それがわからぬ堂本ではない。

――もしかすると。

麻田はある仮説に思い至った。

――堂本少佐は、最初から死に場所を求めていたのか。

逃亡しても、発見されれば世論によって自殺に追いやられることは目に見えている。堂本は端《はな》から生きて逃げ延びるつもりなどなかった。ただ死ぬ場所を求めていた。海軍という組織、軍人という人種の思考を踏まえれば、逃亡より死を選ぶことは十分あり得る。

しかし仮に死ぬつもりだとして、わざわざ姿をくらます必要はあったのか。海軍クラブで拳銃自殺すれば済む話だ。

前方には昼にもかかわらず暗がりが続いている。密林の緑は深く、濃くなっていく。足首が痛み、ふくらはぎが腫《は》れている。それでも歩みを止めることはできない。影の内側へ分け入りながら、麻田は考え続けた。

茂みの間にある一本の木に、ぽつりと赤い花が咲いていた。

それは鳳凰木《ほうおうぼく》——別名、南洋桜の花であった。サイパンで南洋桜が咲くのは春から秋にかけて。十月にはすべての花が落ち、枯れている。しかし目の前の南洋桜は、たった一つではあるが花を咲かせていた。

季節外れの赤い花は、麻田の脳裏にある言葉を蘇《よみがえ》らせた。

——死ぬ時は、満開の南洋桜の下で死にたいものだ。

麻田の目の前で火花が散った。稲妻に打たれたかのようであった。

堂本は確かに、そう言っていた。

あの一言を聞いたのは九月。堂本はあの時すでに死ぬことを決めていたのだ。満開の南洋桜の下で自決すると。この十二月、島にあるほぼすべての南洋桜が散っている。だが、捜し出せば一つくらいは見つかるのではないか。季節外れの満開の南洋桜が。

堂本が死に場所を求めて消えたとすれば、恐らくはそこにいる。

——しかしどうやって捜せば……。

サイパン全島に情報網を張り巡らせている麻田でも、「師走に咲く南洋桜」の情報は持っていなかった。そんな情報、集めようと思ったことすらない。

考えながら歩いていると、視界が旋回した。その直後に肩への衝撃を感じる。爪先《つまさき》が木の根に引っかかり、転倒したのだと気付いたのは数秒経ってからだった。しばしの間、麻田は起き上がることができなかった。田口と話している間は気が紛れていたが、疲労と空腹は限界に達している。

堂本が南洋桜の下にいるという仮説が正しいとしても、もはや歩いて捜し出すだけの体力は残っていなかった。

どうにか両腕を突っ張り、地面から身体を引き剝《は》がす。西から風が吹いた。草の匂《にお》いや土の香りが漂ってくる。さわさわという、葉と葉が触れ合う音の間に何か異音が聞こえた。笛のような音だ。

まさか、別の追手が来ているのか。麻田は反射的に立ち上がり、耳を澄ませた。

音は徐々に大きくなってくる。谷間に吹く風のような、楽器のような、高い音が遠くでこだまする。麻田はその正体に気が付いた。

汽笛であった。

一年前に調べた、シュガートレインの路線図を思い起こす。線路は基本的に海沿いだが、ところどころ山の谷間を走る箇所もあった。すぐ近くではないが、歩いて行ける距離までシュガートレインが来ている。

考えるより先に、走っていた。サトウキビを満載した列車は、子どもが飛び乗れるほど遅い。今なら走れば追い付ける。貨物車に身を潜めていれば、身体を休めながら、遠くまで逃げられるはずだ。

雑木林を十分ほど走ると、急に開けた場所に出た。足元には鉄路が延び、その上を長々と繫《つな》がれた貨物車が南へ走っている。車掌が乗っている先頭車両は見えないほど遠くにあった。麻田は空車ではなく、サトウキビを満載している貨物車を選んだ。身を隠すにはそちらのほうが好適だ。歩くのと変わらない速度のため、飛び乗るのは容易《たやす》い。サトウキビの上に腰を下ろし、ゆっくりと流れていく木々を眺めていた。今まで徒歩で移動していたのが馬鹿らしくなるほど、快適だった。

これでひとまず、ラプガオ周辺から脱出することができる。

少しでも腹の足しになればと、サトウキビの茎を一本引き抜き、かじってみる。青臭さはあるが驚くほどの甘味であった。麻田は夢中でかじり、体内に糖分を補給した。

寝転がった麻田はすぐさま睡魔に襲われた。束の間、逃亡中の身であることを忘れて深い眠りに落ちた。

ひどい夢を見た。

麻田は横浜にある自宅の居間で、ミヤや良一と一緒に食事をとっている。

ミヤが支度した白飯、ハマグリのみそ汁、青菜の漬け物、それに麻田の好物である煮アナゴが食卓に並んでいる。アナゴの身に箸《はし》を入れるとほろりと崩れ、口に運べば甘辛いタレの味が広がる。

麻田はミヤから贈られたネクタイを締めていた。簞笥《たんす》の上には、ミヤの誕生日に贈った奈良《なら》人形が飾ってある。春場所の最中とあって、良一はしきりに相撲《すもう》の話をしている。贔屓《ひいき》の大関・羽《は》黒山《ぐろやま》が初日から五連勝を飾ったことでご機嫌なのだ。

「今度の冬休みは甲府に行けると思う」

麻田が言うと、ミヤが顔をほころばせる。

「よろしいの？　長期休暇の間もいつもは何やかやと学校の御用事があるのに」

「いいんだ。どうにか都合をつける」

「嬉《うれ》しい。皆に良一を会わせるのも楽しみねえ」

ミヤが微笑《ほほえ》み、麻田はそれに応じて頷く。

何一つ欠けるところのない、円満な家庭の光景である。

だが実際にはあり得ない光景だった。ネクタイは黴《かび》を生やしてしまい、贈ったミヤ自身が処分した。奈良人形は普段、押し入れのなかにしまってある。そして羽黒山が大関として活躍している年、麻田は喘息で学校を休職していた。

これは現実の風景ではない。麻田はそれに気が付きながら無視をして、甘い幻想に浸っていた。みそ汁を啜《すす》っていた麻田が顔を上げると、一瞬にしてミヤと良一が消えていた。

「どこに行った？」

声を掛けたが、応じる者はいない。

襖が開いた。そこに立っていたのは、背広を着た痩身《そうしん》の男だった。麻田は背筋に寒気を覚え、とっさに立ち上がる。

「堂本少佐」

いつの間にか、辺りは「千代松」の一室へと変わっていた。

「どこに行っていたんですか。海軍の連中が捜しています」

「まあ落ち着け」

促され、座布団に腰を下ろす。堂本はホープを吸いはじめた。

「戦争がはじまった以上、すべては手遅れだ。軍人である私は死ぬ他ない」

「勝利すればよいのです。勝てば生き残れます」

「それがいかに困難か、麻田君ならわかっているだろう？」

堂本の吐いた煙が顔にかかる。思わず手で煙を払う。立ち込めていた紫煙が晴れた時、目の前にあったのは南洋桜だった。枝という枝に、燃えるように赤い花を咲かせている。その赤い花々の下で、堂本はあぐらをかき、うなだれていた。

「大丈夫ですか」

麻田は近づきながら、堂本の下腹から短剣の柄《つか》が飛び出していることに気が付いた。横一文字に割かれた腹から、おびただしい量の血が流れている。麻田は膝《ひざ》から崩れ落ちた。堂本がすでに絶命しているのは明らかだった。

麻田は震える手を遺体の両肩に置く。すると、死んだはずの堂本の目が麻田を睨み、青い唇が動いた。

「私だけではない。皆、死ぬのだ」

麻田には呪いの言葉としか聞こえなかった。ひどく汚らわしいものを触っている気がして、思わず突き飛ばした。割腹自殺を遂げた堂本は仰向けに倒れ、暗く深い穴の底へと落ちて行く。

同時に、麻田の足元にも底の見えない穴が開いた。どれほどもがいても、穴から脱出することはできない。

――ミヤ、良一……。

妻子の名を呼んでも応じる者はおらず、麻田は堂本の遺体とともに落下していく。暗闇のなかを、永遠に落ち続けていく。やはり南洋に来るべきではなかった。果てしない後悔を噛みしめながら、麻田はすべてを諦めた。

目が覚めると、全身に汗をかいていた。

積まれたサトウキビの上でうつ伏せに寝ていた。眠っていたのは一時間にも満たないが、直射日光を浴びていたせいか、首の後ろが焼けるように熱い。落下する感触がまだ残っていて、落ち着かない。

列車は動いている。

海風が強い。上体を起こすと、すでに密林を抜け、線路は海岸沿いへと戻っていた。着実にチャランカノアの町へと近づいている。町に入れば海軍に見つかる恐れが増える。そろそろシュガートレインを降りるべき頃合いだった。

それにしても嫌な夢だった。皆、死ぬのだ。そう言った堂本の声が鼓膜にこびりついている。

線路の西側には砂浜が、東側にはタマナの防風林がある。あと少しで列車は町へ到達する。南興の敷地に入れば、人目が増える。麻田は鉛のような身体を引きずって、貨物車から飛び降りた。

短い眠りを取ったため、頭はやや冴えている。だが肉体の疲労は限界に近かった。筋肉痛のせいで一歩踏み出すごとに苦痛を覚える。水分を搾《しぼ》り取られるほど汗をかき、日焼けで皮膚がひりひりと痛む。

しばしタマナの林を歩くと、民家が見えた。平屋の木造家屋である。生垣の奥の庭に、水の入った甕《かめ》が置かれている。発見されることへの恐怖より、渇きが勝った。足音を殺して近づき、柄《ひ》杓《しゃく》を突っ込んで水を飲む。温《ぬる》い真水は甘露の味がした。気力が湧《わ》く。

「誰《ター》やが？」

背後からの声に、飛び上がるほど驚いた。

見れば、還暦は超えているであろう男が縁側に立っていた。ランニングシャツにステテコという出《い》で立ちである。たるんだ瞼の下からじっと麻田を見ていた。方言を使っているところから、沖縄出身者と推察された。

「誰やが？」

同じ台詞を繰り返す男に、麻田はとっさに「南洋庁の者です」と応じていた。

「喉が渇いていたので、つい水をいただいてしまいました。すみません」

麻田を捜索しているのは海軍のはずだ。警察官や軍属ならともかく、民間人にまで指名手配されているとは考えにくい。それでも念のため、氏名は名乗らなかった。沖縄方言の男は「役所の人間か」とつぶやいた。

「水くらい構《カンマ》んが、一声《チュクイー》かけてよ」

「失礼しました」

怪しまれている様子はないようだった。

チャランカノアの周辺に住んでいるということは、南洋興発の関係者だろうか。一軒家に住んでいることから、それなりにサイパン在住歴は長いと思われる。ただの現業員ではないだろう。家の奥へ立ち去りかけた男に、意を決して「あの」と言った。

「捜しているものがありまして」

「うん?」

「南洋桜なんです。今の時期、満開の花をつけている南洋桜を知りませんか」

男は戸惑うでもなく、腕を組んで考え込んでいたが、やがて「知らねぇ」と言った。さほど落胆はしなかった。そう都合よく事が運ぶはずがない。

「自分《ワー》よりも、島民のほうが知っちょるんやあらんか」

そう言い残して、今度こそ男は家のなかへと消えた。麻田は追加で少し水を飲み、喘息エキスを服用してから民家を後にした。

男の言うことは正しいのかもしれない。都市部にそのような南洋桜があれば、さすがに麻田の耳に入っているはずだ。現地のことをよく知っている島民のほうが、聞き取る相手として適役のようだ。

麻田にはサイパン各地に島民の知り合いがいた。チャランカノアからほど近い集落にも、一人当てがある。それも酋長《しゅうちょう》の息子だ。ただし、いささか遺恨がある。だが背に腹は代えられない。

茂みに身を潜めながら、麻田はシズオ・トーレスの出身集落を目指した。

シズオの集落は徒歩三十分とかからない場所にあった。九月、シズオからフィリップ・セイルズ殺害の委細を明かされた際、集落の位置も聞いていた。

途中、民家の軒先から西瓜《すいか》を拝借して腹を満たした。脱水症状は収まったが、いい加減、腹に溜《た》まるものが食べたい。まとまった睡眠もとりたかった。緊張の連続で神経はすり減っている。

逃亡生活は限界に近づいていた。

集落は丘の上の開けた場所にあった。通りかかった女性の住民に日本語で話しかけると、最初は怪訝な顔をしていたが「南洋庁」と「シズオ」の名を出すと、納得したような素振りで案内してくれた。

シズオの居宅は奥まった場所にある、一際大きな建屋《たてや》だった。周辺の住居は小屋に近いが、その一軒だけは鉄木で造られた立派な家である。案内してくれた島民が先に屋内へ入り、取り次いでくれた。

じきに邸宅から現れたのは、三か月ぶりに会うシズオだった。突然の訪問にもかかわらず、きちんと綿のシャツを身に着けている。泥まみれの麻田より、よほどまともな服装だった。

「どうしたのですか、麻田さん」

シズオは流石《さすが》に驚いた様子だった。いきなり訪ねてきたことより、衣服や頭髪の乱れに困惑している。その反応に安堵する。ひとまず、今は海軍に追われていることを知らないようだ。事実を話すわけにはいかず、「厄介事に巻き込まれました」とだけ説明した。

「伺いたいことがありまして。上がらせていただいても？」

「構いませんが」

戸惑いながらも、シズオは麻田を邸内へ導いた。艶《つや》やかな鉄木の柱が至る場所に立っている。通されたのは応接室らしき部屋だった。海軍クラブのように調度品が揃《そろ》っているわけではないが、椅子や机は備えられている。シズオは後ろ手に扉を閉めた。

「一体どうしました」

心から気遣うような声音である。数か月前、麻田に犯行を突き止められた過去など忘れたかのようだった。麻田は言葉を濁しつつ、質問をする。

「実は、花を咲かせている鳳凰木——南洋桜を捜しています。満開の南洋桜を」

「あれは冬に咲く花ではありません」

「普通はそうでしょう。でも、季節外れの木が一本くらいはあると思うのです」

シズオはますます腑に落ちない表情だが、麻田から説明を加えることはしなかった。海軍に追われていると知れば、この男は通報しかねない。心は忠実な皇民なのだ。手の内は可能な限り明かしたくなかった。

思案顔だったシズオは、やがて席を立った。

「お待ちいただけますか」

部屋の外へ去ったシズオは、十分と経たず戻ってきた。

「父に尋ねてみました。それらしき話が一つ、聞けました」

咳払いをしたシズオが口を開く。麻田は気力を振り絞り、集中する。

「この集落からタッポーチョ山に向かって歩いた先に、毎年、冬に咲く南洋桜があるそうです。高齢のチャモロ人は割合知っており、凶兆として恐れているようです。私は初耳でしたが」

——それだ。

麻田は直感していた。シズオの話を聞いた途端、そこに堂本がいるとしか思えなくなった。若いシズオが知らなかったのは、何となく理解できる。日本人であろうとしたシズオは、集落の文化に興味を示さなかったのだろう。それでなくとも迷信の類は若い世代に伝わりにくい。

麻田の目の色が変わったことに、シズオも気が付いた。

「お望みの情報でしたか」

「確定したわけではありませんが」

口ではそう断りながらも、麻田は目の端が緩むのを抑えられない。

「この集落からどの程度離れていますか」

「父曰《いわ》く、一時間ほど歩いたところにあるそうです」

決して近くはないが、歩けない距離ではない。ようやく終着点が見えてきた。

「ありがとう。感謝します」

「大したことではありません。父でなくとも、この辺りのチャモロなら皆、知っていることだそうです」

シズオは平然と言った。

捜している南洋桜が正解だとすれば、堂本もチャランカノア周辺のチャモロ人から同じ話を聞いたのかもしれない。あるいは、島を巡回している最中にでも偶然発見したか。とにかく今は、堂本の居所を突き止めるのが先決だった。

椅子から立ち上がろうとするが足が言うことを聞かない。腰が抜けたように、尻が座面に付いたまま離れないのだ。疲労のあまり一歩も動けなくなっている。見計らったかのように、シズオが「麻田さん」と呼ぶ。

「夕食時ですし、食事はいかがですか」

「いや、それは」

壁の時計を見れば、午後五時過ぎであった。いつの間にか窓の外の日が傾いている。

「ずいぶんお疲れのようなので。簡単なものでよければご用意します」

「そこまで甘えられない」

「遠慮しないでください。ここでお待ちを」

またも部屋に取り残された。

率直に言えば、食事を提供してもらえるのは心底ありがたかった。もう丸一日、まともな固形物を口にしていない。パパイヤや西瓜ではなく、炭水化物を腹に入れたかった。歩きたくとも体力が尽きている。

やがて、女性の島民が応接室に食事を運んできた。手にした盆の上には、蒸し焼きにしたパンの木の実と、揚げた白身魚、バナナがあった。香りが鼻腔《びこう》を刺激し、唾液《だえき》が湧いてくる。食欲が強烈に呼び覚まされた。

戻ってきたシズオが、どうぞ、と手で示す。

「いただきます」

麻田はすかさずパンの木の実にかぶりつく。卵型の実が半分に切られ、こんがりと焼き色がついている。前歯でかじると、粉っぽい芋のような食感であった。でんぷん質の実がほろりと崩れる。舌の上に滋味が広がる。うまい、と素直に感じた。白身魚を箸でほぐして、身を口に運ぶ。適度な塩味と魚の脂に舌鼓を打つ。バナナまでもがとろけるような甘さだった。

サイパンに来てから最も美味な食事であった。極端な空腹が極上の調味料となっている。戦争がはじまり、大衆が贅沢《ぜいたく》を我慢していることを思って申し訳ない気分にすらなった。

シズオは麻田の食事を黙って眺めていたが、皿の上があらかた空になった頃、申し訳なさそうに切り出した。

「照明を落とします」

灯火管制のためだ。麻田が返事をする前に、天井付近で光っていた白熱灯が消された。食事が中断された格好だが、文句を言うわけにはいかない。

そのうちランプか蠟燭《ろうそく》でも使うだろうと待っていたが、室内は暗いままだった。闇のなかにいるはずのシズオに声をかける。

「どうかしましたか」

返事はない。麻田はようやく、己の呑気さに思い至った。

かすかに部屋の空気が動くのを感じる。扉が開かれた気配があった。麻田は手探りで椅子から立ち上がり、数歩横に移動してしゃがみこんだ。

唐突に光が灯《とも》される。眩《まぶ》しさに目がくらんだ。

携帯ランプを手に、開いた扉の間に立っていたのは武藤警部補だった。シズオは知らぬ間に姿を消している。

武藤の視線は、まず麻田が座っていた椅子に注がれた。少し離れた場所でうずくまっている麻田に気付くまで、数秒遅れた。

「おい！」

武藤が怒声を上げると同時に、麻田は脇腹めがけて体当たりを食らわせた。うっ、とうめく声を聞き届ける間もなく、体勢を崩した武藤からランプを奪い取る。食事を取ったおかげか体力は回復していた。

そのまま逃げようとしたが、何者かに背後から襟首を摑《つか》まれた。

「逃げるな」

聞き覚えのある警務課の男の声だ。もう一人、警察官がいたらしい。麻田は力任せに、ランプを顔めがけて振り回した。鼻の辺りに直撃した感触があり、襟首を摑む手が緩んだ。その隙に玄関めがけて駆け出す。

「逃げられんぞ！」

武藤の声が追いかけてくるが、麻田はすでに外へ出ていた。うっすらとだが月明かりがある。目印にされないよう、手探りでランプの光を消した。小屋のない方向へ走る。海軍の兵卒たちに追われることを思えば、警務課はまだましだ。

十分も走ると武藤たちの声は聞こえなくなった。足元が見えないのは怖いが、用心のためランプはまだつけない。目を凝らしながら原野を歩くのも少しばかり慣れた。足の裏にできた肉刺《まめ》が、一歩踏み出すたびに痛む。

闇のなかで、落ち着いて状況を振り返る。

シズオがどこかの段階で、麻田を巡る状況を知ったのは間違いない。父親に話を聞くため部屋を出た時が怪しいと踏んでいるが、もはやどうでもいい。ともかく大日本帝国の忠実な臣民であらんとする彼は、食事を提供することで足止めに成功した。灯火管制を口実に視界を奪い、その隙に警務課が身柄を拘束する手はずだったのだろう。

海軍でなく警務課の連中が来たのは、シズオが古巣に手柄を挙げさせるためだったはずだ。だが皮肉にも、麻田を逃がしたせいで武藤たちは叱責される。捕らえに来たのが山辺少佐やその部下であれば、逃げ出すのは無理だったかもしれない。麻田の体当たり程度でぐらつく兵卒はいない。気になるのは、シズオの話の真偽であった。タッポーチョ山に向かって歩いた先に、毎年、冬に咲く南洋桜がある。そう語っていたのは真実なのか。麻田を満足させるためだけの、その場しのぎの作り話ではないのか。

——だとしても。

麻田には他に手掛かりがない。シズオの話を信じるしかなかった。

目が暗闇に慣れてきた。月明かりを頼りに、灌木を避け、傾斜に注意しながら歩を進める。一応歩くことはできるが、タッポーチョ山の方角はわからない。夜間の行動が不自由なのは、昨夜で思い知っている。

早朝まで野宿をすることに決めた。すでに集落から十分離れたうえ、この夜闇ではまず見つからないはずだ。

落葉の吹き溜《だ》まりがあったので、身を横たえてみる。土も葉も湿っており、足腰に石が当たった。快適な環境からは程遠いが、横になっただけで幾分楽だった。食事を取ったおかげか眠気はある。羽虫の音が気になりつつ、徐々にまどろむ。逃亡二日目の夜、麻田は浅い眠りを貪《むさぼ》った。

堂本が姿を消してから九日が経過していた。

最後に甲府へ便りを出したのは、いつだっただろうか。

睡眠と覚醒の狭間で、麻田は最後に書いた手紙の内容を思い出そうとしていた。ミヤと良一、二人にそれぞれ書いた。十二月の頭頃のはずだ。開戦後は慌ただしく、一度も書くことができていない。

ミヤへの書簡はすぐに思い出した。雨が降らず水不足で風呂《ふろ》に入れないとか、琉球《りゅうきゅう》芝居を見たとか、他愛のない内容だった。良一には、花々の写真が印刷された絵葉書を出したはずだ。しかしどんな花だったか、思い出すことができなかった。

目覚めの気分は悪かった。咳が止まらず、喘息エキスを飲んだ。顔がむくみ、関節がきしむ。肌は数えきれないほどやぶ蚊に刺されていた。こんな場所で蚊帳《かや》もなく眠ったのだから仕方ない。喉が渇いたが、唾を飲むしかなかった。

まだ日は上っていないが、空は藍《あい》色に染まっている。午前六時頃と見当をつけた。軽く屈伸をして、身体をほぐす。

「行くか」

あえて声に出した。心身ともにくたびれきっている。

結末はどうあれ、今日が逃亡の最終日になると予感していた。シズオは麻田に話したのと同じことを、警務課にも伝えているはずだ。警務課の追っ手たちも同じ南洋桜を捜すだろう。堂本がいようがいまいが、麻田は今日、身柄を拘束される。

開けた野原に出ると、雲がかかった空の下にそびえるタッポーチョ山が見えた。山影を目指してまっすぐに歩く。

途中、島民の墓地に行き当たった。今でも多くの島民は火葬ではなく、土葬によって葬られている。盛り上げられた土の山がいくつも並んでいた。いやが上にも、死を意識させられる。

泥と汗と垢《あか》にまみれ、取り憑《つ》かれたように前進しているうち、麻田は己が一人の歩兵であるかのように思えてきた。隊を離れ、ただ一人で敵陣へ向かう非力な歩兵。その先に待っているのは死しかない。

――二〇三高地を目指した兵卒も、同じような心持ちだったろうか。

足を引きずるように歩いている間、記憶の底から日露《にちろ》戦争の逸話が浮き上がってきた。

明治三十七（一九〇四）年の十一月、麻田が生まれる以前のことである。旅順《りよじゆん》攻略に二度失敗していた陸軍は、おびただしい死傷者を出しながらも三度目の総攻撃をかけた。

夜襲に失敗し、敗色が濃厚となるなか、軍部は攻撃目標をロシア軍要塞《ようさい》から標高二〇三メートルの無名の丘陵《きゆうりよう》――二〇三高地へと切り替えた。港湾を砲撃するための観測点とすることが目的であった。

二〇三高地の激戦は、昭和十六年の現在に至るまで語り継がれている。日本側は一万人を優に超える死傷者を出し、ロシア軍も壊滅的な被害を受けた。おびただしい犠牲の下、日本軍は二〇三高地の奪取に成功した。そしてこの局地的勝利が、日露戦争の勝利につながったと語られている。

麻田が通った小学校に、従軍経験のある教員がいた。中国大陸で右足を負傷し、いつも引きずるように歩いていた。本人は常々「名誉の負傷」と言っていたし、級友たちも畏敬《いけい》していた。

その教員は、二〇三高地の話が大好物だった。授業の合間にしょっちゅう差し挟んでくるほどであった。彼は旅順に行っていなかったそうだが、同郷の朋輩が参加していたとかで、見てきたかのように熱っぽく語るのだ。

――一人でも多くの露助を血祭りに上げるためなら、皆命など惜しくなかった。友を喪《うしな》いながら死ねなかった者は、どうして殺してくれなかったと泣き叫んだ……。

時には涙を浮かべながら、彼は激戦の様子を熱弁した。熱にあてられ、つられて洟《はな》をすりあげる同級生もいた。国のために死ぬ。勝つために死ぬ。幼い時分は、そうしたことに一切疑問を抱かなかった。

しかし現在の麻田は、冷ややかな気分であった。

いかに崇高で、重要な使命であったとしても、喜んで命を落とす人間はいないのではないか。兵卒の家族や友人は、勝つために死んでくれ、と本心から思うのだろうか。生き延びられるなら、それに越したことはない。

二〇三高地を目指した歩兵たちは、死ぬかもしれないと思っていても、死にたいと願ってはいなかったのではないか。

タッポーチョ山を目指している麻田の脳裏にも、死の影はちらついている。だが、死ぬつもりは毛頭ない。麻田にはミヤが、良一がいる。甲府の両親が、弟や妹が、多くの友人たちがいる。皆の顔が浮かぶ。誰もが麻田の死を望んでいないはずだ。

彼ら彼女らのためには、生還しなければならない。たとえ行く先が二〇三高地であっても。

麻田は歩き続けた。その間に太陽は地平線から上りきり、まばゆい光が密林を照らし出す。焼けた肌に流れる汗を、手のひらで拭う。起伏の激しい荒地を進むのは、海岸沿いの道を進むのとはわけが違う。回復したはずの体力が、急速に消耗していく。

「まだか」

独言に応じるのは鳥の声だけだった。このまま山の麓《ふもと》に辿《たど》りついたら、どうする。当てのない旅を続けるか、引き返すか。いっそ、海軍や警務課に任せたほうが早いのかもしれない。足を止め、膝に手をついたその時だった。

背の低い広葉樹の枝が折れているのを発見した。人為的に折られたものかどうか、判別はつかない。だが、視線を移せば少し先の木の枝にも、折れた痕跡《こんせき》がある。その先にも。さらにその先にも。

これは偶然だろうか。

誰かが残した目印ではないか。

導かれるように、麻田は折れた枝を辿っていく。蛇行しながらも、少しずつ平地へと近づいているようだった。雑草を踏み分け、麻田は無心に歩を進める。枝を折った人物の正体は、すでに確信している。

カマチリ林を抜けると、いきなり開けた場所へ出た。

そこには、南洋桜の巨樹が屹立《きつりつ》していた。

すべての枝に赤い花を密集させたその姿は、天に向けて燃え上がる炎のようだった。麻田の身の丈をはるかに超え、二階建ての家屋よりもまだ高い。辺りを焼き尽くしてしまったかのように、南洋桜の周辺には木々がなかった。

夏の花々が眠る十二月に、この巨樹だけは、季節外れの花を総身に咲かせている。

麻田は息を吞んだ。

とうとう、見つけた。死に場所にふさわしい、燃えるような花々。ゆらめく赤き墓標。

巨大な火柱が風に揺れている。そこから匂い立つのは芳《かぐわ》しい蜜《みつ》の香でも、焦げた灰の香でもない。腐った卵のような、鼠《ねずみ》の這《は》う側溝のような異臭が漂っていた。その臭いの意味を、麻田は瞬時に悟った。

――やはり。

落胆と納得が入り混じった、奇妙な気分であった。

木の根元に黒っぽい塊が転がっていた。麻田は近づき、しゃがみこんだ。

凝視するまでもなく、それは軍衣をまとった人骨であった。衣類は雨に濡《ぬ》れ、土埃にまみれている。

毛髪のへばりついた頭部は、腐敗してぐずぐずに崩れていた。だが、狐《きつね》に似た目元や薄い唇には、紛れもなく堂本の面影があった。軍袴《ぐんこ》の間からは腸骨や大腿骨《だいたいこつ》が覗いていた。明らかに骨が足りないのは、動物か鳥が持ち去ってしまったのか。残ったかすかな肉の表面を蛆《うじ》が動いていた。辺りにはむせかえるような死臭が漂う。飛び交う蝿《はえ》が視界を遮る。麻田は吐き気を催し、酸っぱい唾を吐いた。

傍らに軍帽が落ちていた。手に取って裏返すと、泥にまみれた記名布に氏名が記されていた。

〈堂本頼三〉

時が止まったかのようだった。

肺が縮んでなくなってしまいそうなほど、麻田は長い息を吐いた。怜悧《れいり》な堂本の視線が蘇る。あの目で睨まれることは、二度とない。揺れる南洋桜の花々は、飽きることなく死骸《しがい》を見下ろしている。

麻田は、頭蓋《ずがい》の上にそっと軍帽を置いた。

改めて白骨化した遺体を見下ろす。勘違いであってほしかった。だが嘔気《おうき》に耐えて観察した顔《がん》貌《ぼう》は、やはり堂本少佐その人であった。

地面には抜き身の短剣が落ちていた。鮫皮《さめがわ》の巻かれた柄も、まっすぐな刀身も、黒く変色した血で濡れている。正体不明の組織片がびっしりと付着していた。

堂本はこの短剣で腹を切ったのだろうか。介錯のない切腹はさぞ苦しかっただろう。即死できないことくらい、堂本ならわかったはずだ。それでも、腹を切るという古風なやり方を選んだのは軍人としての誇りからか。

見回すと、やや離れた場所に真鍮の箱が転がっていた。弁当箱くらいの大きさで、きちんと密閉されている。状況から察するに、これも堂本が持参したと判断して差し支えないだろう。

麻田はほんの少し迷ったが、拾い上げ、留め金を外した。

箱に入っているのは、畳まれた横長の書状であった。遺書、という筆書きの題字がまず飛び込んでくる。

シャツの裾《すそ》で丹念に指先を拭い、遺書を広げる。

燃える花の下で、麻田は堂本が遺《のこ》した最後の伝言に目を通した。

*

堂本頼三は、富山県にある農家、堂本家の長男として生まれた。祖父の正一《しょういち》、父の栄二《えいじ》にちなんで、名前に三の字があてがわれた。

頼三は幼少期から、近郷でも噂になるほど利発な子どもであった。数字や文字を覚えるのが早く、六歳にして農地測量の計算は父母より早いほどだった。この子はいずれ学者になる、いや将官だ、と親戚《しんせき》からも期待をかけられていた。

生来、頼三は気性の穏やかな子どもで、落ち着きすぎていると言われるほどだった。怒るのも喜ぶのも控えめで、表情に乏しい。だが内心で何も感じていない訳ではなく、ただ表現しないだけのことであった。

父栄二は親戚の勧めもあり、海軍兵学校に入るよう頼三を諭《さと》した。諸外国との戦争では陸軍ではなく、海軍が主役となる。軍人として出世をすれば、名を挙げられる。あまり根拠のない主張であったが、ひとまず頼三はその提案を受け入れた。元より、学者よりも実務的な軍人の仕事に興味があった。

中学校を首席で卒業した頼三は、海軍兵学校に難なく入る。

日本各地から集った同期の面々は優秀で、首席卒業など珍しくはなかった。在籍中、兵学校の学生たちは常に席次を争うことになる。整列の順序から寝台の順番まで、すべてが成績を元にした席次で決められる。

頼三の席次は、同期およそ百四十名中、概《おおむ》ね六十番前後であった。故郷で神童ともてはやされていた頼三は、初めて己が凡庸《ぼんよう》な存在であることを思い知った。

——自分は将官にはなれない。

兵学校在籍中から、頼三はおぼろげながら、自身の能力をそう評価していた。

一方で、海軍士官としての先行きに絶望したわけでもなかった。飛び抜けて優秀な人間は王道を行けばいいが、それなりの能力を持った者にもそれなりの生き方はある。頼三は特殊技能を身に付けることで、軍人としての役目を果たそうと決めた。

五十番台の席次で兵学校を卒業した頼三は、二十一歳で結婚した。相手は佐官の娘であった。取り立てて仲睦《なかむつ》まじいとは言えないが、冷めきってもいない、ごく普通の夫婦生活だと頼三は思っていた。

いくつかの巡洋艦、駆逐艦で乗員として勤めた後、海軍大学校へ入校した。陸軍では陸軍大学校卒業者が幹部として重用される傾向にあるが、海軍における海軍大学校卒業という経歴はそこまで重視されない。それでも頼三が入校を志望したのは、目当ての「特殊技能」を身に付けるためであった。

頼三は戦術の立案が苦手だが、語学は極めて得意であった。そのため、情報士官としての道に活路を見出《みいだ》していた。たとえば軍令部第三部は、米英や中国、ソビエト連邦といった各国の情報を収集、分析する部隊だった。そういった情報畑に進んだほうが、力を発揮できると考えた。

在学中、妻の父から離婚するよう求められた。いつまで待っても子どもができないから、というのがその理由であった。結婚から十年近くが経っていた。家庭に執着のない頼三はすんなりと受け入れたが、すぐに承諾したことがかえって噂となり、表情の乏しさも相まって、海軍内で「冷血漢」と呼ばれるようになった。

本人にとっては不可解としか言いようがない。勧められた結婚に応じ、提案されるまま離婚しただけであり、非難される要素がどこにあるかわからなかった。

もしかすると自分は、人の感情の機微がわからないのかもしれない。離婚を機に、初めてそう認識するようになった。ただし情報士官は機関長や水雷長と違って、部下の統率は重要任務ではない。情報の収集と的確な分析が求められる仕事であり、感情の機微がわからずとも成立すると考えた。

海大では、情報士官としての頼三の適性が教官たちに認められた。卒業後、米国スタンフォード大学へ留学し、現地の情報を収集するよう命じられた。要はスパイ活動である。大尉であった頼三は、ここが腕の見せ所と勇んでアメリカへ渡った。

スタンフォード大学のあるカリフォルニア州は、サンディエゴに海軍基地を擁する。頼三は留学生に偽装しつつ、アメリカ海軍の協力者候補を探した。周辺の飲食店を出入りし、噂を聞くうち、一人の下士官に目をつけた。

頼三はこの下士官に接触。報酬と引き換えに内部機密を提供することを提案し、無事、協力を取り付けることに成功した。他にも数名、基地出入りの業者と話をつけ、納入する物品や時期について報告するよう取り決めた。

当初、この情報網は円滑に機能していた。協力者である下士官は、金遣いの荒さで有名だったが、実務能力は高く隊内での信頼も厚かった。そのため海軍内部の人員構成や装備、演習計画といった重要機密が次々に入手できた。

赴任してから二年ほどの間、頼三は休まず日本への電報を打ち続けた。

スパイとしての日々は充実していた。しかし頼三は、最前線でアメリカの国力を目の当たりにすることで、次第に不安に苛《さいな》まれるようになっていた。

工業や農業をはじめ、あらゆる分野でアメリカは日本の数倍から数十倍の規模を誇っていた。とりわけ石油の産出量には数百倍の違いがあった。燃料は艦隊や航空機をはじめ、あらゆる戦力の礎となる。石油を差配する権利を握られていることは、日本にとっては常に喉元に刃《やいば》を突きつけられているのと同じであった。

——間違っても、このような国と戦争をしてはならない。

アメリカという大国への恐怖が骨身に浸《し》みた。

協力者とは、ある町外れの牧舎で定期的に面会していた。牛の臭いがひどいが、人目につく恐れがまずないため重宝していた。

いつものように報告を受けたある日、協力者は探るような視線を頼三に向けた。

——何か？

問い返した頼三に、質問したいんだが、と協力者は言った。

——結構。質問してください。

——日本はアメリカと戦争するつもりで、こんな真似をしているのか？

日本に内通している下士官とは思えぬ発言だった。だが、協力者の発言は止まらない。

——本気で戦おうと思っているなら、愚かとしか言いようがない。国家の規模に差がありすぎる。誰がどう見ても、あんたたちは勝てない。

彼なりの忠告であったのか、思い付きに過ぎないのか、意図はわからない。

いずれにせよ、協力者の問いに頼三は即答できなかった。あえて沈黙を選んだ訳ではない。単に言葉が出なかった。日本は勝てない。その失礼極まりない指摘に対する、合理的な反論が思い付かなかった。

いつもは鼻につく牧舎の悪臭を、なぜか感じない。協力者はまだ話している。

――アメリカも当然、日本にスパイを送り込んでいる。あんたたちの実情は把握している。相手に手の内を知られた時点で、決着はついているんだよ。

――日本も防諜《ぼうちょう》の策は取っている。

それが精一杯の反論だった。協力者は鼻で笑う。

――防諜と言っても、高が知れている。アメリカのスパイを根絶やしにできる、というなら話は別だが。

牧舎での会話から半年後、頼三は逆スパイにかけられた。協力者候補として接触した人物が、アメリカ海軍情報局の用意した餌《えさ》だったのだ。

報酬と引き換えに情報提供を求めた頼三は、その人物の証言が基となり、スパイとして逮捕された。居宅に保管していた大量の資料が押収され、協力者たちとの関係も遮断された。駐米大使や駐在武官の働きかけにより起訴は免れたものの、頼三は国外追放の処分を受けた。

その間の出来事はあまり記憶にない。何が誤りだったのか、どう振る舞えば失敗しなかったのか、それはばかり考えていた。

帰国した頼三は、軍令部第三部に配属された。対米情報の整理を命じられたが、簡単な実務しか与えられない閑職だった。本人に明言する者はいないが、対米情報網が壊滅した責任を頼三に求める声が上がっているらしい。堂本が逆スパイにさえかからなければ、引き続きアメリカの情報を円滑に入手できたはずだ、という趣旨である。

――馬鹿馬鹿しい。

頼三はそうした非難を内心で冷笑した。そもそもその情報網は頼三が作り上げたものだ。功績は無視され、失敗の責任だけを押し付けられてはたまらない。

そうした冷笑的態度が表面に滲んでいたせいか、軍令部ではますます軽視されるようになった。海大の同期たちが続々と中佐へ昇進するなか、頼三は少佐に留め置かれた。このままでは軍人としての本懐を果たせないことは、明らかだった。

鬱々とした日々を送りながら、頼三は海軍士官としての使命を考えた。考えるほどに、軍人勅《ちょく》諭《ゆ》にある一節がその精神を象徴しているように思えた。


義は山岳《さんがく》よりも重く死は鴻毛《こうもう》よりも軽しと覚悟せよ

天皇陛下や国が望むことであれば、身命を投げうってでも実現を目指す。それが軍人という生き物の性なのだと、頼三は理解した。

ならば、義とは何か。本当に実現すべきこととは何か。

被害を出さないための最上の策は、戦争を回避することである。幼子でもわかる。とりわけ対米開戦だけは、絶対に防がなければならない。アメリカと交戦すればまず勝ち目はないのだ。

頼三の至った結論は極めて簡素であった。

――戦争をさせない。

それが、情報士官にできる最大の貢献だと結論した。

頼三はその一点に身命を賭《と》すと決めた。頼三にとっての義は「非戦」であり、その大義が達成できなければ、己の命など価値はない。戦場には頼三の居場所などない。

決意を胸に、頼三は中国大陸への派遣を志望した。当時日中戦争が泥沼化しており、停戦に向けた諜報活動に従事することを望んだのだ。だが、冷遇されていた頼三の希望は叶《かな》えられなかった。

——南洋に行ってくれ。

上官から異動を告げられた時、厄介払いをされたのだと理解した。駐在者の人数からして、南洋群島が重視されていないことは明白だった。だからと言って拒否権があるはずもなく、昭和十五年六月、頼三はサイパン在勤武官補に着任した。どこに行こうが、頼三のやるべきことはただ一つだった。

何をおいても、対米戦争を回避する。

頼三は、諜報技術という唯一の武器を最大限活用することにした。アメリカにいた経験から、他国のスパイが南洋群島に潜んでいることはわかっていた。そのスパイを片端から摘発し、情報網を潰す。こちらの手の内がわからなければ、大国と言えど、そう易々と戦争を仕掛けることはできない。

折しも、対米関係は悪化の一途を辿っていた。米領グアムからほど近いサイパンに赴任した頼三は、アメリカの協力者を根絶やしにすると決めた。日本国内から一掃することは不可能でも、せめて群島の情報網は徹底的に破壊する。それが、戦争回避のためにできる唯一の対策だと信じた。

そのために何人もの「犬」を手なずけた。とりわけ南洋庁庶務係の麻田健吾は目覚ましい働きを見せた。元教師という平凡な経歴への不安をはねのけ、最も信頼できる配下となった。

だが、開戦は止められなかった。

十二月八日。日本軍が真珠湾に攻撃を仕掛けたと知った時、頼三は使命を果たせなかったことを悟った。薄々わかってはいた。しかしいざ戦争がはじまれば、己がいかに無力な人間か思い知らされた。この期に及んで、できることはない。戦争がはじまった以上は負けるのだから。

義を果たせなかった以上、鴻毛より軽い命など必要なかった。

翌朝、頼三はひっそりと姿を消した。サイパンに赴任した直後、満開の南洋桜を目の当たりにして思ったのだ。

――南洋で死ぬのであれば、この燃えるような木の下で死にたい。

あるチャモロ人から、冬に咲く南洋桜があると聞いていた。頼三は密林をさまよった。しばらく教えられた場所の周辺を歩きまわり、目当ての木を見つけ出した。その南洋桜は、炎に似た朱色の花を咲かせていた。

――この木の下であれば、堂本頼三の死に場所としてふさわしい。

満開の花を見上げて、頼三は微笑んだ。

＊

麻田は南洋桜の下で、海軍の兵卒たちに拘束された。

前夜、シズオの自宅で麻田を取り逃がした警務課は事の顛末《てんまつ》を海軍に報告した。身柄確保に失敗したことに憤慨しつつ、麻田が南洋桜を目指していると知った士官たちは、夜明けと同時に追っ手を差し向けた。

麻田は一切抵抗しなかった。ガラパンの海軍施設に留置された麻田は、取り調べにも素直に応じた。

「見ての通り、堂本少佐は自決されました。米英を前に脱走したのではなく、死に場所を求めていたのではないでしょうか」

「私は何も知らされていませんし、南洋桜の場所を知ったのもシズオ氏に聞いたからです」

「堂本少佐の失踪には関与していません」

終始、麻田は同じことを主張した。

敵前逃亡したと思われていた堂本が自決遺体となって見つかったことで、海軍内部の反感は急激に鎮まった。真鍮の箱に保管されていた遺書には、対米開戦を止められなかった責任を取る、としたためられていた。元より戦争を望んでいた一部の士官からは不興を買ったものの、軍人としての堂本の行動には一貫性が認められた。アメリカのスパイであるという噂もなくなった。自決という形で責任を取ることは、それまでの容疑が立ち消えになるほど、軍人たちにとって重要であった。

身柄確保から三日後、十二月二十二日。麻田がいつも取り調べに使われている小部屋へ向かうと、山辺少佐が待っていた。おなじみの光景である。固い木の椅子に座ると、唐突に山辺が切り出した。

「君を保釈することになった」

喜びよりも、戸惑いのほうが勝った。どう反応すべきかわからない。

「……そうですか」

「堂本少佐は麻田君の見立て通り、開戦を阻止できなかったことを悔やんで自決した。今まで疑って申し訳なかった」

二人の間にあるテーブルに、山辺は両手をついて頭を下げた。驚きのあまり麻田は椅子ごと後ずさる。海軍が自らの非を認めただけでなく、手をついて謝罪したのである。痛快というより不気味だった。

——何か、裏がある。

麻田の直感は正しかった。顔を上げた山辺は「ところで」と言った。

「麻田君には次の仕事に取りかかってもらいたい」

「次？」

反射的に問い返していた。肉付きのいい山辺の頬が笑みで歪《ゆが》む。

「堂本少佐の後任は私だ。今後は、私の指示を受けて工作活動に励んでほしい」

愕然とした。冤罪《えんざい》だと認めたとはいえ、海軍は麻田を犯罪者同然に扱ったのだ。それを、山辺の謝罪一つでなかったことにしようというのか。

しかし山辺は、麻田の戸惑いなど歯牙《しが》にもかけない様子で腕を組んだ。

「不満か？」

「……私で、よろしいのですか？」

それは精一杯の皮肉だった。山辺は笑い飛ばす。

「麻田君は優秀な協力者だ。これから、米英との戦争が本格化する。南洋群島に潜んでいる連中の手先をいよいよ根絶せねばならない。君の手腕が試されるのは、むしろここからだろう」

「しかし」

「宇城中佐もぜひにと言っている。決まったことだ」

身体から力が抜けた。

もはや何を言っても無駄だ。山辺が麻田に告げる前に、すべては決していた。抵抗する術はない。麻田は海軍からいいように使われる運命を、自ら選び取ってしまったのだ。拓務省の野村と面会した、あの日から。

「麻田君。これは非常に名誉な役目として受け取ってほしい。仕事を通じて、海軍に、ひいては大元帥である天皇陛下の御役に立つことができる。一般人である君がこのような栄誉に浴することと自体、特別なのだ」

山辺は真顔だった。

彼は偽りのない本心を述べているのだろう。麻田を陥れ、罰を与えようとしている訳ではない。能力を持った者は戦争に従事すべきであり、それは日本国民の義務なのだと信じている。かつ、海軍少佐である自分はそれを指導する立場だとも。

「……承知しました」

そう答える他なかった。もしも軍人の指示に歯向かう方法がこの世にあるなら、すぐにでも教えてほしかった。

——因果ずら。

一度スパイに身をやつした人間は、逃れられない運命なのかもしれない。

身柄を解放された麻田は、サイパン支庁舎へ足を運んだ。

庶務係の執務室は一見、開戦前と何ら変わっていなかった。久々に顔を出した麻田に、同僚たちは無関心を決め込んでいた。

係長に不在を詫《わ》びると、「ご苦労様」と返ってきた。

「引き続き、職務に励むよう指示を受けました」

その一言で通じたらしく、係長は「頑張ってください」とだけ言った。

報告を済ませるとやることがなくなった。急に疲労を覚え、足や腰が痛みだす。心なしか熱もあるようだった。早退を申し出ても、引き止める者はいなかった。

雲の上を歩くような足取りで官舎へ帰った。汚れた衣類を脱ぎ、浴衣《ゆかた》に着替えて横になると気力が尽きた。水浴びをしたいが身体が動かない。畳の上に寝そべり、時が過ぎるのを待った。

横になっている間も、勝手に想念が生まれては消えていく。

サイパンに来てからというもの、人の死に触れることが増えた。首を吊《つ》った鰹漁師。夫婦になれず毒を呑んだ男女。皇民を自負する殺人者。

死に触れるたび、どうしようもない生命の軽さが、記憶の底に降り積もった。人の命がこんなにも美辞麗句で装飾され、こんなにも粗末に扱われていることを、麻田はこれまで知らなかった。

罪を懺悔《ざんげ》する自決なら、悲恋の果ての心中なら、御国のための殺人なら、人はその死を進んで受け入れることがある。怒りも悲しみも忘れて、容赦し、感涙し、賞賛する。あたかも、この世には許容される死とそうでない死があるようにすら思えてくる。

ならば堂本少佐の死は？

敵前逃亡の汚名を着せられた堂本は、志を果たせなかったための自決と判明するや一転して不問に付された。南洋桜の下で白骨と化した堂本は、許容された。

――私は、堂本少佐に死んでいてほしい。

田口一等水兵の願いは叶えられた。彼が望んだ通り、堂本は自ら命を捨てた。尊敬する堂本少佐のまま逝ってくれたことで、今頃、田口は安堵しているだろうか。死んでくれたことに感謝しているだろうか。

腹の底で、ふつふつと滾《たぎ》るものがあった。

それは堂本の遺体を発見してから、意識下で絶えず沸騰していた。この数日、驚きと疲れに紛れて、麻田はそれを直視してこなかった。しかし、官舎の畳で寝転がり、じっと心の奥底を見つめることで、ようやく名前をつけることができた。

それは怒りであった。

堂本が自決したことに、麻田は怒っていた。

なぜ、死んだのか。なぜ、無様でも生きていてくれなかったのか。

麻田と堂本は、同じ未来を見ていた。日本はこの戦争に負ける。対米開戦をしてはならない。それが共通した見解だった。最初から、自分たちに戦争を止める力などないことはわかっていた。それでも這いつくばって、できることをやってきた。

堂本少佐は、他国の諜報網を潰すことが一日でも開戦を遅らせると信じていた。いずれ敗れる勝負だと承知のうえで、堂本は、麻田は、「防諜」という武器を手に暗闘してきたのではなかったか。

いずれ対米開戦することは、最初からわかっていたのだ。

それなのに。

開戦するなり死を選ぶのは、それこそ、「生」という敵からの逃亡ではないか。開戦させてしまったことを真に後悔しているなら、今度は被害を最小に食い止める努力をすべきではないのか。これは終わりではない。悲劇はここからはじまる。その悲劇を直視することなくあの世へと逃げた堂本を、麻田は心のなかで幾度も罵倒《ばとう》する。

卑怯者！　臆病者《おくびょうもの》！　大馬鹿者！

日本中の人間が許しても、己一人だけは絶対に堂本を許さない。

横たわった麻田の双眸から、涙がとめどなく流れた。鼻汁も出た。麻田は顔を拭うことなく、流れるままにした。

堂本に死の覚悟があることはわかっていた。だからこそ麻田は、堂本がスパイではないと断言できた。しかしその覚悟は、こんなところで発揮されるためのものではなかったはずだ。力を尽くす機会はいくらでも残っているのに。

死んでいてほしい、だと？

馬鹿馬鹿しい。他人の死を願うことなど、どんな状況であれあってはならない。許容される死も、許容されない死もない。どんな言葉で飾り立てようと同じことだ。

死はすべて、死でしかない。

親しい人の、敬う人の、愛する人の死に接した時、誰にでも慟哭《どうこく》し、嘆き、憤《いきどお》る権利がある。

しかし飾り立てる言葉は、その当たり前の権利を奪う。死を許せ、死を喜べ、と人々に強制する。何度でも叫ぶ。死は、死でしかない。

そんな当たり前の事実が通用しないことに、麻田は再び涙した。


いつしか、麻田は深い眠りに落ちていた。夢は見なかった。

目覚めると朝であった。窓ガラスの向こう側で咲くハイビスカスが視界に入った。それを見て思い出した。最後に良一に送った絵葉書には、ハイビスカスの花が印刷されていたのだった。

サイパンは赤い花に彩られた楽園であり、地獄であった。麻田はこれからもその地で生きていかなければならない。今日も、明日も。しかし終局は必ず訪れる。いつか、帰還できる日が来る。

網膜にはミヤと良一の幻影がよぎっていた。

――何があろうと、生き延びる。

どんなに美しい言葉で飾られようと、死の淵《ふち》へ落ちるつもりはなかった。

*

昭和十九（一九四四）年六月十五日、アメリカ海軍はサイパン島チャランカノア周辺の海岸に上陸した。

アメリカ側は大量の水陸両用トラクターを投入し、数千人に上る水兵をサイパン島に上陸させた。日本軍は当初、上陸部隊に対して猛烈な抵抗を見せたが、十七日未明に開始した総攻撃が失敗に終わったことで甚大な損害を被った。島はアメリカ軍によって厳重に包囲され、増援部隊の上陸もままならず、島内の日本軍は孤立を深めた。

日本軍はタッポーチョ山付近で前線を再構築したが、二十六日、アメリカ軍に山頂を奪われる。ガラパンにおける市街戦でも守備隊は敗走し、砲撃や空襲によって街は瓦礫《がれき》の山と化した。

七月六日、司令長官である南雲忠一《なぐもちゆういち》海軍中将、師団長の斎藤義次《さいとうよしつぐ》陸軍中将、参謀長の井桁敬治《いげたけいじ》陸軍少将が自決。翌七日、陸海軍の将兵と民間人の混成部隊およそ三千人が突撃を開始した。こうした玉砕攻撃は「天皇陛下万歳」などと叫びながら突撃することから「バンザイ・アタック」と呼ばれていたが、同日中に撃破された。

七月九日、サイパン島北部に追い詰められた多くの民間人が自死を選んだ。岬《みさき》から飛び降りる者がいた。海へ入り自殺する者がいた。手榴弾《しゆりゆうだん》を使って爆死する者がいた。

同日、アメリカ軍は占領を宣言。サイパンという新たな基地を手に入れたことで、北マリアナ諸島から日本本土への空襲が本格化した。

サイパンでの戦いにおいて、日本側の軍人は約三万人が、民間人は約八千人が亡くなったと言われるが、犠牲者の正確な人数は定かでない。

終章

もはや「戦後」ではない。

経済白書に記されたこの言葉が流行したのは、前年のことであった。一人当たりの実質国民総生産は戦前の水準を超え、日本経済は更なる高みへと成長していた。今日は昨日より、明日は今日より豊かになると皆が信じていた。


昭和三十二（一九五七）年八月。

日曜の午後、麻田良一は客人を待っていた。

良一の自宅は、木造アパート二階にある一室だった。六畳の和室に台所と押入れが備わった部屋で、お世辞にも広いとは言えない。壁紙は、入居した時から煙草《たばこ》のせいで黄ばんでいる。

良一がここに住みはじめて、一年余りが経《た》つ。

学生時代は甲府市内の下宿に住んでいたが、高校の英語教師として働くため、昨年春に横浜へ引っ越してきた。平日は朝から夜まで働きづめで、土曜も顧問を務める庭球部の活動があり、ほとんど学校に滞在している。夏休みであっても教師には仕事がある。日中に自宅で過ごせるのは、一週間のなかで日曜だけであった。

埃《ほこり》の積もった部屋で客人を迎えるわけにもいかず、洗濯物を片付けたり、掃除をしたりしているうちに午前中が潰《つぶ》れた。近くの定食屋で昼飯をかきこみ、急いで自宅に戻った。部屋の真ん中であぐらをかいているのも落ち着かず、良一はアパート前の通路で煙草を吸って待つことにした。

日差しの強い昼下がりであった。良一は敷地内の植え込みの木陰に入り、煙草に火をつけた。現在愛飲しているのは「ホープ」だ。先月出たばかりの新しい銘柄で、箱には青い弓矢のマークが記されている。独特の甘い味が気に入った。

立っているだけで、顔にじっとりと汗をかく。

蟬《せみ》の声がやたらとうるさかった。顔をしかめても蟬が遠慮するはずもなく、大合唱は続く。

二階から外階段を降りてくる足音が聞こえた。振り返ると、隣の部屋に住む女性であった。良一より二回りほど年上で、単身のようだが、以前部屋から男の声が聞こえてきたことがある。

ワンピースを着た隣人は、これから旅へ出かけるようだった。大きなボストンバッグを肩から提げている。目が合ったので会釈をすると、「お久しぶり」と気取った声で言われた。

「どうも」

隣人は同じ木陰に入ってきた。

「滅多に見ないから、ちゃんと帰ってるのか心配してたのよ」

「平日は寝るためだけに帰ってるようなものなので」

「高校の先生だっけ？　大変よねえ」

話す時、妙にしなをつくるのが隣人の癖だった。引っ越しの挨拶《あいさつ》に行った時からそうであった。

「誰《だれ》か待ってるの?」

「そうですけど。よくわかりましたね」

「こんなに暑いのに、わざわざ外で吸うなんて待ち合わせくらいしかないから」

そう言って、隣人はちらりと頭上を見る。雲一つない晴天だった。なぜか隣人は木陰から去ろうとしない。

「お出かけですか?」

気まずさに負けて、良一のほうから尋ねていた。

「法事に行くんだけど」

隣人は質問を欲していた。気配を感じた良一は「どちらまで?」と訊《き》く。

「前橋《まえばし》。妹の十三回忌で」

ああ、と声が漏れた。

今年、多くの人が親族の十三回忌を迎える。十二年前――昭和二十年は日本のあらゆる場所に爆弾が降り注いだ。それは、当時良一が住んでいた場所も例外ではなかった。

「僕も先月、祖父母と母の十三回忌をしたばかりですよ」

「故郷は?」

「甲府です」

ただし良一は、いまだに甲府を故郷と呼んでいいのか判断がつかない。

「聞いたことがあります。前橋の空襲はひどかったようですね」

言ってから、良一は後悔した。ひどくなかった空襲など存在しない。隣人は「そうねえ」と曖《あい》味《まい》に答えた。視線は足元に注がれていた。

「もう行かなきゃいけないんだけど、なんとなく憂鬱《ゆううつ》で。さっきも部屋のなかでぐずぐず過ごして、やっと出てきた」

「気持ちはわかります」

「ごめんなさい。邪魔だったね」

隣人は右足から木陰を出た。良一に手を振り、それからまっすぐに前を向いて歩きだした。良一は紫煙を吐きながら、その姿を見送った。

待ち人はまだ来ない。


甲府で空襲があったのは十二年前の七月だった。B－29は甲府市の七割以上を燃やし、おびただしい数の人命を奪った。

当時、十二歳の良一と母ミヤは、父健吾の実家に身を寄せていた。祖父母と叔父――父の弟一家も同じ家に住んでいた。

都会から多くの人が山梨に疎開していたため、きっと甲府も安全だろう、という雰囲気が住民たちの間にはあった。甲府連隊の兵舎はあるものの大規模とは言えず、軍需工場もない。良一も、まさか甲府が焼かれるとは想像もしていなかった。

七月六日の深夜。

蒸し暑い夜に警報のサイレンが鳴り響いた。警報が鳴るのは日常茶飯事だった。麻田家の面々も慣れきっており、寝床から出てくる者はいなかった。良一は眠りを妨げられながらも、母と同じ部屋でまどろんでいた。

しかし十数分後、屋外から爆音が轟《とどろ》く。何事かと母が窓を開けると、突如、外が真昼のように明るくなった。良一はまぶしさに思わず目をすがめる。愛宕山《あたごやま》に照明弾が落とされたのであった。北マリアナ諸島から飛来した爆撃機の群れが、甲府の市街に無数の焼夷弾《しょういだん》を落とした。照明弾のせいで街は隅々まで照らし出され、丸裸も同然であった。絨毯《じゅうたん》爆撃によって辺りは見る間に火の海と化す。市民は明るい深夜の街を逃げ惑った。

麻田一家もすぐに自宅を飛び出した。だが、恐慌に陥った人々の波に揉《も》まれ、一家は散り散りになった。まず祖父母の姿が見えなくなり、次いで叔父一家とはぐれた。

母に抱きかかえられるように、二人で田圃《たんぼ》を目指して駆けた。だが途中、火の手にはばまれて迂回《うかい》しているうちに太田町の遊亀《ゆうき》公園へ辿《たど》り着いた。園内は先着した避難者で溢《あふ》れていた。附属動物園のほうから鳥たちの鳴き声が聞こえてくる。

その公園の真上にも、焼夷弾は落とされた。

避難者たちは逃げ惑うが、四方を炎に囲まれもはや逃げ場はない。良一と母は動物園のほうへと逃れた。大勢の人々が炎にからめとられ、絶叫を上げながら全身を燃やされた。阿鼻叫喚《あびきょうかん》を絵に描《か》いたような光景だった。

動物園に着くと、突然後ろから突き飛ばされ、かつて鯉《こい》が泳いでいた池のなかに落ちた。食料不足で食べ尽くしてしまったため、今は一匹も泳いでいない。

振り返ると、鬼の形相をした母が立っていた。

伏せろ、という母の絶叫が聞こえた。

わけを問う暇もなく、巨大な火柱が立った。母の姿が炎に飲み込まれ、反射的に良一は池のなかに顔を突っこんだ。息が続く限り我慢して、再び顔を上げると、辺り一面が瓦礫に変わっていた。

母は爆撃をもろに受けて吹き飛んでいた。コンクリートの厩舎《きゅうしゃ》に頭からぶつかり、首がおかしな方向に曲がっていた。仰向《あおむ》けに倒れた母に駆け寄ると、すでに事切れていた。良一はぶるぶると震えながら、幾度も脈や呼吸を確認した。だが、何度繰り返しても母が息を吹き返すことはなかった。

時折母の様子を窺《うかが》いながら、池のなかで夜を過ごした。爆撃は二時間ほどで止《や》んだ。朝になり、恐る恐る家へ戻った。至る場所に遺体が転がされ、焼け出された市民たちがうずくまっていた。二階建ての家屋は黒焦げになって燃え尽きていた。衣類も日用品も、大切な父からの手紙も、すべて失われた。

街をさまよっていた良一は、その日のうちに叔父一家と再会することができた。荒川の土手に避難した叔父一家は無事であった。翌日叔父が、変わり果てた姿で路傍に寝かされている祖父母を発見した。

新しい家も古い家も、市役所も銀行も、すべて焼失した。

今でも良一は、空襲の夜を夢に見る。街を燃やし尽くす炎。爆音と光。遺体の山。ぐったりとしたまま動かない母。そうした夢を見るたび、胸を締め付けるような苦しさを覚える。

なぜ、まだ生きているのだろう。母や祖父母ではなく、自分が生き延びたことに意味はあるのだろうか。空襲の夜から、言い知れぬ罪の意識を忘れたことは一度もない。

戦後、良一は甲府に留《とど》まった叔父の一家で育てられた。祖父母の跡を継いで表具店を営む叔父夫妻は、実の子と分け隔てなく接してくれた。教師になるため大学へ進学したいという希望を伝えた時も、学費を出すことを約束してくれた。そのお陰で良一は山梨大の学芸学部に進学し、英語教師になることができた。

叔父夫妻はもはや両親同然の存在である。盆暮れには甲府へ帰省するし、月に一度の便りも欠かさない。だが、良一にとってはいつまで経っても居候させてもらっているような気分が抜けないのも事実であった。

就職先に横浜の私立高校を選んだのは、やはりそこが自分にとっての故郷であるように思えたからだった。甲府に骨を埋《うず》めることもやぶさかではないが、どうしても、横浜で教師をしていた父の影がちらついて離れなかった。

父について記憶していることは、さほど多くない。

一高、東大を出て、横浜の女学校で英語教師となった。喘息《ぜんそく》持ちで、たびたび仕事を休んでいた。酒も煙草もやらない人だった。日米開戦前年、南洋庁の職員となり、療養を兼ねてサイパンに赴任した。戦争がはじまっても南洋に留まり、音信不通となった。戦後もしばらくは消息不明であった。

父の生死がはっきりしたのは、良一が高校生の頃《ころ》であった。ある時、武藤新之助という男が甲府に訪ねてきた。父に命を救ってもらったお礼に来た、と彼は言った。

武藤はかつて警察官としてサイパンで働いており、父とも面識があったらしい。サイパンの戦いで、武藤は玉砕攻撃に参加したが死にきれず、北端の岬《みさき》から飛び降りようとしたところを父に制止された。武藤は涙声で語った。

「米兵に捕まれば殺される。虜囚《りょしゅう》の辱《はずかし》めを受けるくらいなら、自決を選ぶ。皆、心からそう思っていました。私も同じ思いで崖の際まで行きました。しかしすんでのところで麻田さんに羽交い絞めされたのです。どんなに美しく見えても、死は死でしかない。死んだら全部おしまいだ、と言われました。麻田さんが止めてくれなければ、私は間違いなく死んでいました」

武藤自身はその後も島内に潜伏したものの、アメリカ軍に見つかって捕虜となり、終戦後に帰国した。

「父の消息は？」

「あの時期は混乱がひどかったもので、記憶が混濁しているのですが……」

武藤の言葉は歯切れが悪かったが、やがて意を決したように言った。

「御父上は、陸軍からアメリカのスパイとして疑われていました。私はそのような事実はなかったと信じていますが」

思ってもいない発言だった。

「父が、スパイ？」

「戦中の御父上は、陸軍軍人たちから疎《うと》まれていました」

武藤によれば、父は南洋庁の職員でありながら、たびたび陸軍の指示に反発したらしい。普通であればそのような態度は許されず、恫喝《どうかつ》や暴力によって手なずけられる。しかし父は海軍との強いパイプを持っていたことから、陸軍も手出ししにくかったという。

「御父上は在勤武官をはじめ、あらゆる階層に知己があるようでした。その人脈を生かして、島民を含む一般市民を集め、独自に歌会を開かれたのです」

「……短歌、ですか」

言われてみれば、父が短歌を愛好していたという話は母から聞いた覚えがあった。

「私は参加しなかったですが、住民には好評でした。短歌の楽しみが、生きる活力になるのだと。しかしながら、歌会では時に非戦的な歌が詠《よ》まれることもあったそうです。御父上が誘導したわけではなく、皆の心のなかに潜んでいた意識が浮き上がってきたんでしょうな。ただ、そうした歌を詠まれると当然軍人たちには迷惑なわけです。挙国一致で戦争をやり抜かねばならぬ、という情勢ですから。結局、歌会は陸軍の干渉で解散させられてしまいました」

良一は沈黙をもって、話を促した。

「次に御父上は、住民たちに英語を教えはじめました。英語がわかれば、米英の兵士たちとも対話ができる。対話は相互理解の第一歩であり、そこから平和が生まれると主張されていました。これも当然、問題になりました。戦時下にもかかわらず敵性語を教えているということで、やはり解散させられました」

「父は、陸軍の恨みを買っていたわけですね」

「端的に言えばそうなります」

その逸話は、良一にとって誇らしいものだった。

あの当時、大人も子どもも、いかに米英と戦うかばかりを考えていた。勝利のため、軍事教練や避難訓練に明け暮れ、戦う術《すべ》を教えこまれた。そんななかで、父が教えていたのは戦う術ではなく、生きる術であった。短歌や英語では敵を倒せない。だが、それは人に生きる力を与え、生き延びる道を与える。

「御父上は海軍の後ろ盾もあり、何とかやり過ごしていたのですが……サイパン戦の直後、陸軍からスパイの嫌疑をかけられました」

武藤の声が一層低くなる。

「疑う根拠はあったのですか」

「軍部にしてみれば、非国民的な態度そのものがスパイと疑う根拠になるのです。当時はそういう世の中でしたので」

良一もその空気は覚えていた。

外国人の血を引く者、外国人と結婚した者、外国人の友人がいる者。そうした人々はスパイの烙印《らくいん》を押され、責め苦を味わった。その風潮はさらに加速し、少しでも反体制的な挙動を見せれば即「スパイ」のレッテルを貼《は》られた。

「飢えと疲れは限界に達していました。生き残った軍人たちは、根城にしていた壕《ごう》のなかに御父上を呼び、ピストルを手渡しました。これで自決するか、この場で撃ち殺されるか、どちらかを選べと告げました」

震える声で武藤は語る。

「私はその光景を見ていながら、口出しできなかった。何か言えば、今度は私が殺されると確信していました。御父上はしばし考えた後、黙ってピストルを取り、壕の外へ出て行きました。じきに銃声が響き、二度と帰ってこなかった」

武藤の目からは大粒の涙が零《こぼ》れている。突然、その場にひれ伏して、畳に額をこすりつけた。

「御父上は私を救ってくれたのに、私は御父上の死を傍観していることしかできなかった。御子息にはお詫《わ》びのしようもありません」

話を聞き届けた良一の胸に怒りはなかった。極限状態で制止できなかった武藤を、責める気にはなれない。

ただ、父が自死を選んだことには、ほんのわずかだが失望した。


良一の網膜には、空襲の光景が今も焼きついて離れない。燃え盛る街。積み重なる死体。逃げ惑う人々。濁った池。そして、母の亡骸《なきがら》。

もう一度父と会えたなら、言ってやりたいことがあった。

父さん。

本当は、ぼくだって死にたかったんだよ。


午後二時過ぎ、ようやく待ち人が現れた。

表通り沿いの板塀の陰から、一人の女性が現れた。褐色の肌にくっきりとした目鼻立ち、長く豊かな黒髪。彼女が海外からの来訪者であることは一目でわかった。年齢は四十歳前後か。半袖《はんそで》シャツに黒のスカートという服装で、革鞄《かわかばん》を提げていた。

良一は煙草を揉み消して表通りに出た。目が合うなり女性ははっとした表情になり、目の前まで駆け寄ってくる。口ごもる女性に、良一はゆっくりと話しかけた。

「ローザ・セイルズさんですね？」

女性がこくりと頷《うなず》く。驚きのせいか目を瞠《みは》っていた。

「よかった。麻田良一です」

「……お父さんとよく似ています」

叔父夫妻からも、同じことを言われたことがあった。大人になった良一は、父と似た顔立ちをしているらしい。

良一は二階の自室へとローザを招待した。狭苦しいアパートの一室で会うのは気恥ずかしかったが、他に気の利いた場所も思いつかなかった。座布団を勧めると、ローザは物珍しそうに室内を見回しながら正座をした。

「日本語を話すのは久しぶりで、うまく話せないかもしれませんが」

謙遜《けんそん》とは裏腹に、ローザの日本語は流暢《りゅうちょう》だった。

「一人暮らしですか？」

「ええ、まあ」

「お勤め先は近いんですか？」

「バスで十五分ほどです」

会話は、当たり障りのない話題からはじまった。良一はいつ本題に入るべきか、探りながら雑談を続けた。

ローザ・セイルズから手紙を受け取ったのは、今年の春であった。甲府の叔父宛《あて》に届いた手紙を、横浜へ転送してもらった。その名前に聞き覚えはなかったが、送り主の住所がサイパン島だと聞いて、父の知人だろうと見当をつけた。

手紙は英語で綴《つづ》られていた。日本語は話せるが、書くのは苦手なため英語で許してほしい、と前置きがされていた。

案の定、ローザは生前の父と面識があるらしかった。戦前、公学校で教員補だった彼女は仕事で南洋庁職員の父と話す機会があったという。ローザの養父が亡くなった時にも父が手助けをしたらしい。文中では感謝の言葉が述べられていた。

そして手紙の末尾には、今夏日本へ行く機会が得られそうなのでぜひ良一に会いたい、と記されていた。

「セイルズさんは、今回なぜ日本に？」

「仕事です。上下水道やガス、電気の整備にあたって視察に来ました。生活基盤を整えることは私たちの仕事ですから」

ローザは歯切れよく答える。

彼女はサイパンで酋長《しゅうちょう》を務めていた。実父も酋長を務めていた家系で、戦後、周囲からの勧めに応じる形で引き受けたという。現代風に言えば、島の地方行政を司《つかさど》る首長と言ったところだろうか。

「御多忙のところ、すみません」

「いいえ。ずっとこの機を待っていました。ようやくお会いできて嬉《うれ》しいです」

一瞬、会話が途切れた。互いに話を切り出す機会を見計らっているような間だった。良一は勢いに任せ、先手を取ることにした。

「お聞きしたいことがあるのですが」

ローザは居住まいを正した。

「私にわかることであれば」

「……父は、スパイだったのでしょうか？」

問うた瞬間、ローザの瞳《ひとみ》に動揺がよぎるのを良一は見逃さなかった。

ずっと気になっていたことだった。父は、陸軍からスパイの汚名を着せられたことが引き金となって死んだ。武藤は濡《ぬ》れ衣《ぎぬ》だと言っていたが、実際のところはわからない。もしかしたら、父は本当にアメリカのスパイだったのではないか。高校生のあの日以来、その疑念は良一の脳裏に貼りついていた。ローザは生前の父を知る数少ない人物だ。訊かない手はなかった。

良一は、武藤の談話もローザに話した。開戦後も歌会を開いたり、英語を教えたりしていたこと。陸軍から非国民として認識されていたこと。サイパン戦後、スパイの疑いをかけられ、渡されたピストルで自決したこと。

ローザは良一の話を聞いた後、「麻田さんは」と言ったきり黙りこんだ。言うべきことがあるにもかかわらず、話すのを躊躇《ちゅうちょ》しているのが見て取れた。

「本当のことを教えていただけますか」

覚悟はできていた。スパイだ、と告げられれば受け入れる準備はあった。だがローザが迷いながら口にしたのは、意想外の言葉だった。

「……一言で申し上げるのは難しいです。麻田さんはアメリカのスパイではありませんが、別の意味ではスパイでした」

意味がわからなかった。父はスパイではないが、スパイだった。謎《なぞ》かけのような、摩訶《まか》不思議な言い分である。ローザは眉間《みけん》に皺《しわ》を寄せた。その顔にはびっしりと汗が浮かんでいた。

「これから話すことは、決して口外しないと約束してください」

反射的に良一は頷いた。

ローザは「順を追って話します」と断ってから、語りはじめた。

「戦時下の麻田さんの様子については、概《おおむ》ね先ほどの話の通りです。歌会や英語塾を開き、世の風潮に反する発言をしたことから異端視されていました。軍人に限らず、麻田さんを嫌う人は多かったです。非国民、売国奴、国賊などと呼ばれることは日常茶飯事でした。それでも麻田さんはしぶとく活動を続けた」

良一は奥歯を噛《か》みしめた。わかっていたこととは言え、父が非難されていた過去を聞くのは辛《つら》い。ローザが気遣わしげな表情をした。

「……続けてください」

「わかりました。サイパン戦後も、麻田さんは自決を止めるために奔走していました。死はすべて、死でしかない。美しい死など存在しない。それが麻田さんの口癖でした。しかしその存在は、自決を奨励する人々には目障りです。だから、アメリカのスパイなどというありもしない噂《うわさ》を立てられ、自決を促されたのでしょう」

「アメリカのスパイでなかったと断言できるのは、なぜです？」

ローザは良一の目を凝視していた。その視線には、たじろぐほどの迫力があった。

「麻田さんは日本海軍のスパイでしたから」

「日本側のスパイ、ですか？」

「敵国に潜入する者だけがスパイではありません。麻田さんの任務は、防諜《ぼうちょう》のため、人知れず他国のスパイを摘発することでした。サイパンに赴任した時からずっと。この事実を知っている民間人は、私を含めごく一部です」

思いもよらない話だった。病弱な英語教師だった父にスパイの摘発などできるのか、甚《はなは》だ疑問である。しかしローザの真剣なまなざしを見ていると虚言とは思えない。仮にそれが事実だとして、なぜローザがそんなことを知っているのか。良一が問うより早く、彼女の話は次に進んだ。

「先刻の元警察官の話には誤りがあります」

「どういうことでしょう」

「麻田さんは、自決していません」

良一はローザを睨《にら》んだ。

今度こそ信じられなかった。武藤は額を畳にこすりつけ、泣いて詫びたのだ。あの証言が嘘《うそ》であるはずがない。父は昭和十九年夏、サイパン戦の直後に拳銃《けんじゅう》で自決した。それは揺るぎない事実なのだ。

「……気休めは止めてください」

「私はサイパン戦後、捕虜収容所で麻田さんと再会しました」

良一は絶句した。あまりに力強い一言だった。

鵜《う》呑《の》みにはできない。だがそれが事実なら、父は死んでいなかったことになる。

「本当ですか」

ローザは「ええ」と神妙に応じた。

「少しだけ、私個人の話をさせてもらいます。戦中、私は教員補としてガラパン公学校で働いていました。アメリカ軍が上陸した際には児童を連れて避難し、戦闘が終了してすぐ、残った児童と一緒にアメリカ軍へ投降しました。私には、華々しく散るなどという思想は理解できませんでしたから」

アメリカ軍の捕虜となったローザは、英語と日本語、島民の言葉を話せることから、軍の通訳として重宝されたという。

「他にも何名かの捕虜が、臨時の通訳に使われていました。ある日、新しい捕虜兼通訳として連れてこられた人を見て驚きました。麻田さんだったのです」

久々に再会したローザは、なぜここにいるのか、と問いただした。

「麻田さんは、スパイの嫌疑をかけられ自決を迫られたので、決行したふりをして逃げ出した、と話していました。かといって行き先もないので、自らアメリカ軍に投降したそうです。美しい死など存在しない、と言っていた彼らしい選択です」

武藤が聞いた銃声は、何のことはない、偽装のための空砲であった。にわかに希望が見えてきた。もしかすると、父は――。

良一は「それで？」と続きを促す。

「麻田さんは捕虜となってしばらく、サイパンで通訳の仕事に従事していました。しかし、ひと月ほど経った頃に所持品検査で見過ごせないものが見つかったのです。それは、アメリカ軍の機密文書でした」

文書の内容は不明である。ただ、ローザが断片的な情報から推測するに、対日軍事作戦に関する代物のようだった。

「彼がどうやってそんなものを入手したのかはわかりません。ただ、軍の機密文書を所持していたため、アメリカ軍は急速に麻田さんへの態度を硬化させました。通訳の仕事は打ち止めになり、収容施設の個室に閉じこめられました」

「それは……」

「アメリカへの諜報活動を働いたとみなされたのです」

それが極めてまずい事態であることは、良一にも理解できた。交戦中の敵国のスパイを捕虜にした場合、取り得る対応はいくつかある。尋問によって敵国の情報戦略を明らかにする。あえて解放して二重スパイに仕立てる。そして、最も確実に始末する方法は——。

「二か月後、麻田さんは処刑されました」

ローザは淡々と告げた。

「父は自ら投降した捕虜なのに、殺されたのですか」

「詳しくは知りませんが、アメリカ側でも意見が分かれていたようです。麻田さんを生かしておくべきだ、と主張する人もいました。しかし施設の責任者はそうではなかった。おそらくは、その意向を酌んだ幹部が独断に近い形で強行したのでしょう」

「……間違いなく、父は死んだのですか」

「残念ながら。私は通訳として、処刑の場に立ち会わされましたから」

良一の全身を、悪寒が駆け巡った。この人は父の死を目撃している。

先ほどまで、もしかしたら父が今でも生きているかもしれない、と淡い期待を抱いていた自分が滑稽《こっけい》に思えた。そんなわけがないのに。すでに終戦から十二年が経った。もし父が生きていたら、真っ先に自分のところへ来るはずなのだ。

「どのように、処刑されたのですか」

「よろしいんですか」

「言ってください」

ローザは目を伏せながらも、良一の問いに答えた。

「銃殺でした。こめかみを二発撃たれました」

驚きすぎると人間は泣けない。良一は涙も流さず、呆《ほう》けた顔でローザを見ていた。

やはり、父は死んでいた。その認識はローザに会う前と変わらない。ただ、一つだけ違う部分があった。

父は自決ではなかった。

父は人々に生きる術を教え、死の淵《ふち》から逃れ、最後まで生きようとした。懸命にあがいて、あがいて、それでも逃れられずに一生を終えた。汚名をかぶり、泥にまみれても、命にしがみつこうとした。

「笑っているのですか?」

ローザから気味悪そうに言われて、良一はいつの間にか、自分が微笑していることに気が付いた。

「父が生き抜こうとしたことが嬉しくて」

正直に理由を伝えたが、ローザには今一つ理解できないのか、妙な間が空いた。

「ともかく、父の最期が知れてよかったです。感謝します」

良一は頭を下げたが、ローザの顔はいまだ緊張で引き締まっていた。

「まだ肝心なことを話していません」

かっと開かれた両目が、良一を見据えている。

午後の日差しが差しこむ部屋は暑い。扇風機などという上等なものは置いていない。ローザの顎から汗が滴り、畳に落ちた。

「麻田さんは処刑される直前、辞世の歌を遺《のこ》したいと懇願しました」

父が短歌を愛好していたことは、先ほどの話でも出た通りだった。

「アメリカ軍の兵士がそれを許可すると、麻田さんは椅子に縛り付けられたまま、同席していた私の目をまっすぐに見て、大きな声で同じ短歌を二度、詠みました」


親子《おやこ》月軍衣《づきぐんい》まとひし楽園の犬の骸《むくろ》に桜降り敷く

「そうして、撃たれました」

幻の銃声が、良一の鼓膜を震わせた。下唇を強く噛んだ。

「麻田さんは、必死で何かを訴えようとしていた。私に伝えたいことがあるのは確実でした。意味がわからないなりに、その短歌を一言一句違《たが》えず暗記して、込められた意味をどうにか読み取ろうとしました」

ローザには歌の素養がなかったが、どこかの民家から流れてきた辞書を引き、それでもわからからない言葉は捕虜となった日本人に訊き、少しずつ解釈を深めた。

まず「親子月」が陰暦十二月を意味することはすぐにわかった。「軍衣まとひし」から、「楽園の犬」が軍人であることも推察できる。「骸」は軍人の遺体を指しており、そこに「桜降り敷く」様子が歌われている。だが、サイパン島に桜は一本もない。

さらに調べると、日本人の間では鳳凰木《ほうおうぼく》が「南洋桜」と呼ばれていることがわかった。南洋桜の下に横たわる軍人の遺体。そして、十二月という時期。これらの情報が指し示しているのは、ある人物の死であった。

堂本頼三海軍少佐。

スパイとしての、麻田の雇い主である。

彼は対米英開戦の翌日に失踪《しっそう》し、後日、自決遺体となって発見された。堂本の骸の傍らには、冬だというのに南洋桜が満開の花を咲かせていたという。

「あの麻田さんが、死の間際に無関係な思い出を詠むはずがありません。その南洋桜に何かがある、という意味だと私は捉えました。それから島民たちに片端から聞いて回り、季節外れの南洋桜を捜し当てました」

ただしローザは捕虜であり、自由行動は許されなかった。終戦後、ようやくその南洋桜へ足を運ぶことができた。

教えられた場所を訪れると、確かに南洋桜の巨木があった。よくよく木を観察すると、一本だけ、不自然にへし折られた枝がある。折れた枝の真下の地面を掘ると、そこには真鍮《しんちゅう》製の箱が埋められていた。

「その箱が、これです」

ローザは丁寧な手つきで、黒ずんだ金属製の小箱を革鞄から取り出した。表面は全体的に黒ずみ、青緑色の錆《さ》びが浮いている。ローザは畳の上を滑らせ、小箱を良一の前へと押しやった。

「これは……」

箱を取り上げる良一の指は小刻みに震えていた。

「失礼ながら、中身を確認させてもらいました。一通の封書が入っています」

良一は逸《はや》る気持ちを鎮め、爪《つめ》の先で慎重に留め金を外す。蓋《ふた》を開けると、そこには黄ばんだ封筒が入っていた。表書きを見て、良一の視界が涙で霞《かす》んだ。

――麻田ミヤ、麻田良一へ
「届けるのが遅くなってしまい、申し訳ありませんでした。手紙を盗み見るようなことはしていないので、念のため」

ローザは正座のまま、低頭した。封筒は固く糊付《のりづ》けされている。ローザの言に嘘はないらしい。

「終戦から十二年も経ってしまったことは心苦しく思っています。ですが……率直に言いますと、この手紙をご遺族に渡すべきか、あるいは破棄すべきか、私はずっと迷っていました」

良一は黙っていたが、密かに反感を覚えた。父が世話になった人物とはいえ、大切な手紙を勝手に捨てる権利などあるはずがない。ローザはそんな内心を読んだかのように、汗みどろの顔で良一を睨んだ。

「私は封書を開封していません。つまり、手紙の内容を知りません。もしもこの手紙の文面が、日本政府や日本軍への恨み、アメリカへの怨嗟《えんさ》に溢れたものであったとしたら。私は、その怨恨を子孫へ引き継ぐことになってしまう。私には、それが正しい行為とは思えないのです」

「……父は、そんな人ではありません」

記憶のなかの父は、優しく穏やかな男だった。ただしそれは、対米開戦よりずっと前の姿であった。

「あの時代に誰かを恨まず、無垢《むく》なままでいられた人がいましたか？　大切な人を殺され、故郷を焼かれて、それでもなお日本もアメリカも恨まず、生き延びることだけをまっすぐ考えていた人がいると思いますか？」

ローザも熱くなっていた。

彼女が語る通り多くの人が日本を、アメリカを恨んでいた。否、現在でもそうだ。良一にしても、甲府を火の海にし、母を失う原因を作った国への恨みがないとは言えない。父が書き記したことを知るのが、途端に怖くなった。

しばしの沈黙の後で彼女は「すみません」と言った。

「一時は本気で、この手紙を捨てようと考えていました。ですが、椅子に縛り付けられながら絶叫した麻田さんの表情がどうしても忘れられなかった。伝えずには死ねない、という意志が彼にはありました。あの人なら、怨念でも悲嘆でもない言葉を遺してくれるかもしれない。だから、賭《か》けることにしました」

おもむろにローザは正座を解き、革鞄を手に立ち上がった。良一は中腰になる。

「あの……」

「お暇《いとま》します。手紙は一人で読んでください」

引き止める間もなく、ローザは部屋から出て行った。慌てて外廊下に出た良一は、一度も振り返らずに去っていく背中を見送った。路上に落ちたローザの影は夜闇《よやみ》のように黒い。

六畳の中央に座りこんだ良一は、表書きをじっと見た。久しぶりに目にする父の筆跡であった。

父からの手紙は空襲ですべて焼けてしまい、残っていない。今手元にあるのは、現存するたった一つの、麻田健吾が書いた手紙であった。

良一は鋏《はさみ》を手に取り、封筒の端を切った。なかには折りたたまれた便箋《びんせん》が入っていた。汗で湿った指で便箋をつまみ出し、両手で広げた。

万年筆で記された几帳面《きちょうめん》な字は、若干滲《にじ》んでいたものの、十分に解読できた。

良一は貪《むさぼ》るように文章を読んだ。

数度呼吸をする間に全文を読み終え、また冒頭から読んだ。そうして幾度も目を通した。ある時は黙読で、ある時は音読で、繰り返し読んだ。父の綴った言葉を身体《からだ》に染みこませるうち、幼い日に聞いた父の肉声が蘇《よみがえ》った。

——良一。

堪えきれず、両の目尻から涙がこぼれ落ちた。畳の上に点々と染みが生じる。木造アパートの一室に、すすり泣く声が響いた。

父の死に対して、良一は初めて涙した。

ローザは賭けに勝った。手紙に記されていたのは怨念でも悲嘆でもなかった。

部屋に橙色の日が差している。窓の外では、街並みに太陽が沈みかけていた。

それは、サイパンで麻田健吾が見た太陽であった。

ミヤ、良一へ

元気ですか。軍事郵便では検閲のせゐで大事なことが伝はらないだらうから人の手を介することにした。どんな手を使つたのか委細はその人から聞いてくれ。

南洋の戦局は愈々《いよいよ》厳しくなつてゐる。早晩米軍のひかうきが本土上空を飛び回るやうになるだらう。辛くともこれだけは覚えておいてほしい。なによりも大事なのは命だ。たとへ自決を強要されても絶対に応じてはならない。みづから死を選ぶこと程おろかしいことはない。美しく見えても死は死だ。命を絶つな。約束してくれ。

私のことは心配いらない。どんなことがあつても必ずお前たちの処《ところ》へ帰つてみせる。私はこれから米軍のもとへ投降する。捕虜はひどい目に遭《あ》はされると云ふ噂《うわさ》があるらしい。しかし私は英語を話せるから彼らにとつても有益な捕虜になるだらう。米国人に魂を売つてでも生き延びてみせるよ。

私は南洋を生き抜くから二人も希望を捨てないこと。生きてさへゐれば必ず再会できる。

ミヤと良一をこの手で抱きしめる日を夢見てゐるよ。

昭和十九年七月　健吾

主要参考資料

『中島敦全集　1〜3』中島敦（筑摩書房）
『南洋通信　増補新版』中島敦（中央公論新社）
『中島敦　父から子への南洋だより』川村湊編（集英社）
『中島敦「マリヤン」とモデルのマリア・ギボン』河路由佳編著（港の人）
『日本領サイパン島の一万日』野村進（岩波書店）
『南海漂泊　土方久功伝』岡谷公二（河出書房新社）
『南洋と私』寺尾紗穂（中央公論新社）
『椰子の木は枯れず　南洋群島の現実と想い出』南洋群島協会（草土文化）
『沖縄県史　資料編17　近代5』沖縄県文化振興会公文書管理部史料編集室編（沖縄県教育委員会）
『浦添市移民史　証言・資料編』浦添市移民史編集委員会編（浦添市教育委員会）
『日本の植民地教育を問う　植民地教科書には何が描かれていたのか』佐藤広美・岡部芳広編（皓星社）
『海を渡った日本語　植民地の「国語」の時間』川村湊（青土社）
『サイパン・グアム　光と影の博物誌』中島洋（現代書館）

『戦火と死の島に生きる　太平洋戦・サイパン島全滅の記録』菅野静子（偕成社）
『サイパン特派員の見た玉砕の島　米軍上陸前のマリアナ諸島の実態』高橋義樹（光人社）
『聯合艦隊作戦室から見た太平洋戦争　参謀が描く聯合艦隊興亡記』中島親孝（光人社）
『私は真珠湾のスパイだった』吉川猛夫（毎日ワンズ）
『一海軍士官の回想　開戦前夜から終戦まで』中山定義（毎日新聞社）
『実録海軍兵学校　回想のネービーブルー』海軍兵学校連合クラス会編著（潮書房光人新社）
『海軍の翼　偵察・練習・特攻篇』国書刊行会編（国書刊行会）
『海軍参謀』吉田俊雄（文藝春秋）
『日本海軍失敗の研究』鳥巣建之助（文藝春秋）
『経済学者たちの日米開戦　秋丸機関「幻の報告書」の謎を解く』牧野邦昭（新潮社）
『国策紙芝居からみる日本の戦争』神奈川大学日本常民文化研究所非文字資料研究センター「戦時下日本の大衆メディア」研究班 代表・安田常雄編著（勉誠出版）
『国策紙芝居　地域への視点・植民地の経験』大串潤児編（御茶の水書房）
『「できごと」と「くらし」から知る戦争の46か月　戦い、日常、文化がわかる』大石学・鈴木一史監修（学研プラス）

その他、多数の書籍・雑誌・映像・インターネット資料を参考にしました。

本作では、昭和十五年から昭和十六年にかけての南洋群島（現在の北マリアナ諸島等）を主な舞台としており、一部、今日の人権意識に照らして不適切と思われる表現や語句が見られます。それらは、作品に登場する当時の人々の言動を描くにあたり、時代的背景を反映させるために必要であると判断いたしました。読者の皆様のご理解をいただけますようお願い申し上げます。

本作の「序」から「第三章　島」は「ランティエ」二〇二二年七月号から二〇二三年二月号に掲載されました。

「第四章　花」ならびに「終章」は書き下ろしです。

著者略歴

岩井圭也 Iwai Keiya
1987年生まれ、大阪府出身。北海道大学大学院修了。2018年『永遠についての証明』で第九回野性時代フロンティア文学賞を受賞し作家デビュー。著書に『文身』『水よ踊れ』『生者のポエトリー』『最後の鑑定人』『付き添うひと』『完全なる白銀』などに加え、書き下ろし文庫シリーズ「横浜ネイバーズ」がある。

Kadokawa Haruki Corporation

岩井圭也

楽園《らくえん》の犬《いぬ》

*

2023年8月31日第一刷発行

発行者 角川春樹
発行所 株式会社 角川春樹事務所
〒102-0074 東京都千代田区九段南2-1-30 イタリア文化会館ビル
電話03-3263-5881(営業) 03-3263-5247(編集)
印刷・製本 中央精版印刷株式会社

ISBN978-4-7584-1447-0 C0093
http://www.kadokawaharuki.co.jp/